HAYMON verlag

Thomas Raab

Die Djurkovic und ihr Metzger

Kriminalroman

MIX
Papier aus verantwortungsvollen Quellen
FSC® C083411

Auflage:
4 3 2 1
2023 2022 2021 2020

HAYMON verlag
Innsbruck-Wien
www.haymonverlag.at

ISBN 978-3-7099-8105-4

Buchinnengestaltung nach Entwürfen von: himmel. Studio für Design und Kommunikation, Innsbruck / Scheffau – www.himmel.co.at
Satz: Da-TeX Gerd Blumenstein, Leipzig
Umschlaggestaltung: Eisele Grafik · Design, München
unter Verwendung von bigstockphoto.com, aetb (Couch); bigstockphoto.com, Nataliia Natykach (Tapete im Hintergrund); shutterstock.com, Chaikom (Riss im Polster).

Gedruckt auf umweltfreundlichem,
chlor- und säurefrei gebleichtem Papier.

1

Taube: Falke von Taube, bitte kommen.

Falke: Hier Falke, kommen.

Taube: Frage: Was ist los bei euch? Ihr rührt euch nicht. Muss ja ein Traum sein, zu zweit in der Kiste. Kommen.

Falke: Hier Falke. Frage: Bist eifersüchtig? Besuch uns halt. Habicht freut sich. Würd sicher gern ... Kommen.

Taube: Trottel.

Habicht: Dachs hat übrigens grad Bau 2 verlassen. Panisch. Kommen.

Taube: Hier Taube. Frage: Warum? Kommen.

Habicht: Hier Habicht. Der BMI. Er ist zu fett geworden. Vermutlich das Alter. Mit über 50 muss man aufpassen. Kommen.

Falke: Du Vogel! Willst mich beleidigen?

Habicht: Dann ist es eben seine Sauferei. Jedenfalls will er sich ein neues Fell zulegen.

Taube: Wie, Fell? Kommen.

Habicht: Hier Habicht. Na, Panier eben, Wäsch, Klamotten, Kleidung. Shoppen geht er.

Taube: Nicht gut. Falke, häng dich dran. Neues Fell heißt, wir müssen ihm ein neues Ungeziefer verpassen.

Falke: Hier Falke. Frage: Ich? Du kennst die Problematik, oder? Kommen.

Taube: Dann lass dir was einfallen. Muss jetzt abbrechen, in Bau 1 tut sich was. Füchsin bekommt Besuch. Diesmal drei Mann. Bussard ist dabei. Ende.

Man sieht sich immer zweimal

Vorhang auf.

„Ja, Fleischhauer! So eine Überraschung!“

Vorhang zu.

Aber ruckzuck. Grad, dass ihm die Gardinenstange nicht um die Ohren fliegt, so energisch zieht Willibald Adrian Metzger den Stoff wieder retour. Entsprechend erbost auch seine Reaktion.

„Was fällt Ihnen ein!“

„Keine Sorge, Fleischhauer. Ich hab dich auch nicht gleich erkannt! Ich bin's, der Heri!“

„Ich heiß Metzger und kenn keinen Heri!“

„Dann der Bertl.“

„Was jetzt? Der Heri oder der Bertl!“

„Geh, Fleischhauer! Denk nach! Wie kannst du mich vergessen haben? Oder traust du dich nicht raus, hehehe!“

Und jetzt funkt es in des Metzgers Gehirnwindungen, drückt es in seiner Magengrube. Denn einzig die Tonhöhe dieses wie ein Husten herausgestoßenen hämischen Lachens scheint sich verändert zu haben, weil Stimmbruch, der Rest aber klingt wie eh und je. Immer noch sind es exakt drei Hes an der Zahl.

Heimtücke, Herzlosigkeit, Herrschsucht.

He-He-He.

Es besteht also kein Zweifel: Weder der Heri steht da draußen vor dem Filz noch der Bertl, sondern beide: Heribert Senekowitsch. Das U-Hakerl. Als wäre dieser Morgen noch nicht übel genug. Oh Schicksal, du niederträchtiges Ungetüm! Wartest in Lauerstellung, und kaum ist der Moment endlich bestmöglich ungünstig, springst du aus deinem Versteck. Tamtam. Wie die Lungenentzündung als Draufgabe nach dem Herzinfarkt.

„Oder hab ich mich geirrt, Fleischhauer, und du bist es gar nicht. Lass schauen!"

Vorhang auf.

„Na, und wie du das bist: die Senkfüße, die Wamp'n, der Rundrücken, alles da, dazu dein Zinken und die großen Ohrwascheln. Der fette Willi, wie er leibt und lebt. Williblad sozusagen, hehehe! Was machst du hier?"

Eine dümmere Frage kann einem Menschen, der nur mit Rippleibchen, Unterhose und schwarzen Socken adjustiert in einer Umkleidekabine steht, wohl kaum gestellt werden!

„Dreimal darfst du raten, Senekowitsch!"

Vorhang zu.

Jetzt ist der Metzger an sich ja weit entfernt von jedem Aberglauben, dennoch wäre es die reinste Realitätsverweigerung, in Anbetracht der an diesem Morgen bereits eingetretenen Ereignisse nicht von einer Anhäufung böser Omen zu sprechen:

- Mit schwerer Migräne in seiner Werkstatt erwachen, und das, ohne am Vortag entsprechend ordentlich gesoffen zu haben! Jammerschad also um den Schmerz, zahlt sich in diesem Fall ja gar nicht aus.
- Sich in seinen einzigen schwarzen, ewig nicht getragenen Anzug schmeißen wollen und erkennen müssen: Das Teil ist trotz Schattendasein von selber geschrumpft, mindestens um eine Kleidergröße. Also hinaus auf die Straße.
- Direkt vor der Werkstatt durch den Park Richtung Innenstadt marschieren und – so wie die Tage zuvor – auf diesen seltsamen Kerl stoßen, der da auf einer Bank sitzt.

Ein Monstrum, groß, breit, bärenstark, kahlköpfig. Fast täglich geht dieser Fleischberg an seiner Werkstatt vorbei und glotzt durch die Scheibe herab in den Gewölbekeller, als würde er sich nicht hereintrauen oder den Restaurator beobachten.

- Die Herrenabteilung irgendeines x-beliebigen Modehauses erklimmen, mit den günstigsten Dreiteilern in die Garderobe verschwinden, auf engstem Raum keuchend ein paar Turnübungen absolvieren, Ausziehen-Anziehen, Ausziehen-Anziehen, und es ausgezogen mit einem Menschen zu tun bekommen, der bisher schöner vom Erdboden gar nicht verschluckt hätte sein können, egal ob tot oder lebendig.

Wenn das nicht grausam ist, was dann?

Vorhang auf.

„Senekowitsch, verdammt! Lässt du jetzt gefälligst den Vorhang in Ruh, sonst geh ich mich beschweren und jag dir irgendein Bleichgesicht hier auf den Hals!"

„Meine Güte, da sieht man sich nach so langer Zeit wieder, und woran erinnerst du dich zuerst? An das Indianerspielen?"

Als ob sich der Metzger aussuchen könnte, woran er gerne denkt? Ungute Erinnerungen, die extra um Erlaubnis fragen, wann es denn gnädigerweise recht wäre, sich innerlich zu Wort melden zu dürfen, hat er jedenfalls noch keine erlebt.

„Was bist du für ein nachtragender, verbohrter Mensch geworden, Fleischhauer. Wir waren Kinder, damals!"

Das stimmt. Einerseits.

Anderseits ist das natürlich weder eine Entschuldigung, noch lässt es automatisch auf eine sonderlich erfolgreiche intellektuelle Weiterentwicklung schließen.

Und logisch fällt dem Metzger jetzt alles wieder ein. Die Schmerzen, Tränen, blutigen Schusswunden, und natürlich die Senekowitsch-Mama.

„Wie lang haben wir uns aus den Augen verloren. Willi?"

„Verloren?"

„40 Jahre?"

„Mindestens, Senekowitsch. Mindestens! Schad, dass es nicht mehr geworden sind!"

Vorhang zu.

Das U-Hakerl

Nein. Heribert Senekowitsch ist dem Metzger die letzten Jahrzehnte wirklich nicht abgegangen. Richtig froh war er, wie von einem Tag auf den anderen die Senekowitsch-Wohnung geräumt und keines der Familienmitglieder in Willibalds Grätzl jemals wiedergesehen wurde. Ertragen musste er ihn ja schließlich lang genug. Zuerst vom Kinderwagen aus, und bereits da war ihm klar, der Insasse im Buggy gegenüber wird sein Buddy wohl nicht werden. Dann in der Sandkiste drüben im Beserlpark, später Schaukel, Rutsche, Kindergarten, Volksschule und zwischendurch in der Schule des Lebens natürlich. Schließlich wohnten die Senekowitschs und Metzgers nicht nur in derselben Gasse, sondern nur durch diese Gasse getrennt einander direkt gegenüber. Sogar auf gleicher Stockwerk-Höhe. Folglich konnten die einen vom Wohn- oder Elternschlafzimmerfenster aus in das Wohn- und Elternschlafzimmer der anderen blicken.

Dort Vater, Mutter, Heribert.

Hier Vater, Mutter, Willibald.

Ob die Mutter Metzger den Vater Metzger jemals im Schlafzimmer der Mutter Senekowitsch erwischt hat, blieb zwar ein Geheimnis, dem plötzlichen Kontaktabbruch nach zu urteilen lag es aber durchaus im Bereich des Möglichen. Der kleine Heribert mit seinem Feldstecher war durch den Feldstecher des kleinen Willibald jedenfalls stets einwandfrei zu sehen. Ebenso die Senekowitsch-Mama in ihrem Nachthemd, ihrer Unterwäsche, ja, und mit viel Glück sogar ... pfuh, das waren Zeiten. Aufklärungsunterricht im Homeoffice sozusagen.

Wunderschöne Zeiten.

Nächte gab es, kaum schloss der Metzger seine Augen, da sah er in seinen Träumen die so herrlich üppige Senekowitsch-Mama an ihr Fenster treten, langsam auch noch die letzten Hüllen fallen lassen, ihren Zeigefinger an die Lippen legen – „Psst“ – und ihn mit der anderen Hand zu sich winken: „Komm rüber, Willi! Aber leise.“ Träume, die dann eines Tages ...

Heiß der Sommer. Die Kinder wie so oft mit dem Auftrag versehen: „Geht's auf die Straße spielen, zum Abendessen seid ihr wieder da!“ All das ohne Handy-Ortung und Drohnenüberwachung. Der Begriff *Straße* eine weit über die Gasse hinausragende Ortsbeschreibung. Im Grunde war damit das ganze Grätzl bis hinaus zu den Glashäusern und Feldern des Vorstadtgärtners Prikopa gemeint.

Alles dazwischen die Prärie:

Die geparkten Autos mussten als Wagenkolonne der Siedler herhalten.

Die Laternenmasten als Marterpfähle.

Die Tauben als Geier.

Und logisch war die Rolle des Winnetou fix vergeben, Heribert Senekowitsch somit der einzig mögliche Häuptling der Apachen, die übrigen Stammesbrüder leider alle tot.

„Und was is mit Old Shatterhand, Heri?“

„Den gibt's net! Und jetzt rennts, ihr Wappler!“

Er somit der einzige edle Wilde, ergo alle anderen irgendwelche unsympathischen Cheyenne, Komantschen, Kiowa oder gleich Bleichgesichter.

Bewaffnet mit zwischen Daumen und Zeigefinger doppelt gespannten Gummiringerln zog man in den Kampf, geschossen wurde in der Regel mit kleinen Stanniolkugeln oder zu saftigen Patzen rundgelutschten Papiertaschentuchfetzen. Ja, und wo eben die Regel, da auch die Ausnahme.

„Aber Heri, das ist verboten und gefährlich!“

„Rennen sollt's!“

Nein, da kannte Winnetou kein Erbarmen, wenn er seine Munition aus der Hosentasche zog.

U-Hakerl. In der Mitte gebogene Nägel mit zwei Spitzen, die sich höchst effektiv durch die Gegend schnalzen ließen. Wer da mit einem Stück nackter Haut die Flugbahn kreuzte, dem gnade Gott. Ja, und weil Sommer, eben auch viel solche nackte Haut.

Heribert Senekowitsch zu entkommen war unmöglich.

An diesem Nachmittag aber bohrte sich so ein U-Hakerl unmittelbar vor den Augen der in ihrem Strickwarengeschäft stehenden Senekowitsch-Mama in des Metzgers Hinterteil, und von da an wusste er, wie seine große Liebe eines Tages auszusehen hatte.

„Schau dir den armen Willi an. Du Teufel, du ...!" Hausarrest, Taschengeldentzug, Fernsehverbot, Spielsachen weg, und und und, das ganze Programm. „Komm, Willi, ich hol dir das U-Hakerl raus!"

Im Schlafzimmer der Senekowitsch-Mama musste er sich auf die Tagesdecke aus Merinowolle platzieren.

„Hier ist es weich. Und das wird jetzt wehtun, mein Liebling."

Wie Balsam auf seiner Seele, diese Worte. „Mein Liebling". Von der zarten Hand auf seinem Allerwertesten ganz zu schweigen. Wie gut für den kleinen Willi, in dieser Situation auf – und somit irgendwie auch unter – dem Bauch gelegen zu sein. Ja ja. Haufenweise U-Hakerl hätte er sich damals hineinjagen lassen, der Metzger, nur um diesen wunderbaren Moment wieder erleben zu dürfen, diese erstmalige Ahnung von Erotik, den Geruch der Senekowitsch-Mama in seiner Nase. Die Augen schließen musste er vor lauter Glückseligkeit, jeder seiner Atemzüge der reinste Genuss.

Kopfnote: Lychee, Pflaume, Orangenblüte.

Herznote: Maiglöckchen, Rose, Jasmin.

Basisnote: Amber, Sandelholz, Vanille.

Kurzum: Joop! Le Bain.

Erst Jahrzehnte später begegnete er diesem Duft erneut, um davon endgültig nie wieder loskommen zu wollen. An Danjela Djurkovic.

Und wie er nun so ertappt in der Umkleidekabine steht, wird dem Metzger schlagartig klar: Wer weiß, hätte es die Senekowitsch-Mama nicht gegeben, vielleicht wäre ihm seine Danjela nicht gar so intensiv auch über die Nase in sein Herz gekrochen und müsste er heute gar keinen Anzug kaufen.

„Geh mir nicht auf die Nerven und am besten dorthin, wo du hergekommen bist, Senekowitsch!"

„Das geht nicht, du Pechvogel, hehehe!"

Vorhang auf.

„Verdammt, Senekowitsch!"

„Ich arbeite hier!"

„Als Spechtler, oder wie! Darf ich mir vielleicht vorher noch meine Hose anziehen, bevor du komplett in der Garderobe herinnen stehst?"

„Meine Mutter würd sich über den Anblick jetzt sicher freuen, Fleischerl. Vorausgesetzt, sie könnt sich an dich erinnern!"

Das trifft den Metzger natürlich, denn die Senekowitsch-Mama war ein guter Mensch.

„Oh, das tut mir leid. Demenz?"

Jetzt lacht er, der Heribert.

„Wie kommst du auf Demenz, du Kasperl! Tot ist sie. So wie deine! Mit Demenz könnt sie sich wahrscheinlich nur an mich nicht erinnern, weil du warst ja immer der

Vorzeigebub! *Wenn'st wenigstens ein bisserl so wie der Willi wärst!*", hebt er kurz die Stimmhöhe.

Kurz wird es still zwischen den beiden, weiß der Metzger nicht, was er darauf antworten soll, und auch Heribert Senekowitsch wirkt ein bisschen nachdenklich.

„Aber ganz ehrlich, Fleischerl, ich freu mich wirklich, dich zu sehen. Bist schon verheiratet?"

„Das geht dich aber wirklich nichts an?"

„Wird schon werden. Auch ein blindes Hendl findet mal einen Hahn im Korb!", streckt sich Heribert Senekowitsch empor, gertenschlank, wie er ist, und blickt über den Metzger hinweg in den Spiegel der Umkleidekabine. „Ich toller Hecht bin auch noch zu haben, möge das passende Katzerl also endlich den Stier bei den Hörnern packen, aufs richtige Pferd setzen und sich zum Schnurren bringen lassen!"

„Dann würd ich an deiner Stelle nach einer Zoologin annoncieren!"

Schallend jetzt das Lachen des Heribert Senekowitsch.

„Nicht schlecht, Fleischerl. Das passt. Meine Traumfrau ist Tierärztin!" Dabei mustert er den Metzger eindringlich und erklärt: „Was nicht passt, sind die Größen, die du dir ausgesucht hast, weil schlanker bist du ja nicht grad geworden. Außerdem würd ich an deiner Stelle in die Behindertengarderobe ausweichen ..."

Vorhang zu.

„Trottel!"

„Du hast mich nicht ausreden lassen", tritt Heribert Senekowitsch nach vor, grad, dass sich sein Gesicht nicht als Relief durch den Stoff schiebt. „Weil in der Behindertengarderobe ist mehr Platz zum Probieren, hehehe. Alles Anzüge, wie ich sehe! Lauter schwarze. Und einer preiswerter als der andere. Es soll also etwas Billiges, Geschmackloses sein? Für ein Begräbnis?“

„Verschwind!“

„Nicht. Dann so etwas Ähnliches: eine Hochzeit! Bist du bei deinem schlechtesten Freund eingeladen?“

Und allein das Ausbleiben der Antwort scheint Heribert Senekowitsch schon Erklärung genug zu sein. Bösartig sucht sich sein Dreifach-Lacher den Weg durch die Herrenabteilung.

Vorhang auf.

„Sag nicht, du bist selbst der Bräutigam!“

„Lass mich endlich in Frieden!“

„Ha, ich hab recht! Na, das nenn ich Liebe, mit solchen Fetzen vor den Traualtar treten wollen, oder heiratest du schon zum dritten Mal, du Weiberheld?“

„Ich wiederhol mich gern: Trottel!“

„Jetzt sag schon: Wann ist dein großer Tag? Bei diesem Dreck, den du dir da Hals über Kopf kaufen willst, könnt man ja annehmen, du heiratest schon morgen?“

Und abermals verrät sich der Metzger durch sein Schweigen. Elende Kommunikation. Wie man's macht, ist es falsch.

„Verdammt, Fleischerl, ich hab schon wieder recht.“

„Na und! Was ist dabei? Ich hab den alten Anzug erst heut probiert!“

Wahre Männer eben. Da wird kein Gschisti-Gschasti betrieben, sich nicht mit Nebensächlichkeiten wie Kleidergrößen oder Styling beschäftigt, geschweige denn ein Gedanke daran verschwendet, so etwas wie die Zeit könnte ab einem gewissen Alter nicht nur an Türstöcken, Kalenderblättern und Grabinschriften, sondern auch Hüften Spuren hinterlassen.

„Der größte Fehler, der einem Mann in einer Ehe passieren kann, ist ja bekanntlich die Eheschließung, trotzdem geht unsereins schon mit ein bisserl Stil zum Schafott, mein Lieber. Du kannst doch deine Zukünftige in keinem alten Fetzen heiraten!"

„Der Anzug war noch gut genug, und es spart Geld!"

„Dich von mir einkleiden zu lassen spart Geld und vor allem Sorgen. Ich bring dir einen passenden, da können sich dann die Wanzen wieder gut verstecken, hehehe!"

„Idiot."

„Am besten ein guter Stoff mit hohem Stretchanteil. Sketchanteil in deinem Fall. Ach Fleischhauer. Mit dir hat man was zu lachen. Deine Zukünftige darf sich freuen. Und? Wer ist die Unglückliche?"

Wenn Petar Wollnar eines ganz und gar nicht mag, dann Geheimniskrämerei. Als Unbeteiligter unter Zwang gestellt den Unschuldsknaben spielen zu müssen. So wie jetzt.

Denn Danjela bekommt Besuch.

Regelmäßig.

Und steigt die Personenzahl weiter so an, kann sie bald den FC Djurkovic gründen.

Hausmeister Petar Wollnar weiß nicht recht, wie er all seine Beobachtungen einordnen, sich verhalten soll. Sein Guckloch abkleben, um gar nicht erst in Versuchung zu kommen? Oder das Stiegenhaus für die restlichen paar Tage meiden, um sich weitere unerwünschte Begegnungen zu ersparen? Gäbe es so wie in diversen amerikanischen Bumm-Tschak-Filmen auch in Hausmeister Wollnars Revier eine großdimensionierte rückseitige Feuerleiter, über die sich die Guten und Bösen mit metallisch scheppernden Schritten hinterherhetzen oder ein Romeo heimlich zu seiner Julia ins Zimmer steigt, es würde zu diesen Begegnungen womöglich gar nicht kommen. Denn sowohl Danjela als auch ihre Besucher erwecken den Anschein, bevorzugt unsichtbar bleiben zu wollen. Nur warum?

„Wird Hochzeits-Überraschung!", so Danjela Djurkovic vor wenigen Tagen.

Und es klang bedrohlich. Vor allem für den Metzger selbst. Armer Willibald.

Unvergesslich Danjelas Sammelgeschenk zu seinem Fünfziger. Zusammengelegt wurde, von all seinen Freuden, was nichts anderes bedeutete als: Der Metzger wurde von all seinen Freunden zusammengelegt, hintergangen, nur damit sich seine Holde endlich ihren Herzenswunsch erfüllen und mit ihm an der Adria urlauben konnte. Mit verbundenen Augen wurde er zum Bahnhof gebracht, in den Zug gesetzt, um dort völlig wehrlos vor vollendete Tatsachen gestellt zu werden. Tamtam, Zug fährt ab. Rückblickend ein Horror, das Ganze. Wie ein Betrüger ist sich Petar Wollnar damals vorgekommen.

Und nun scheint neuerlich irgendeine Ungeheuerlichkeit geplant?

Das Stiegenhaus hatte er gerade gewischt, als ihm die Djurkovic aus dem Oberstock entgegenkam. Sichtlich in Eile und doch mit einem gewaltigen Handikap ausgestattet.

„Das ist aber ein schwerer Koffer? Gehst du auf Reisen?"

„Reise! Gibt wohl nix schlechtere Zeitpunkt für Reise, kurz vor Hochzeit, oder?"

Gereizt ihr Ton.

Nein, mit Danjela ist aktuell keineswegs gut Kirschen essen, nicht einmal beim Konditor als Schwarzwälder.

Bei Petar Wollnar beißt sie aber auf Granit, denn das kann er, dem Unmut anderer mit Bedächtigkeit begegnen.

„Was immer du da so hektisch herumschleppst, aber soll ich dir nicht lieber tragen helfen, Danjela, bevor noch ein Unglück passiert!"

Ein wenig schien sie sich an der Nase zu nehmen, langsamer wurde sie aber deshalb nicht. Nur weiter, möglichst ungestört, so offenbar ihr Wunsch. Aus gutem Grund.

„Danke, Petar. Aber hab ich schon Unterstützung."

Ein mächtiges Mannsbild kam ihr hinterdrein, ebenfalls einen Koffer in der Hand. Kahlköpfig, mit Narben quer über den Hals und Drachentätowierung diagonal über das Gesicht. Jetzt ist Petar Wollnar nicht unbedingt einer jener Herren, die man im Kino vor sich sitzen haben möchte, hinter diesem Monstrum aber würde sogar er verschwinden. Kein Wort mehr brachte er heraus, schon gar nicht zu dieser seltsamen Bemerkung Danjelas: „Wehe, verrätst du Willibald auch nur eine Wort, dann schwör ich bei alles, was ist mir heilig, gibt Probleme!“ Und wie gesagt, es klang bedrohlich. Auch alles Weitere: „Also machst du wie drei Affen: Siehst du nix, hörst du nix, sagst du nix! Hast du verstanden!“

Petar Wollnar war dieser eine Affe schon genug, der sich nun hinter Danjela an ihm vorbeischob. Die Djurkovic und ihr Gorilla.

Seltsame Zeiten sind das.

Auch weil der Metzger aktuell ja gar nicht in seiner Wohnung weilt, aus Liebe vor die Tür gesetzt und mit den Worten „Mein ich nur gut für uns!“ in die Werkstatt verbannt wurde. Und Petar Wollnar hat es schweigend registriert. Sollen Willibald und Danjela ihre Beziehungsprobleme handhaben, wie sie nur wollen, da mischt er sich schon aus reinstem Selbstschutz nicht ein. Aber jetzt? Ein fremder Mann?

„Ob du verstanden hast, Petar? Ist wichtig!“

Mit einem Kopfnicken der Bestätigung sah er den beiden verdutzt hinterher und war doch nicht überrascht. Denn im Grunde passt der Kerl haargenau in die Riege jener Gestalten, die hier in jüngster Zeit vermehrt durch die Gasse streunen. Und wirklich koscher ist ihm das alles nicht. Nur, was weiß man schon? Vielleicht stellt ihm ja seine Gewohnheit ein Bein, leidet er mittlerweile schon unter Verfolgungswahn, sollte er einfach weniger vor der Glotze sitzen und seine Action-Reißer konsumieren, FSK 16, weil wenn schon Volksverblödung, dann ordentlich. Das Hirn pausiert und irgendwelche Helden üben stellvertretend Rache für jenes Unrecht, das in dem eigenen Unterbewusstsein bereits auf Grund gelaufen ist und dort liegt wie ein verschollenes Atom-U-Boot. Es gibt Filme, die sprechen einfach aus der Seele, öffnen Ventile, hinterlassen in Petar Wollnar den Eindruck, obwohl er ja nur zuschaut, die

Welt gerettet, das Böse dingfest und auf jeden Fall absolut das Richtige getan zu haben. Wie ein unfreiwillig auf Entwöhnung gesetzter Nikotinsüchtler beim Passivrauchen. Herrlichen Verbal-Tobak hat er da schon inhaliert, wahre Aufputschmittel. Sätze wie Heiligtümer.

Aus dem Film *Ronin* zum Beispiel.

„Wieso hast du Larry getötet?"

„Ach, der hieß Larry!"

Oder *Rambo*.

„Für wen hält sich dieser Kerl? Für Gott?"

„Gott kennt Gnade, er nicht."

Dazu Bruce Willis in *Stirb langsam*.

„Yippie-Ya-Yhea, Schweinebacke!"

Und Wollnars Liebling natürlich.

„Einen Wodka Martini!"

„Geschüttelt oder gerührt?"

„Seh ich so aus, als ob mich das interessiert?"

Aus *Casino Royal*. Der erste James Bond mit Daniel Craig. Petar Wollnar hätte damals im Jahre 2006, wäre er 14 gewesen, wohl umgehend sein Kinderzimmer mit diesem Kerl tapeziert, so groß seine Begeisterung. Seit Sean Connery endlich wieder einmal ein 007, der sich nicht anfühlte wie eine Doppelnull mit sieben Leben.

Und Petar Wollnar selbst? Nur eine Doppelnull. So wurde er zumindest von seiner Ex genannt.

Ach, wenn er doch nur eine Spur mehr Courage hätte, er wäre schon längst draußen aus seiner Wohnung und droben im letzten Stock, um an die Tür seines Freundes Willibald Adrian Metzger zu klopfen. Denn Danjela ist abermals in Gesellschaft.

Drei Herren sind diesmal mit ihr durchs Stiegenhaus marschiert. „Hab ich Gäste für Abendessen!", so ihr direkt neben seiner Hausmeisterwohnung in den leeren Raum geschmetterter Ruf, eindeutig also an ihn adressiert.

Und irgendetwas muss passiert sein, denn nun läuft dieses Monstrum Mann mit Drachen-Tattoo im Gesicht die Treppen auf und ab und murmelt vor sich hin.

Ein seltsames Gelalle. Garantiert kein Kroatisch.

Die Sprache unbekannt. Das Gemüt ziemlich erhitzt.

Und wenn sich Petar Wollnar mit Blick durch seinen Türspion nicht gänzlich täuscht, hält dieser Kerl ein rot besudeltes Geschirrtuch in seiner Hand. Ist er der Koch und hat die Bolognese verhaut? Das Paradeiser-Sugo versalzen? Und wenn schon Nudeln, dann vielleicht doch eher Penne all'arrabbiata mit einer Extraportion Rabbia, sprich Wut.

Was ist da los?

Željko muss gehen

– Warum hast du rausgeschickt Josip. Soll er seine Dreck doch selber wegräumen.
– Josip ist ein Mann der alten Schule und Putzen für ihn Weiberkram. Und jetzt hilf mir.
– Müssen wir einrollen in Plastik.
– Wozu! Wir nehmen gleich den Teppich.
– Niemals! Ist uralte Perser, und –
– Und sogar wenn Aladin damit geflogen wär oder Mohamet drauf gesessen, wir wickeln jetzt Željko damit ein und schmeißen ihn weg.
– T'i pif –
– Nicht den Kopf, der kommt woandershin. Nur den Körper.
– T'i piftë sorra mendtë!
– *Möge die Elster von deinem Gehirn trinken!* Na bitte! Geht doch. Du hast das Fluchen nicht vergessen in all den Jahren. So wie mich.
– Erinnerung ist wie Herpes-Virus. Hast du einmal aufgerissen, bekommst du nix mehr weg!
– Und auf Anhieb erkannt hast du mich auch. Trotz Vollbart.
– Is nix Vollbart, sondern peinlich gestutzte Dokument von größte Eitelkeit. Wie englische Rasen. Schlag ich also vor für Zukunft, kümmerst du dich mehr um Hirn als um Äußeres. Außerdem riech ich Abschaum hundert Meter gegen Wind.
– Wie kommst du dann mit deinem Eigengeruch zurecht? Die Heimat verraten, deinen Schwur gebrochen, und reihenweise Menschen ins Gefängnis gebracht hast du auch.
– Hab ich immer geglaubt, hocken Verbrecher wegen Verbrechen in Gefängnis. Und bei dir war Liste so dick wie Telefonbuch.
– Band 1. Also sei froh, dass nicht gleich du die erste Zeile in Band 2 bist, denn mein Vater will dich nicht gestückelt,

sondern als lebendes Ganzes wiedertreffen. Ich vermute, er will dich sterben sehen.

– Müssen wir noch reinigen Sofa und putzen Wand. Stell dir vor, kommt meine Mann nach Hause und findet Blutstropfen.
– Er ist noch nicht dein Mann. Und die Tapeten musst du überkleben, da hilft kein Putzen mehr.
– Ist Katastrophe. Wenn Willibald fängt an herumschnüffeln, kannst du alles vergessen.
– Jetzt hör auf, unnötig die Nerven zu verlieren, es wird schon schiefgehen!
– Fangt aber ein bisserl früh an mit Schiefgehen, weil kommst du mit zwei Männer herein und gehst du mit nur eine wieder hinaus.
– Ja, das ist ungut. Und leider sterben immer die Falschen. Željko war ein guter Mann.
– Hast du gesagt sterben? Ist grausame Mord. Köpfen.
– Josip weiß mit dem Säbel umzugehen, und Željko hat nichts gemerkt. Aus und vorbei. Für ihn war das also weniger grausam als für uns Zuschauer.
–
– Danjela? Was ist los?
–
– Alles in Ordnung?
– Fragst du mich nicht wirklich, oder? Und warum Željko?
– Keine Ahnung. Željko hat mich nach meiner Entlassung wie vereinbart vor dem Gefängnis abgeholt. Warum plötzlich Josip dabei war, weiß ich doch nicht. Vielleicht will mein Vater jeden Mitwisser und somit potentiellen Verräter ausschalten. Er passt also mehr oder weniger auf uns auf.
– Würd ich sagen, eher weniger als mehr.
– Weniger Hund wäre auch hilfreich. Lass endlich deinen Köter hier verschwinden.
– Heißt nicht Köter, sondern Edgar.

– Edgar, du nennst den Hund Edgar! Hat er studiert?
– Te qift qeni ne byth!
– Danjela, Danjela, das ist schmutzig! Gehört sich das für eine Dame? Du bist doch jetzt eine Dame, oder? Und warum bist eigentlich du so ungut zu mir! Ich bemüh mich doch freundlich zu sein, obwohl es anders ginge. Das alles kommt doch nicht unerwartet. Oder hast du in einer Illusion gelebt?
– Hab ich gelebt in gute Hoffnung!
– Bist du dafür nicht zu alt. Wobei, Brigitte Nielsen und Gianna Nannini waren bei ihrem ersten Kind auch weit über 50.
– Arme Dejan. Bist du immer noch größte Trottel zwischen Nord- und Südpol! Ist jede Tag ohne Hoffnung wie Gefangenschaft, selbst wenn lebst du in Paradies und schönste Freiheit!
– Na schau! Im schlimmsten Fall kannst du dich dann mit dem Dichten von Kalendersprüchen über Wasser halten! Und auch wenn du dich so zierst: Ich kann es doch spüren. Du hast Heimweh!
– Na, dann gratuliere ich zu Menschenkenntnis wie Säbelzahntiger. Hat auch nur gefressen Zweibeiner und nix verstanden!
– Dann beweis ich es dir: Wie lange lebst du jetzt eigentlich schon hier?
– Ist aber nur rhetorische Frage, oder?
– Ich hab sogar im Gefängnis fließend Deutsch gelernt. Und du? Wer nach rund 35 Jahren immer noch derartige Probleme hat mit Subjekt, Prädikat, Wortstellung, Artikel, der ganzen Grammatik, also wenn das kein Heimweh ist, dann wohl ein Zeichen mangelnder Intelligenz.
– Drehst du Subjekt eigene Lautstärke besser auf Null, weil geht sonst Gruselfilm gleich weiter mit nächste Todesfall, aber Prädikat wertvoll!

2

Taube: Hier Taube. Hier Taube. Blut in Bau 1. Überall. Bussard aufgeflogen. Exekutiert. Kommen.

Falke: Hier Falke. Fuck. Kommen.

Adler: Von wem?

Falke: Wer funkt hier dazwischen?

Adler: Hier Adler. Kommen. Alle.

Falke: Hallo Chef. Bussard ist –

Adler: Verdammt, ich hab's gehört. Durch wen?

Taube: Hier Taube: Soll ich dir jetzt sagen, wer es war?

Habicht: Dann können wir uns hier aber gleich alle persönlich vorstellen und dein paranoides Decknamentheater beenden, Chef.

Adler: Taube, verdammt. Durch wen? Kommen.

Taube: Den mit der Drachentätowierung quer über dem Gesicht. Kommen.

Adler: Josip! Gar nicht gut. Ein harter Hund.

Taube: Somit ist Füchsin morgen ziemlich auf sich gestellt.

Falke: Ich hab es g'sagt, wir sind zu wenig.

Wingman

Es ist allein dieses Klingeln des Glöckchens über der Werkstatt-Türe, das bereits viel über den eintretenden Menschen verrät. Ob er leidenschaftlich, verwegen, zielstrebig vorgeht, in Hast dabei, rücksichtslos vielleicht, ungeschickt, ob er die Tür aufschnellen, an die Wand schlagen lässt. Ob er zaghaft eintritt. Vorsichtig oder gelassen.

An diesem bedeutsamen Morgen jedenfalls muss sich ein äußerst bedachtsamer Charakter in den Gewölbekeller verirrt haben, so umsichtig sogar, der Metzger bemerkt ihn erst mit großem Schrecken, da wartet dieser Fremde bereits inmitten des kleinen Schauraumes neben der Werkbank und sieht sich eben um. Genau dort hat er Platz genommen, wo es sich auch am schönsten Platz nehmen lässt. In einem prächtigen antikroten Chesterfield Wing Chair. Weit empor und wie Scheuklappen nach vor ragend die ohrenähnlichen Auspolsterungen im Kopfbereich. Ein Ort der Geborgenheit. Und dennoch: Als wäre ihm der Stuhl ein paar Nummern zu groß, sitzt ein sehr einfach, vielleicht sogar eine Spur verarmt wirkender alter Mann darin. Ausgetretene Schuhe, eine simple graue Hose, ein verknittertes weißes Leinenhemd, eine braune Schieberkappe, ein Gehstock in der rechten Hand. Stockschwarz seine Augen, braun gegerbt seine Haut, die buschigen Augenbrauen und das kräftige Haar schlohweiß.

„Ein Paradies haben Sie hier, ist Ihnen das bewusst!“ Die Stimme voll Tiefe.

Und sofort muss der Metzger an Anthony Quinn denken. Nicht an den kraftstrotzenden Sirtakitänzer in Alexis Sorbas, sondern an eine ergraute, geschwächte Ausgabe.

Punkt acht zeigt die alte Pendeluhr hinter der Werkbank, und Willibald Adrian Metzger war um diese Zeit gewiss schon deutlich munterer unterwegs, von seinen starken Kopfschmerzen ganz abgesehen. Entsprechend fehlt es ihm an Gastfreundlichkeit: „Was machen Sie hier!“

Eindringlich betrachtet der Fremde den Restaurator. Ein leichtes Schmunzeln auf den Lippen.

„Wie ich sehe, komm ich ungelegen!“

„Ein wenig!“

„Ich will ja nicht indiskret sein, aber: Wohnen Sie hier?“

„Vorübergehend!“

Im hinteren Bereich seiner Werkstatt hat sich der Metzger, wie einst die Tramper mit ihren Wild-West-Wagenburgen, mit dunkel-honigfarbenen Nussholz-Rokoko-Schänken eingekreist und darin sehr gefällig eingerichtet. Ein alter Diwan, ein Nachtkästchen, eine Stehlampe mit breitem Schirm, ein kleiner Tisch mit Hocker.

„Gar nicht so ungemütlich, muss ich zugeben. Delogiert oder Beziehungsproblem?“

„Beides. Und jetzt entschuldigen Sie mich kurz!“

In Badeschlapfen, offenem Morgenmantel und seiner in die Welt lachenden klassischen Feinripp-Unterwäsche setzt der unfrisierte Metzger seinen eingeschlagenen Weg Richtung Toilette fort. Ein Vorhaben, das nun dringend zu Ende geführt werden muss.

In Gegenwart einer Kundschaft.

Bravo. Beginnt dieser ohnedies schon ungeliebte Tag also mit einem ersten kleinen Schrecken! Passt ja, bevor gleich der große folgt. Ein Tag nämlich, der alles ändern soll, auf dass es dann bis ans Lebensende möglichst beim Alten bleibe. Der schönste Tag eines Lebens, wie so gerne behauptet und hoffentlich nie in Erfüllung gehen wird, denn was bitte wäre dieses Dasein für ein jämmerliches, gäbe es nur einen einzigen schönsten, und dann justament diesen.

„Eigentlich habe ich heute geschlossen!“

„Oh, dann verzeihen Sie bitte und gestatten mir zugleich einen kleinen Ratschlag: In solchen Fällen wäre es vielleicht klug, die Türe zu versperren." Liebenswürdig der Ton des Alten, ein wenig schelmisch gemeint vielleicht.

Hat er also vergessen, der Willibald Adrian! Kein Wunder, denn würde der Metzger an den Mondkalender glauben, stünde da gestern vermutlich etwas wie „Viel trinken!" oder „Ordentlich gießen!" in der Spalte. So eine durstige Nacht hat er jedenfalls schon lang nicht mehr erlebt. Ein Polterabend zwar ohne Poltern, aber mit gläserweise guten Kameraden, alle abgefüllt in Rotweinflaschen. Das telefonische Angebot seines einzig wahren Freundes und Trauzeugen Hausmeister Petar Wollnar nämlich – „Gehen wir aus an deinem letzten Abend, Willibald. Einmal noch feiern! Ich hol dich ab" – musste er aus nachvollziehbaren Gründen ablehnen.

„Wir zwei waren doch noch nie aus, Petar, und das garantier ich dir: Wenn dieses Theater morgen überstanden ist, fang ich erst zu feiern an!"

Und dieses Morgen ist heute.

Entsprechend groß sein Seufzer.

Ebenso auf der Gegenseite, allerdings aus Staunen. Mit einem tiefen Atemzug streicht der Fremde nun über das Leder: „Im Vorbeigehen diesen Ohren-Sessel zu sehen und nicht einzutreten, war einfach unmöglich – und ich bin zu alt, um mir derartige Gelegenheiten entgehen zu lassen! Ein wunderschönes Stück."

„Da haben Sie recht. Mit etwas mehr Platz in meinem Wohnzimmer stünde er auch nicht in der Werkstatt!"

„Und hier steht er nun, wie ich hoffe, zum Verkauf?" Auffordernd der Blick. „Ja oder Ja?" Eine überraschende Frage natürlich. Nicht, dass der Metzger jetzt generell auf Grund der Äußerlichkeit einer Person auf deren Besitzverhältnisse schließen würde, so etwas kann gewaltig ins Auge gehen. Trotzdem beschleicht den Restaurator der Verdacht, der gute Herr könnte dem Wert dieses Prunkstückes vielleicht nicht mit ausreichendem Realismus begegnen. Da ist dann eine kleine Erklärung vielleicht angebracht. Weit kommt er damit allerdings nicht.

„An sich schon, Herr, Herr ...“

„Andrejew! Wunderbar. Dann lass ich ihn gleich holen.“

„Vielleicht sollte ich Ihnen vorher ein wenig was zu diesem Stuhl erzählen, und was er kostet?“

„Das ist sehr aufmerksam von Ihnen!“, hebt Herr Andrejew nun den Kopf und schiebt seine Mütze zurecht. „Aber die vielen Knöpfe, die tiefe Sitzfläche, das ins Leder gelegte Rautenmuster, ich vermute, es ist ein echter Chesterfield mit einigen Jahren auf dem Buckel. So wie ich. Die Herkunft des Namens weiß man nicht so genau. Vermutlich gab im 18. Jahrhundert ein wahrer Gentleman, der Schriftsteller und Politiker Stanhope, seines Zeichens der Earl von Chesterfield, den Auftrag. Mit der Vorgabe, ein aufrechtes und bequemes Sitzen zu ermöglichen, ohne dabei in der Kleidung Falten zu hinterlassen. Und wie Sie sehen, hab ich es bitter nötig!“

Jetzt staunt er natürlich, der Metzger, einmal mehr um die Einsicht reicher: Unterschätze nie dein Gegenüber!

„Und was es kostet, Herr Metzger, das kostet es. Ich vertrau Ihnen. Erstens sehen Sie nicht aus wie ein Betrüger. Und zweitens spielt bei Liebe der Preis keine Rolle!“

Wohlklingende Worte natürlich, nicht nur in den Ohren eines Einmannbetriebes, eines selbständigen Handwerkers und Geschäftsmannes, der jeden Cent dringend braucht, sondern auch im emotionalen Sinn. Richtig durchs Gemüt fährt dem Metzger dieser Satz, lässt ihn neben dem Herrn auf einem alten, aktuell noch knarrenden Thonetsessel Platz nehmen und nachdenklich ins Leere starren. Ein Verhalten, das nicht unbemerkt bleibt.

„Na, Ihnen ging es offenbar auch schon einmal besser!" Einladend die Stimme des Herrn Andrejew, vertrauenserweckend, dazu die tiefgründigen, besorgten Augen. „Oder habe ich etwas Falsches gesagt? Soll ich wieder gehen?"

Gehen! Jemand, der knapp 3000 Euro hierlassen will. Niemals. Der Metzger muss sich also zusammenreißen.

„Nein bitte, bleiben Sie! Es ist alles in Ordnung. Nur die Aufregung!"

„Vor mir müssen Sie sich nicht fürchten!" Ruhig der Ton, besonnen. Väterlich fast. „Was ist denn los?" Und so etwas öffnet das Herz, vor allem, wenn es ohnedies grad viel zu verschlossen für den bevorstehenden Anlass ist und sich nach Erleichterung sehnt, nach etwas Licht.

„Mir verlangt die Liebe in wenigen Stunden auch einen hohen Preis ab."

„Und? Lohnt er sich?"

„Bis vor ein paar Wochen hätte ich noch zu hundert Prozent Ja gesagt. Mittlerweile weiß ich nicht recht!"

„Dann lassen Sie hören. Der herrliche Sessel hier und ich, wir haben Zeit!"

Wie ein Wink des Schicksals, fast ein kleines Hochzeitsgeschenk, erscheint dem Metzger nun dieser betagte Herr, dessen ruhige, friedfertige Ausstrahlung ihn sofort Vertrauen fassen lässt. Einmal noch seine Kümmernis loswerden dürfen, einem Fremden gegenüber, der mit alldem nichts zu tun hat, der nur zuhört, unvoreingenommen – und vielleicht die richtigen Worte findet.

Folglich nimmt er die Einladung an und erzählt.

Wie seine heutige bevorstehende Traumhochzeit ausgesehen hätte, ginge es nach ihm: Die Tür des Standesamtes öffnen; zu zweit hinein, frisch verheiratet wieder raus; sofort gemeinsam zum Würstelstand auf eine Käsekrainer mit Schwarzbrot, Pfefferoni, Senf und Kren, dazu ein Bier natürlich; sich danach wohlig beglückt und dezent ermüdet von der entsprechenden Straßenbahn bis zur Endstation kutschieren lassen, Hand in Hand; äußerst gemächlich den angepeilten Hügel samt Heurigem erklimmen; dort mit Blick über die Stadt die Zeit und jede kulinarische Zurückhaltung vergessen; ja, und wenn dann der Rausch, die Sterne und irgendwann das bestellte Taxi kommen, schließlich nach Hause! Hochzeitsnacht.

Verständnis unter Männern wäre nun fein, ein: „Ja, genau!"

Damit aber will Herr Andrejew nicht dienen.

„Vereinsamt vor einem fremden Standesbeamten heiraten und dann zu zweit auf ein Würstel? Sehr spezielle Wünsche haben Sie, mein Guter! Ich würde sagen, da verlangen eher Sie der Liebe viel ab als die Liebe Ihnen! Deshalb die Beziehungsprobleme? Ihr Vorschlag hat der Zukünftigen nicht gefallen, nehme ich an?"

„Nicht *mehr* gefallen! Sie wollte es zuerst genauso."

Aber dann, von einem Tag auf den anderen, sah Danjela Djurkovic in einer Vermählung den Auftrag, ein großes Fest zu geben – inklusive Verköstigung, Blumentamtam, Tischkärtchen, der ganzen Kostümiererei.

„Hab ich mir anders überlegt. Weil heiratet man nur einmal!", so das Argument und in ihrem verwitweten Fall natürlich eine Lüge. Obendrein wurde Gott und die Welt eingeladen. Ja, Gott:

„Was heißt, ein Priester wird uns trauen, Danjela?"

„Bekommst du nix gleich Herzinfarkt. Wird nix Hochamt. Feiern wir nur einfache Wortgottesdienst!"

„In unseren 13 Jahren Beziehung waren wir weder in dem einen noch dem anderen? Und Katholik bin ich auch keiner, das weißt du doch?"

„Schadet aber nix Gottes Segen, und dafür brauch ma nix Kirche! Stell ich mir wunderschön vor, Heiraten in Weinberg."

„Nix gleich Herzinfarkt, nix Hochamt, nix Gottes Segen, nix Kirche!", wiederholt Herr Andrejew verdutzt. „Heiraten Sie, weil da jemand die Staatsbürgerschaft braucht?"

„Nein!", löst sich die Anspannung des Restaurators langsam, „meine Zukünftige spricht wirklich so schlecht Deutsch. Zum Glück, weil ich liebe ihren Akzent!"

Wie gut es tut, einfach nur zu reden.

„Ein Heuriger! Das klingt doch wunderbar. Wo ist jetzt Ihr Problem, Herr Metzger?"

„Kein Heuriger. Sondern der Dornhauer!"

„Wer?"

„Thaddeus Dornhauer! Sein Salettl."

Nachdenklich das Gesicht des Alten. „Kenn ich nicht!"

„Das spricht für Sie, Herr Andrejew. Denn wer in die Gesellschaftsspalte jeder x-beliebigen Gratiszeitung schaut, wird mit Garantie dieses Watschen-Gesicht darin finden: Szene-Winzer Thaddeus Dornhauer."

Ein stadtbekannter Gourmet, aber trotzdem gewaltiger Kotzbrocken. Keine Gelegenheit lässt er aus, um seine Visage aus der Seitenblickgesellschaft herauszustrecken. Seine Weine nennt er *Dornhauers Angels*. In Anlehnung an den Actionreißer und die gleichnamige Serie aus den 70er und 80er Jahren: „Drei Engel für Charly". Nur sind es eben nicht nur drei Sorten namens *Sabrina, Jill und Kelly*, sondern ein paar mehr: *Lucy, Mia, Texas* ...

Die Etiketten zeigen allesamt verschiedenfarbige Schattenrisse vollbusiger Damen, mit dem entsprechenden weißen Namens-Schriftzug und Stöckelschuhen. Darunter die Marke: *Dornhauers Angels*. Hinten ein Doppelname, dafür Vornamen wie Pornostars. So gefällt ihm das, dem Dornhauer. Eine Flasche also, die seine derben Fantasien weiblicher Traummaße in Bouteillen füllt. Und obwohl oder gerade weil Thaddeus Dornhauer schon quer durch diverse Gazetten und soziale Medien gesteinigt wurde, läuft sein Geschäft wie geschmiert und ist sein Anwesen Treffpunkt der selbst ernannten Hautevolee.

Für Willibald Adrian Metzger der reinste Alptraum und derart außerirdisch, dagegen erscheinen ihm die Orks oder Klingonen direkt blutsverwandt. Allein der Gedanke daran, diese Adresse auf seiner Hochzeitseinladung zu wissen, trieb ihm folglich die Schamesröte ins Gesicht.

„Um Himmels willen, Danjela! Was denken die Leut!"

„Was interessiert dich plötzlich Denken von Leut? Ist wunderschön dort."

„Stimmt, wer das bezahlen soll, interessiert mich eigentlich viel mehr."

„Ist Freundschaftsdienst!"

Und natürlich wurde er stutzig, denn weder hat der Metzger solche Freunde, noch will er irgendein Dienstverhältnis mit solchen „Freunden" eingehen!

„Freundschaftsdienst wofür?"

„Geht nix auf deine Kappe, sondern ist meine Kaffee!“

Deine Kappe? Mein Kaffee? Gibt eine zukünftige Ehefrau so auseinanderdividierende Antworten? Alles nur noch befremdend. Geschwiegen hat er also, der Metzger, gar nicht weiter nachgefragt, denn seine Holde duldete keinen Widerspruch, und was hätte da wohl anderes dabei herauskommen sollen als gleich der nächste Krach. Wie ein Statist ohne Einspruchsrecht kam er sich vor, der Metzger. Ein Waschlappen.

Und genau das sind eben die großen Fragen der Menschheit. Wie die Geschichte mit dem Huhn und dem Ei: Verwandeln sich Männer neben Matronen aus reinstem Selbstschutz zu Memmen? Oder verwandeln sich Frauen neben Memmen aus reinstem Selbstschutz zu Matronen?

Danjela Djurkovic jedenfalls wurde ob der Gesamtsituation zusehends unglücklicher. Weshalb schließlich kurzfristig räumlich getrennt wurde, was langfristig verbunden werden soll, auf dass den beiden vor der Eheschließung das Ausbrechen jener Eiszeit erspart bleibe, die nach der Eheschließung ja ohnedies irgendwann so sicher kommt wie der Schnee am Kangchendzönga. Zwei Wochen ist das jetzt her.

„Und darum wohnen Sie hier?“, zeigt sich Herr Andrejew verwundert. „Also Ihre Probleme will ich haben!“

Armer Willibald. Geht ihm diese Aussprache unter Männern also grad nach hinten los, denn von einem Gesinnungsgenossen kann keine Rede sein.

„Und mit welchem Argument wurden Sie delogiert?“

Kaum noch zu antworten getraut er sich, der Metzger: „Muss Ehemann zukünftige Ehefrau wieder ein bisserl sehen mit andere Augen. Und darf Spannung vor Hochzeit ruhig steigen. Aber positive!“

„Was bitte ist schlecht daran? Klingt nach einer klugen Frau.“

Allein die Art zu fragen und der Gesichtsausdruck des Herrn Andrejew, wie er da gleich einem Therapeuten gelassen in seinem zukünftigen Ohrensessel sitzt, vermag dem Metzger die ganze Aufregung zu nehmen. Im Grunde waren die letzten zwei Wochen ja gar nicht so schlecht, konnte sich Danjela ungehemmt ihren Hochzeitsvorbereitungen widmen, er in aller Ruhe seinen Möbeln. Ja, und jeder der beiden sich selbst.

„Ein bisserl Muffensausen gehört schon dazu, Herr Metzger. Wie das Adrenalin eines Abfahrtsläufers vor dem Start. Die letzte Gewissensprüfung sozusagen. Ich würde also meinen: Freuen Sie sich, so wie ich grad. Denn wie mir scheint, sind wir heute beide mit Glück gesegnet. Ich bekomm den Traum eines Möbelstückes und Sie eine Traumfrau!" Damit erhebt sich Herr Andrejew nun. „Und, wann geht es los?"

„In zwei Stunden werd ich abgeholt!"

„Na dann alles Gute."

So schnell kann die Sonne aufgehen, mit nur einem Menschen, selbst wenn sich vor den Fenstern der Werkstatt dunkle Wolken zusammenbrauen.

Ewiger Kreislauf

Sie wird es nie vergessen, auch wenn es schon so lange zurückliegt.

Wie er noch ein paar Schritte lief, während sein Name gerufen wurde. Tariq!

Immer wieder.

Tariq!

Anfeuernd. Spöttisch.

Tariq! Tariq!

Kopflos. Da das Haupt. Dort der taumelnde Körper.

Wie ein Betrunkener.

Rundum Gelächter, Hohn.

„Los, weiter! Vielleicht schaffst du es noch ein Stück." Scharf wie der Säbel in seiner Hand drang Mehmets Stimme durch die Nacht. „Zwölf Meter waren es bei Störtebeker!"

Sie war zu klein damals, um es zu verstehen. Keine sechs Jahre alt.

Klaus Störtebeker. 1401. All jene Freibeuter-Kollegen sollten begnadigt werden, an denen er nach seiner Enthauptung noch vorbeizuspazieren vermochte, so der vereinbarte Handel. Nach elf Männern wurde ihm schließlich ein Bein gestellt und trotzdem jeder der Männer geköpft!

Legenden, die sich tapfer halten.

Dies nun aber geschah vor ihren Augen, war Wirklichkeit, Gegenwart. Ihr nahe. Viel zu nahe.

Zusammengekauert lag sie in einer dunklen Ecke hinter den Müllsäcken versteckt und sah das Gesicht ihres Bruders, seine sich bewegenden Lippen, als würde er einmal noch ihren Namen sagen wollen – „Anjeza!" –, dazu seinen ungläubigen Augenaufschlag, den traurigen Blick, darin der Abschied, während ihm ein Stück entfernt zuerst sein Leib entwich und dann sein Leben.

„Gjumë të ëmbël!", flüstert sie. „Schlaf gut."

Den Kopf verloren, und somit alles, worum es geht.

Das Gesicht. Es zu wahren.

Die Ehre.

Sie ist mehr wert als das Leben selbst, kann, einmal beschmutzt, reingewaschen werden mit nur einer Substanz: Blut. Versiegt es dort, entspringt es da. Legt die Pflicht zur Rache von einer Familie in die Hand der anderen. Macht aus Jägern Gejagte, aus Gejagten Jäger.

Seit Menschengedenken festgeschrieben im Gesetz der Berge. Dem Gewohnheitsrecht, das über jeder Ordnung steht.

Blut fordert Blut.
Neues Blut.
Immer wieder.
Sucht sich seinen Weg.

Ein Ring, sie zu knechten

Hektisch sausen die Scheibenwischer, hin und her und her und hin, chancenlos, der herabstürzenden Fluten Herr zu werden. Kaum ein Mensch auf den Straßen, und wenn doch, dann wird gelaufen, geduckt und eng an den Hausmauern entlang, denn was die vorbeisausenden Autoreifen da an Fontänen auf den Gehsteig jagen, demontiert jeden Schirm zum Mode-Accessoire.

Wortlos und gefasst lenkt Hausmeister Petar Wollnar den Wagen durch die Stadt.

Richtig adrett hat er sich herausgeputzt, zwar wie meist mit blauem Zweiteiler, aber diesmal nicht im Arbeits-, sondern nur im Anzug. Darunter ein weißes Hemd, samt einer Krawatte, deren ausgebleichtes Blumenmuster schon in voller Farbfrische nicht wirklich schöner war. Aber was zählt das schon?

Auf die Absicht kommt es an.

Und die könnte wohl besser kaum sein.

Gut gelaunt ist er. Eine Heiterkeit, die ihm hoch angerechnet werden muss, denn viel erbarmungsloser kann sich der Himmel kaum zeigen. Wenn es doch wenigstens nur ein Schnürlregen wäre, ein zartes Anstreichen, ein Kitzeln der Wange.

Aber nein.

Dicke Tropfen stürzen da herab, 21, 22, 23, waschelnass.

Petar Wollnar jedoch ist vorbereitet, mit Schirm, Charme und Pritschenwagen. Einmal mehr nach einer Zitterpartie mit der §57a-Begutachtungsplakette versehen und als Draufgabe von seinem Mechanikerfreund Miłosz Grabowsky frisch innengereinigt, steht sein alter Kübel in zweiter Spur. Da liegt kein Krümel mehr auf der Polsterung, stecken keine Wurstsemmelreste in Alufolie und kein eingetrockneter Kaffeebecher im Getränkehalter.

Und sogar pünktlich war er. Auf die Minute genau. Was in seinem Fall einem Wunder gleichkommt, denn eine Langsamkeit ist ihm zu eigen, sowohl sprachlich als auch motorisch, da muss ein Mensch schon ordentlich Zeit mitbringen.

„Alles gut?"

„Besser geht's kaum!", lässt ihn Willibald Adrian Metzger wissen.

„Wie viel?"

„3000 glatt. Ohne Rechnung. Er hat sich ein Großraumtaxi kommen lassen und den Sessel gleich mitgenommen."

„Schöner kann der Tag nicht anfangen, oder? Und nach Hause darfst du auch bald wieder!", bemerkt der Hausmeister aus durchaus egoistischen Gründen, denn selbstverständlich ist ihm der Metzger abgegangen. Wen hat er auch sonst, außer sein Stiegenhaus. „Und freust du dich schon?"

„Worauf?"

„Na, worauf?", kommt Petar Wollnar einer seiner seltenen Schmunzler aus. Dazu wiederholt er wortgetreu, was dem Metzger von seiner Danjela zum Abschied durchs Stiegenhaus hinterhergerufen wurde: „Ach Willibald. Sehen wir uns erst wieder in vierzehn Tage. Na ja, steigert sich wenigstens Vorfreude auf Hochzeitsnacht!"

Und jetzt schmunzelt auch der Metzger.

Optimismus in Reinkultur, so etwas. Anzunehmen, nach 13 gemeinsamen Jahren Beziehung reicht ein zweiwöchiger Liebesentzug, um es vor lauter Libido gar nicht mehr auszuhalten. Und das mit über 50 und ohne Tabletten.

„Hoffentlich will sie mich noch."

„In so einem feschen Anzug! Sicher. Hier!", reicht ihm Petar Wollnar eines dieser kleinen Fläschchen, wie sie zuhauf neben Supermarktkassen stehen. „Trauzeugenservice. Das braucht man als Bräutigam."

„Wodka? Und damit wird alles leichter?“

„Nicht alles!“, amüsiert sich der Hausmeister und zwickt sich selbst in den Bauch. „Und jetzt trink!“

„Ich mein es ernst, Petar. Ich bin die letzte Zeit immer fetter geworden und Danjela immer schlanker!“

„Schlanker und gereizter. Aggressiv sogar! Und das ist besser?“

„Aber was ist los mit ihr?“

„Ich hab meine eigene Frau schon nie verstanden, glaubst du, ich versteh deine? Hauptsache, euer gemeinsames Leben geht weiter. Ein Ring ändert nichts.“

Ruckartig reißt es den Metzger hoch, panisch: „Verdammt!“

Und Petar Wollnar versteht sofort. „Besser, du kommst jetzt drauf. Ist kein großer Umweg“, bleibt er zumindest äußerlich gelassen.

„Was ist los, Friedmann? Stromausfall?“

„I denk nur nach! Des Hirnschmoiz braucht eben a bisserl, bis es woarm wird, bei dem Sauwetter.“

„Obs wirklich am Wetter liegt? Ich helf Ihnen besser auf die Sprünge, bevor nichts dabei rauskommt. Also passen S’ auf: Etwa acht Prozent des Körpergewichtes eines durchschnittlich schweren erwachsenen Menschen bestehen aus Blut. Bei 70 Kilo sind das dann wie viel Liter, Friedmann?“

„Sie wern’s ma sicha glei sogn, Herr Major.“

„Fünf bis sechs. Und wenn wir uns nun den großen Schädel hier ansehen, was zeigt uns das?“

„Dass des ka verhungerter Langstreckenläufer mit Hendlhois, sondern eher a Gewichtheber woar. Und wenn der Bluza da mit dem fehlenden Rest insgesommt hundert Kilo hot, Herr Major, waraten des net fünf bis sechs, sondern acht Liter Blut!“

„Stimmt zwar, Friedmann, aber das mein ich nicht!“, wandert der Lichtkegel einer Taschenlampe langsam von einem lose zwischen den Gleisen liegenden Kopf die Außenseite eines Güterzuges empor. „Denn selbst wenn der Kerl 200 Kilo hätte, sieht das hier mengentechnisch nicht nach Babyelefant, sondern nach Elefantenkuh aus, oder nach Giraffenhengst. Definitiv zu viel Blut für nur eine Person. Was schließen Sie daraus?“

„21!“

„Wie bitte kommen Sie grad auf 21, Friedmann? 21 Liter? 21 Personen?“

Tage, verdammt nochmal. 21 Tage.

An etwas anderes will Michael Friedmann neben diesem Lackaffen eigentlich gar nicht mehr denken müssen.

Ein Widerling seit Minute eins. Stanislaus Pichlmayr. Riesig. Zwei Meter. Alles groß an ihm. Die Schuhe, die Uniform, die Nase, die Ohren, das Selbstbewusstsein, und mehr will Friedmann gar nicht wissen.

„Sie sind also der mittlerweile landesweit bekannte Friedmann, dieser Spaßvogel. Ich bin Major Pichlmayr und darf Sie ablösen, also räumen Sie mein Büro!", wurde er aus disziplinären Gründen seines Führungspostens enthoben.

Ja, Führungsposten, er hatte die Zügel in der Hand. Und genau das wurde sein Pferdefuß. Nur eines lächerlichen Bubenstreiches wegen: Auf dem Heimweg war ihm zwischen den Mülltonnen so ein altes, ausgefranstes, braunes, bernhardinergroßes Spiel-Pferd ins Auge gestochen, eines, wie es bevorzugt Väter schnell noch vor Weihnachten bei irgendeinem Interspar von den Paletten fischen, mit durchaus beschämter Röte zwischen die tiefgekühlte Weihnachtsgans und den Perlwein auf das Förderband stellen. Auf dass es von den Kindern kurz beritten, dann in eine Ecke gestellt, im besten Fall noch vom Hund besprungen, angeknabbert oder markiert wird, bevor es endgültig in der Tonne landet.

Und Michael Friedmann konnte nicht anders. Keineswegs aus Mitleid für das arme Pferdchen. Es hatte sich, welch Ehre, hoher Dienststellenbesuch angekündigt: Der damalige von ihm so verhasste Innenminister wollte seine Truppennähe zeigen und sich mit einem lachhaften Pseudo-Uniform-Jäckchen neben echten Polizisten ablichten lassen. Ergo hat Michael Friedmann an diesem geschichtsträchtigen Tag das ausgefranste, verdreckte Spiel-Pferd prominent als Besucherstuhl in seinem Büro platziert und sich zugegeben vielleicht doch eine Spur zu viel Mut angetrunken.

„Bidde nehmen S' Platz, Herr Sinnenminisda!"

Entsprechend groß die Verwunderung: „Sind Sie betrunken? Und was soll das sein?"

„Wenn's groß is, so hats mir geflüstert, wills eins von Ihre Polizeipferderln werden, Herr Vonsinnenminisda!" Das Sprechen fiel schwer.

Keine Woche später stand Major Pichlmayr in der Tür, und nun sitzt Michael Friedmann, wie mittlerweile auch der Ex-Innenminister, auf verlorenem Posten. Nur mehr drei Wochen, 21 Tage. Dann feiert Major Pichlmayr Geburtstag und wird er ihm und seiner Frau ein unvergessliches Geschenk bereiten. Denn was er über Pichlmayr mittlerweile alles herausgefunden hat, wird den Kerl ruckzuck ziemlich abstürzen und wieder verschwinden lassen.

Bis dahin aber heißt es schön brav bleiben, sich keinen weiteren Fehler erlauben, die letzten Tage an der Seite dieses Lackaffen überstehen und sich bitte möglichst keine Kugel einfangen.

So leicht wie erhofft dürfte das allerdings nicht werden.

Zeitig am Morgen wurde er aus dem Schlaf gerissen. Allein das ist schon eine Zumutung. Ganz zu schweigen von der Tatsache des gerade angebrochenen Urlaubstages. „Ich brauch Sie, Friedmann. Also hopp, Lulu gehen, Gesicht waschen, Zähne putzen und dann zu mir!"

„Aber ich ...!"

„Ich wart schon draußen im Wagen. Glauben Sie mir, es zahlt sich aus!"

Und in der Tat. Derartiges ist Friedmann noch nie untergekommen. Auch wenn es ein Weilchen gebraucht hat, durch die Menge aus Bahnarbeitern und Pressefotografen bis zu den Absperrbändern vorzustoßen. Ein paar jugendliche Sprayer waren in der Düsternis einer Güterbahnhofshalle gerade dabei, öffentliches Gut zu besudeln, und bekamen es dort derart mit der Angst zu tun, sogar die Polizei haben sie während ihrer überstürzten Flucht verständigt.

Einer der abgestellten Züge musste als Leinwand herhalten. Darauf ein Gemälde. Nicht gesprüht, wie auf den Waggons daneben, sondern geschüttet.

„Wobei, wenn Sie mit 21 die Anzahl der Personen meinen, wären das grob geschätzt 126 Liter Blut. Das könnte hinhauen, Friedmann, trotzdem ...!"

„I hab schon g'merkt, wie leiwand Sie rechnen können, Herr Major, aber –"

„Sag, wollen Sie mich verarschen?"

„Wie kommen S' auf so was, nichts läge mir näher!" Und der selbstverliebte Herr Major bemerkt ihn nicht, den sprachlichen Kniff. Herrlich. Das sind dann eben die kleinen Freuden des Michael Friedmann. So auch gleich die nächste Improvisation.

„Mit anazwanzg man i ...!"

„Bemühen Sie sich wenigstens, Friedmann!"

„Womit!"

„Schönsprechen!"

„Sie manan a bisserl auf May Fair Lady. Gern. Mit einundzwanzig meine ich das Spiel, Herr Major. Siebzehn und vier. Black Jack. Wir müssen jeden Teil hier wie eine extra ausgespielte Karte betrachten. Der Kopf, der Güterwaggon, das Blut, ich vermute Schweineblut!"

„Sie vermuten? Aha!"

„Na ja, selbst wenn ich mir ein Kostproberl genehmig und den Waggon jetzt abschleck, könnt ich Ihnen nicht mit Sicherheit sagen, welches Lebewesen da zur Ader gelassen wurde. Aber allein die Menge spricht für Schweineblut!"

Ein netter Spaß. Jeder weiß vom anderen haargenau, wie sehr das Gegenüber mit verdeckten Karten spielt und bestens informiert ist, und doch gönnt man sich den Luxus, einander für blöd zu verkaufen. Wie im wahren Leben. Politiker könnten die beiden werden.

„Na dann, Friedmann. Blut vom Schwein also!"

Diese Steilvorlage kann Michael Friedmann natürlich nicht ungenutzt lassen: „Schweine gibt's bei uns ja wirklich mehr als genug."

Und logisch setzt Pichlmayr, in dessen Kindheit wohl so einiges gewaltig schiefgelaufen sein muss, nun nach. Entweder war der Herr Major ein unbeliebter Muster- oder ein dauergepiesackter Sonderschüler, anders gibt's das nicht. Obendrein beschenkt mit offenbar recht originellen Eltern, die ihrem Sohn als Strafverschärfung für den Rest seines Lebens den Vornamen Stanislaus verpassen.

Das kann nur in die Hose gehen.

Und Michael Friedmann muss jetzt dafür büßen.

„Da haben S' recht, Friedmann. Mehr als genug: Bei uns hier werden Daumen mal Pi täglich 14.000 Schweine geschlachtet, in Deutschland rund 150.000, also 5,5 Millionen jährlich. Weltweit sind das 1,4 Milliarden. Also wie viel pro Sekunde?" Major Pichlmayr leuchtet zurück auf den Schädel. „Ich helf Ihnen, Friedmann, 44,4 pro Sekunde!" Er greift in seine Jackentaschen, zückt einen Kugelschreiber, geht in die Knie und deutet auf das kurze an dem Schädel verbliebene Stück Hals.

„Hier, sehen Sie den durchgehenden, sauberen Schnitt? Kein Absetzen. Wie einst die Guillotine, weil wie Sie richtig bemerkt haben, nach einem abgemagerten Langstreckenläufer mit Hendlhals sieht der Kerl jetzt nicht aus! Eher Gewichtheber! Muss also eine verdammt scharfe, lange Klinge gewesen sein. Was meinen Sie?"

Und auch wenn die beiden nun haargenau wissen, welche Tatwaffe hier am Werken war, nimmt keiner auch nur ein Wort mit Schwert oder gar Säbel in den Mund.

„Nudelwalker wird's jedenfalls kana gwesen sein!"

Nur mehr 21 Tage. Dann ist er Pichlmayr los. Bis dahin heißt es noch anpacken. Ohne Zögern und vor allem ohne Kugelschreiber zieht Michael Friedmann die Oberlippe des Geköpften hoch und legt noch ein Schäuferl nach. Strahlend das Glänzen des Edelstahls im Schein der Taschenlampe.

„Na bitte, Herr Major. Da kann man sich schon was Feines daraus gießen. Goldzähne in Hülle und Fülle. Ich tipp auf Tschetschenen."

„Zuerst vermuten und jetzt tippen Sie, bravo. Ist nur leider kein Lotto- oder Glücksspiel, unsere Arbeit!"

Wie gern würde ihm Friedmann jetzt ein „Na, damit kennen S' Ihna ja aus!" unter die Nase reiben. Major Stanislaus Pichlmayr, der immer dann, wenn er im Casino hockt oder seine Trutschen, die Sara trifft, seiner Ehefrau Karin erzählt, er wäre mit Kollegen bowlen und dann auf ein Bier.

Stattdessen darf er sich die nächste Runde Klugscheißerei anhören: „Und nur weil hier Gold als Zahnersatz getragen wird, schließen Sie auf den Tschetschenen, Friedmann, oder wie soll ich das verstehen! Meines Erachtens kann das über den ganzen Balkan, rüber nach Russland, runter zu den Arabern, Indien, über den Indischen Ozean, Atlantik, nach Südamerika bis rauf in die Bronx alles Mögliche sein!"

Aber Friedmann hält sich tapfer: „Stimmt. Is a durchaus weit verbreitete Modeerscheinung, auch bei ungarischen Zahnarzt-Touristen oder Boxern. Ich glaub aber trotzdem, es is a Tschetschene, weil die Tschetschenen fackeln net lang, wenn's a bisserl rescher wird. Außerdem g'hörn die mehrheitlich dem sunnitischen Islam an, da steht Schweinefleisch net grad ganz oben auf der Speiskoarten. Und wonn des Schweineblut ist, der letzte Dreck also in ihren Augen, kann so a Schädel in Kombination mit einem besudelten Güterwaggon durchaus a Botschaft sein!"

„Na dann bin ich jetzt gespannt!?"

„Geht nach Hause, ihr Dreckschweine!"

Zwei Männer, die sich ansehen. Friedmann und Pichlmayr. Die kein weiteres Wort verlieren, zu sehr sind sie selbst in diese Geschichte involviert. Die sich jeder eine Zigarette anzünden. Aus derselben Packung.

„Darf ich, Friedmann!"

„Na sicha, Chef!"

„Dafür geb ich Ihnen Feuer!"

„A schlechtes G'schäft für mi, aber danke!"

Zwei Männer, die gemeinsam rauchen, schweigen, während die Spurensicherung emsig an die Arbeit geht und herausfinden wird, was die beiden ohnedies längst wissen.

„Soll ich Ihnen was sagen, Friedmann!"

„Ich bin ganz Ohr, Herr Major!"

„Ihre filterlose Camel is besser als im Büro meine Justfog Q19!"

„Dafür is Ihre elektrische nur Justfun. Meine kann tödlich sein!"

3

Adler: Status?

Taube: Hier Taube. Ohne Bekenntnis, ledig, aber vergeben. Frage: Und wer sind Sie? Kommen.

Adler: Hör auf mit dem Blödsinn. Wie ist der Status? Wo bleibt der Dachs? Er soll kommen. Und zwar flott. Kommen.

Habicht: Hier Habicht. Da muss ich dem Adler recht geben, verdammt. Wir warten schon alle! Dornhauer hat danach die nächste Veranstaltung und ich hab ihm versprochen, pünktlich fertig zu sein. Der verliert schon die Nerven hier.

Taube: Hier Taube. Dornhauer war deine vertrottelte Idee, Habicht. Dieses ganze Theater dorthin zu verlegen. Also reg dich nicht auf und kümmer dich drum.

Habicht: Einen Ort organisieren, wo wir den Überblick behalten, die Leut unter sich sind, niemand sonst gefährdet wird und der koksende Eigentümer Dornhauer obendrein ein vertrauter Kunde des Clans ist, sich unsere Zielpersonen also pudelwohl fühlen, soll eine vertrottelte Idee sein? Bravo, Täubchen, da muss ich doch gleich an den alten Klassiker von Georg Kreisler denken.

Taube: Muss ich das kapieren?

Habicht (singt): Schau, die Sonne ist warm und die Lüfte sind lau, gehen wir Tauben vergiften im Park!

Taube: Es regnet, und wenn wir uns sehen, regnet es zusätzlich Fäuste. Freu dich.

Habicht (singt): Die Bäume sind grün und der Himmel ist blau, gehen wir Tauben vergiften im Park. Wir sitzen zusamm' in der Laube, und ein jeder vergiftet a Taube …

Adler (brüllt): Kann mir jetzt endlich jemand den Status melden!

Falke: Hier Falke: Der Status ist eine Hurerei, eine elendigliche. Da kommt zwei Wochen kaum Kundschaft, dann hockt dort grad heut so ein g'schissener Alter herum und kauft sich eine riesige lederne Leibschüssel, und jetzt auch noch das. Ring vergessen. A Hirn wie ein Nudelsieb, der Dachs –

Adler: Und bei dir, Taube?

Taube: Füchsin hat Bau 1 längst verlassen. Wojtyla in Papamobil vor Bau 1 schon im Anrollen mit Dachs, parkt sich gleich ein. Alles längst außerhalb des Zeitplans.

Turkish Delight

„Wo?"

„Neben meinem Bett. In der Nachtkästchenlade."

Ungewohnt hektisch manövriert Petar Wollnar den Pritschenwagen in die ansonsten freizuhaltende Einfahrt.

„Du bleibst im Wagen sitzen und ich hol die Ringe! Schlüssel?", lässt sich Petar Wollnar selbige übergeben, springt aus dem Auto und läuft durch den Regen.

Kaum ist er im Haus verschwunden, klopft es unter einem Schirm heraus energisch an die Seitenscheibe. „Ja, Herr Metzger, was is' los? Was machen S' hier? Die Danjela ist schon weg."

„Meine Güte, ich bekomm noch einen Herzkasperl!", kurbelt der Restaurator das Fenster herunter und darf sich umgehend beschnuppern lassen.

„Ui, da riecht's wie beim Winzer!", wird er gemustert. „Dafür schauen S' in Ihrem Anzug aus wie ein Windsor. Ein bissl eng vielleicht, aber das gehört ja jetzt so: Schlimm fit. Richtig fesch!"

„Sie auch."

„Finden S'. Richten S' das bitte dem anderen Geschlecht aus, vielleicht find't sich dann wer!" Und da würde sich der Metzger jetzt umgehend ein Nasen-Piercing stechen lassen, wenn dieser unbekannte zu findende „Wer" nicht heimlich auch ein bisserl Petar Wollnar heißt. Zumindest, was jene Aufmerksamkeit angeht, die dem Hausmeister zuteilwird.

Schräg vis-a-vis nämlich hat sich vor einem halben Jahr ein kleines Grafikbüro einquartiert. Und geschimpft wurde in der Gasse, als wäre der Großwesir Kara Mustafa auferstanden und einmarschiert, mitsamt seiner osmanischen Armee.

Yildirim, so lautet die Aufschrift, benannt nach jener Person, die dieses Einzelunternehmen auch führt. Beziehungsweise Persönchen. Ein kleines, pfiffiges Wesen mit derart langem, festem, schwarzem Haar, wie es laut Eigendefinition im Falle eines Knopfverlustes durchaus als Zwirn geeignet wäre, oder: „Da kannst a Geig'n damit bespannen!" Ausreichend Humor ist bei Yildirim also vorhanden.

Notwendigerweise.

Hürrem Yildirim, um genau zu sein.

Optisch mit unübersehbar türkischen Wurzeln, akustisch aber hätte gelegentlich der Edmund Sackbauer die reinste Freud, weshalb ihr im Freundeskreis der Beiname *Mundl* angehängt wurde. Und eine größere Anerkennung könnte es für Hürrem gar nicht geben. Mittlerweile wird sie in der Gegend hoch geschätzt, nicht nur, weil ihr Grafikbüro auch sonntags geöffnet hat und in einer kleinen Ecke dieses Regal mit zum Verkauf stehenden türkischen Naschereien steht, Süßes und Salziges, samt ihrer Espressomaschine mit Espressomühle, die reinsten Lockmittel. Sondern auch, weil sie gern in einem weißen Plastiksessel vor dem Laden sitzt, ihren Laptop auf dem Schoß, dabei wie ein Wachhund aus dem Augenwinkel die Umgebung beobachtet und keine Plauderei scheut, was ihr insbesondere die Alleinstehenden danken. Im Speziellen Hausmeister Wollnar.

Da kennt der Metzger seinen Freund schon gut genug, um zu wissen: „Kann es sein, dass du ein bisserl verliebt bist, Petar?"

„In wen? Da bin ich jetzt gespannt! In wen?"

„Ich sag nur Turkish Delight! Zweimal täglich, oder?"

Und rot geworden ist er über beide Ohren. „Hürrem? Du spinnst. Der Espresso bei ihr kostet einen Euro, und das süße Zeug gibt's gratis dazu. Außerdem könnt die meine Tochter sein!"

„Wenn du mit elf schon geschlechtsreif warst, ja. Sie ist 45!“ Und wie es aussieht, ohne Mann, ohne Kinder, ohne Familie. Ihre Angehörigen sind offenbar die Kunden.

„Wie geht’s Ihnen heut, Herr Heinrich, ein Kaffeetscherl gefällig? Oder ein paar Visitenkarten?“ – „Frischen türkischen Honig hätt ich reinbekommen, Frau Berger? Soll ich ihn anschreiben?“

Wie damals eben, als es in Willibalds Kindheit noch den Navratil gab. „Gehst du schnell runter. Wir bräuchten Brot, Eier, Joghurt, bitte!“ Und schon war er unterwegs, der Metzger, für etwa 165 Schritte: runter auf die Straße, die Gasse entlang, dann die erste rechts, vorbei am Friseursalon Adele, und bei der nächsten Glastür hinein. Dort stand der stets freundliche Viktor Navratil in seinem hautengen Oberhemd, umgeben von Lebensmitteln, wobei auch er selbst offenbar ein solches war, denn nicht nur einmal ist dem Metzger aus dem Mund diverser kichernder Kundinnen ein keckes „Sie sind heut wieder zum Anbeißen, Herr Viktor!“ zu Ohren gekommen.

Wenn gute Laune ein Nährstoff ist, wurde man hier satt. Die Greislerei Navratil samt Viktor ist längst Geschichte und wurde als Copyshop wiedergeboren – und auch der wird bald das Zeitliche segnen. Entspannt Lebensmittel zu besorgen, Sozialkontakte inklusive, war lange Zeit ein Relikt jener vergangenen Tage, als die Gegend noch den Anflug einer dörflichen Gemeinde hatte, man einander kannte, und sei es auch nur vom Sehen, die Hand zum Gruß hob. Und kannte man sich nicht, dann auch. Eine Geste, die in Großstädten mittlerweile bevorzugt dort gepflegt wird, wo orientalische Düfte in den Straßen hängen. Vielleicht entsteht Heimat nur dort, wo Menschen einander noch zuwinken, willkommen heißen.

Durch Hürrems Grafikbüro jedenfalls wird die Gasse wiederbelebt, verliert an Anonymität, bekommt eine Art

Gesellschaftsleben und dadurch auch Sicherheit zurück. Denn sich mit Hürrem Yildirim anzulegen, erfordert Mut.

Von dem Ladendiebstahlsversuch eines Zwei-Meter-Prügels, den sie trotz ihrer drei kürzeren Köpfe auf offener Straße zur Rechenschaft zog, spricht man heut noch. In einer Geschwindigkeit, bei der ein Leichtathlet nur schwer mithalten kann, ist sie hinterher und hat den Kerl zur Rede gestellt. Worauf der Depp zu singen begann.

C-a-f-f-e-e,
trink nicht so viel Caffee!
Nicht für Kinder ist der Türkentrank,
schwächt die Nerven, macht dich blass und krank.
Sei doch kein Muselmann,
der ihn nicht lassen kann!

Einen jener Kinderreime also, den Carl Gottlieb Hering, deutscher Musikpädagoge, geboren 1766, gestorben 1853, neben „Hopp, hopp, hopp, Pferdchen, lauf Galopp" und „Morgen, Kinder, wird's was geben" so einprägsam vertont hat. Von Generation zu Generation wurde er weitergegeben. Als Kanon sogar, damit ihn möglichst viel Kinderlein mehrstimmig zum Erklingen bringen können. *Muselmann.* Einst ein Synonym für die Bedrohung Europas, in NS-Zeiten eine Beschreibung jener KZ-Häftlinge, die in den Augen ihrer gottverdammten Mörder ausreichend schwach, blass und krank waren, um in die Gaskammer geführt zu werden. Und heute die im Sprachgebrauch der rechten Szene bewusste Verunglimpfung des Muslims an sich.

„Wenn, dann Muselfrau!", hat Hürrem ihrem Gegenüber einen gezielten Faustschlag genau dorthin verpasst, wo es wirklich jedes Mannsbild ohne Suspensorium garantiert in die Knie zwingt, ihm die Zigarettenstange abgenommen und frei nach Mundl laufen lassen: „Und wann du Zniachtl ned glei a Woikn bist, kriagst no a Fotzn zusätzlich, dass da vierzehn Tog der Schädl wockelt."

„Ich wollt übrigens grad losfahren, Herr Metzger. Und Sie? Hätten S' nicht noch eine Kleinigkeit zu erledigen, bevor S' wieder in die Wohnung zurück dürfen?"

„Ja, das stimmt: Ich hab noch was durchzustehen!"

„Na hoffentlich können S' dabei sitzen, weil nüchtern schauen S' mir ja nimma aus! Geht Ihnen leicht der Reis, der gleich g'worfen werden soll!" Und jetzt lacht sie, da blinzelt trotz Regen die Sonne heraus. „Verstecken hilft nix, dafür is z'spät."

„Die Ringe haben wir vergessen!", kämpft er mit schwerer Zunge gegen seine Rotwein-Unseligkeit und erntet ein Lachen.

„Klassiker! Keine Angst, Herr Metzger, ich pass schon auf Sie auf. Außerdem, raunzen müssen S' wirklich nicht. Ist doch ein Jackpot, wenn sich wer zum Heiraten find'! Schaun S' mich an!" Hürrem fährt sich durch ihr langes Haar und dem Metzger schweben ein paar Violinsaiten auf den Anzug. „Wehe, Sie sagen Ihrer Danjela nicht, sie soll nachher den Brautstrauß genau zu mir werfen! Dann gibt's Saures!"

Es ist das erste Lachen, das dem Metzger an diesem Tag über die Lippen kommt, und es wird auch sein letztes sein.

„Und schreiben S' mir a Postkarten von Ihrer Hochzeitsreise. Muss ja ein längerer Ausflug werden, bei dem ganzen Gepäck! Aber g'scheit, währenddessen gleich die Wohnung renovieren lassen. Erspart man sich den Dreck!"

„Wie!" Jetzt wird ihm zur Aufregung auch noch schlecht obendrein. Was bitte gibt es da zu erneuern, vor allem ohne ihn vorher zu fragen?

Also aussteigen und nachsehen. Sofort.

„Ui! Hätt das leicht eine Überraschung werden sollen?"

Kommentarlos verschwindet der Metzger im Stiegenhaus und eilt die Treppe empor.

„Willibald!“, kommt ihm Petar Wollnar entgegen, streng sein Blick. „Ich hab doch gesagt, du sollst im Auto warten.“

Steckt der ganze Haufen also schon wieder unter einer Decke, und er ist der einzige Depp? Diesmal nicht!

Mit einem dumpfen Nachhall fällt hinter ihm die Wohnungstür ins Schloss, beschriftet mit „D. Djurkovic & W. A. Metzger“. Erfüllt ist das Vorzimmer mit einem fremden Duft. Keine Spur von Danjelas Vanillearoma. Eher eine grobe Note, wie sie oft entsteht, wenn unter verschwitzten haarigen Achseln in letzter Not ein aluminiumfreies Deo aufgetragen wird. Je weiter der Metzger in sein Reich vordringt, desto chemischer der Geruch und desto klarer wird ihm: Nicht nur das Parfum ist fremd. An den Wänden eine dunkelgraue Strukturtapete mit schwarzem Ornamentmuster, wie in einer Gruft. Die Vorhänge wurden erneuert, auch in Grau. Sein teurer Perser gegen einen billigen, rosaroten Diskonter-Teppich ausgewechselt, ein Stinker vor dem Herrn, Kunstfaser pur. Stünde der Hochzeitstermin nicht fest, er würde den ganzen Spaß platzen lassen, so schießt ihm gerade der Zorn ein. Ja, sie wohnen seit Jahren nun beide hier, in seiner Wohnung. Danjela hat ihre Schulwartwohnung aufgegeben, ihre Selbständigkeit, ist hier zuhause – mit ihm gemeinsam. Aber spricht man so grundlegende Veränderungen da nicht ab?

„Willibald! Jetzt komm endlich. Wir müssen fahren!“ Petar Wollnar steht hinter ihm in der Tür, während der Metzger den gemeinsamen Kleiderschrank öffnet. Und in der Tat, einige Reihen haben sich gelichtet. Vor allem auf der Damenseite.

„Was bitte ist hier los, Petar?“

„Das soll dir Danjela schon selber erklären!“

Der Anfang vom Ende

Schlank, geschniegelt, braungebrannt – und Sonne war das keine –, so wartet der Szenewinzer Thaddeus Dornhauer mit einem eindeutig als Priester erkennbaren jungen Mann vor seinem Sommer-Pavillon. Angespannt wirken sie beide.

Nur zu Fuß oder in Ausnahmefällen per Taxi ist der neu errichtete, zwischen Weinbergen gelegene Bau mit seinen großen Glasfenstern erreichbar, denn viele Parkmöglichkeiten gibt es hier nicht. Ausgehend von Dornhauers Weingut heißt es einen schmalen Schotterweg zwischen den Weinstöcken auf diese kleine Anhöhe des wohl nobelsten Außenbezirkes der Stadt heraufmarschieren. Mit herrlichem Blick über selbige. Schifft es nicht grad wie aus Scheffeln, könnte die Lage des Ortes, um sich das Jawort zu geben, im Grunde schöner kaum sein – vorausgesetzt natürlich, man lässt den Eigentümer außer Acht.

„Waren Sie vorher noch gemütlich beim Frühshoppen, oder was soll das?“, spannt Thaddeus Dornhauer seinen schwarzen Schirm auf und geht forschen Schrittes dem Pritschenwagen entgegen. Immer noch prasselt der Regen herab, so wild, als wollte er vor dem Metzger eine Barriere aufziehen, eine kaum zu durchbrechende Mauer.

Schlecht ist ihm, schwindlig, und sein Puls läuft Amok. Als Hysteriker würde er eine Panikattacke vermuten, so aber weiß er: Nix Attacke. Nur Panik. Vor dem Auftritt, den Menschen, der Künstlichkeit dieser Prozedur. Und dazu der Ärger natürlich.

„Wenn ich bitten darf, Herr Metzger, es warten schon alle!“, nickt ihm der Priester aufmunternd zu. Mit ruhiger Geste deutet er in den Pavillon. Dornhauer hingegen steht kurz vor der Explosion: „Und Sie parken Ihre Rostschüssel so wie alle anderen unten, nicht dass noch jemand glaubt, ich stell Schwarzarbeiter an, und mir die Polizei schickt!" Hochgradig gereizt scheint der Wirt, hektisch, nervös, sieht sich immer wieder um. Das Koks vielleicht? Das chinesische Sternzeichen Hahn? Das Finanzamt? Der Metzger aber lässt sich nicht einschüchtern:

„Der Wagen bleibt hier, Dornhauer, verstanden! Petar Wollnar ist mein Trauzeuge!"

„Dann stellen Sie den Kübel wenigstens neben das Salettl, verdammt, man muss hier zufahren können."

Gesagt, getan. Ausgestiegen. Und los.

Überwindung kostet den Metzger jede Bewegung, nicht nur des Sauwetters wegen. Ohne weiteren Kommentar geht er an Thaddeus Dornhauer vorbei, unwissend, ob ihm dieser eitle Pimpf jetzt, nomen est omen, nicht hinterrücks den Dorn, sprich das Hackl, ins Kreuz haut.

Schwer sind die Beine, die Schultern, der Kopf, alles. Wie sein eigener Fremdkörper fühlt er sich grad, der arme Willibald. Wo ist sein altes Leben nur hin, diese Insel, auf der er mit Danjela stranden durfte, um von dort nie wieder fortzumüssen?

Hinter Dornhauer und Petar Wollnar betritt nun auch der Metzger den grauen Schieferboden des gläsernen Salettls, zögerlich, und will hinter sich die Türe schließen.

„Offenlassen!", zischt ihm Dornhauer zu.

„Aber es schüttet!"

„Trotzdem brauchen wir Luft herinnen! Oder wollen S' ersticken? Und jetzt los!", deutet er voranzugehen.

Wie ein Trommelwirbel prasselt der Regen auf das dünne Dach und treibt ihn vorwärts, diesem großgewachsenen Fremden entgegen, der nun in elegantem hellem Anzug und schwarzem Hemd mit Piuskragen hinter einem Tisch steht. Ein Leihpriester vielleicht, Freiberufler. Nebenerwerb. Was weiß man schon. Dazu ein weißes Tischtuch, weiße Rosen, Schale, Kelch, Messbuch.

Es ist angerichtet.

Jeder Schritt kommt dem Metzger wie ein Abschiedsgruß an seine Mündigkeit vor, links und rechts gesäumt mit vollbesetzten Sesselreihen, dazu das Getuschel, das Räuspern, viele unbekannte Gesichter, manche Hände heben sich zum Gruß. Hürrem Yildirim winkt ihm zu, streckt den Daumen hoch.

Menschen, die er so lang schon nicht mehr gesehen hat.

Jeder woanders hingezogen.

Halbschwester Sophie Widhalm und ihr Partner Toni Schuster sind extra aus dem Ausland eingeflogen. Und sogar die kleine Matuschek-Pospischill, sprich Lilli, ist weit angereist. Vorbei die Zeiten, als sie noch in seiner Werkstatt saß, ihren Kinderhobel in der Hand, ihr Hamsterkäfig dahinter, darin ihr lebender Hamster Hubertus, mehrfach bereits heimlich ausgetauscht gegen den toten Hamster Hubertus, um das rührige Kinderherz nicht zu brechen. Mittlerweile lebt sie irgendwo weit draußen auf dem Lande, melkt Kühe, füttert Schweine, hat mit ihrem neuen Stiefpapi Uwe bereits ein Fohlen entbunden, einen Hund abgerichtet, haufenweis frisch geworfene Kätzchen verschenkt, ein erlegtes Reh ausgenommen und ihre drei Kaninchen Tick, Trick und Track begraben, weil der Fuchs nach Konsumation des Meerschweinchens Donald erst so richtig auf den Geschmack gekommen war.

Ach, wie sehr sie ihm fehlt, jeden Tag.

Nein, da hilft kein Schönreden: Distanz trennt.

An diesem Hochzeitstag aber sind sie alle da, sitzen herausgeputzt und mit fröhlichen Gesichtern zwischen dem herrlichen Blumenschmuck. Viel Zeit, den Metzger in seinem hübschen Anzug zu bewundern, bleibt nicht, denn kaum steht der Restaurator vor dem provisorischen Altar, trifft unter dem Raunen des versammelten Publikums die Braut ein.

Und auch Willibald Adrian ist, als sehe er nicht recht.

Wenn Schönheit einen Namen hat, dann Danjela Djurkovic. Aufrecht und ernst defiliert sie den Gang entlang. Die Farbe, der Ausdruck, das ganze Erscheinungsbild. Wie eine Königin. Bombastisch der Anblick. Ein prächtiges weißes Kostüm verleiht ihr Grazie, die Jacke wie maßgeschneidert, die Hose bodenlang, in eleganter Weite, ausschwingend wie ein Rock. Die weißen Schuhe einst ein Stilbruch, weil Sneakers, heutzutage aber der Tupfen auf dem i. Dazu eine perfekt sitzende Hochsteckfrisur und trotz Sauwetter große schwarze Sonnenbrillen. Ein wenig wie Audrey Hepburn in Frühstück bei Tiffany, zwar in blonder, deutlich weniger abgemagerter Ausgabe, aber nicht minder elegant.

Und allein.

Keine Begleitung, kein Elternteil, kein Verwandter, der die Braut übergibt. „Hab ich alles nix mehr!", war stets die Antwort zu Fragen, ihre Familie betreffend.

Mit zittrigen Händen nimmt Willibald Adrian Metzger seine Zukünftige in Empfang. Und trotzdem fühlt sich alles so fremd an. Distanziert. Auch hier fehlt ihr Vanille-Aroma. Nur der Haarfestiger duftet. Ihre ansonsten weichen, aber trockenen Finger sind in Handschuhe gehüllt. Ihre so rosige, gesunde Haut blass, das Kinn weiter erhoben als sonst, kein Blickkontakt möglich hinter ihren dunklen Gläsern.

Wo ist die Nähe?

Wo die Freude?

Die Liebe?

So dicht steht seine Danjela nun neben ihm, und dennoch scheint sie unerreichbar. Vielleicht plagt sie das schlechte Gewissen betreffend Wohnungsumbau und Hochzeitsüberraschung.

Wie gern würde er ihr zuflüstern: „Schluss mit dem Theater, das alles sind doch nicht wir! Komm!" Und dann nur noch raus. Doch je länger das Prozedere dauert, desto apathischer wird der Metzger, desto ungehörter ziehen die Worte des Priesters an ihm vorüber. Auch der Regen lässt langsam nach, das Prasseln in ein leises Trippeln und schließlich Brummen übergehen. Motorengeräusche. Ein Wagen fährt vor, hält an. Ruhig wird es, als wolle der Himmel den Auftakt zu diesem alles verändernden Augenblick nicht versäumen. Vertraute, gut einstudierte Worte. Trocken der Mund des Metzgers, während Madame Djurkovic endlich ihre Sonnenbrille abnimmt, die Augen verschwollen, als hätte sie tagelang durchgeheult.

„Danjela, ich nehme dich zu meiner angetrauten Frau ...",

suchend sein Blick,

„... ich will dich lieben ...",

doch ihr Kopf bleibt gesenkt, beschämt fast sieht sie zu Boden,

„... achten und ehren ..."

Ein Knarren in den Sesselreihen, Bewegung, Flüstern. Dann Schritte aus dem Hintergrund.

„... alle Tage meines Lebens ..."

Schritte, die näher kommen.

„... in guten wie in schlechten Zeiten ..."

Etwas ist hier im Anmarsch.

„... in Gesundheit und Krankheit."

Etwas Unerfreuliches, der Metzger kann es spüren. Wie erstarrt scheint Danjela. Ihre Hand will er ergreifen.

„Bis dass der Tod uns scheidet."

Doch sie reagiert nicht.

Stille. Nur der Klang beschlagener Absätze. Tack, tack. Jemand hat also noch gefehlt.

Kein Bemühen, jegliche Störung zu unterlassen, stattdessen ein Räuspern, Krächzen fast, wie ein Aufbegehren.

Ein Knarren der Bankreihen, ein Umdrehen zuerst der Hochzeitsgäste, dann des Metzgers. Nur Danjelas Blick bleibt starr nach vorne gerichtet.

Zwei weitere Schritte, noch härter nun, auffordernder, wie ein Befehl. Neuerlich ein Räuspern.

Arthouse

Willibald Adrian Metzger hat diesen Mann noch nie gesehen. Anders als die im Hintergrund mit laufendem Motor vor dem Pavillon wartende Limousine. Während der Anreise hierher ist sie ihm bereits negativ aufgefallen, und das will was heißen, denn für gewöhnlich ist Petar Wollnar in seinem Pritschenwagen der mit Abstand langsamste Verkehrsteilnehmer. Anders vorhin:

„Was schleicht der so dahin, verdammt!"

„Vielleicht ein deutscher Tourist mit Leihwagen!"

„Der sich offenbar verfahren hat, weil was will der auf meiner Hochzeit!"

Gemütlich bog der Wagen in die Zufahrt durch die Weingärten Richtung Salettl ein und blieb schließlich am rechten Straßenrand stehen.

Irgendeine E-, S-, X-Y-Z-Klasse, schwarz, glänzend, getönte Scheiben, Oberschicht eben, oder Gebrauchsüberlassung gegen Geld, sprich Leasing.

Ebenso der nun eingetretene Fremde: entweder Oberschicht oder Gebrauchsüberlassung gegen Geld, sprich Auftragskiller, Schuldeneintreiber, Bodyguard. Athletisch, Glatze, perfekt gestutzter Vollbart, grüne Nappaleder-Jacke, trotz sommerlicher Temperaturen braune Lederhandschuhe, wie Danjela Sonnenbrille. In seinem Fall Pilotenlook. Paradebeispiel eines Testimonials irgendwelcher hochpreisiger Uhrenmarken, die zwar auch nichts anderes liefern als jedes Plastikmodell mit Lillifee-Sekundenzeiger, einem Mittelstandshaushalt aber spielend eine neue Küche finanzieren.

Bedrohlich seine Ausstrahlung, da überlegt sich ein nicht im Nahkampf geschultes Mannsbild aus Respekt vor der Intensivstation jede Frage zweimal.

Folglich ist die Stimme einer Frau gefragt.

„Setzen Sie sich dann bitte hin, wie alle anderen auch, oder sind Sie der Fotograf?“, bringt Willibalds Halbschwester Sophie Widhalm aus den Reihen heraus die nötige Courage auf, wird aber keines Blickes gewürdigt. Und genauso ergeht es dem Metzger, da kann er jetzt noch so auffordernd die Hand heben und auf einen leeren Stuhl deuten.

Keine Reaktion.

Auch nicht von Danjela. Nach wie vor scheint ihre Aufmerksamkeit auf den Altar gerichtet, versteinert das Gesicht, dazu neuerlich ein Räuspern dieses Herrn. Reflux vielleicht, ein Psychotick, oder krächzt da gar der Hahn zum dritten Mal. Verrat!

Denn erstens strömt dem Metzger, wie zuvor in seinem Vorzimmer, diese herb eingefärbte Verzweiflung eines hilflosen Deos entgegen, und zweitens kommt nun Bewegung in Danjelas Körper. Ein langsames Umdrehen, ein erstes Ansehen des Metzgers. Kurz müht sich da ihr Wesen durch.

Mitfühlende Augen, wissende Augen. Sprechende Augen.

Anders ihr Mund. Kein Ton. Wozu auch, wenn ein Blick alles zu sagen imstande ist. Und Willibald Adrian Metzger kann darin lesen, klar und deutlich, kann auf Anhieb jene Unglaublichkeit entziffern, für die ohnedies jedes Wort zu viel wäre. Das Eingestehen großer Schuld, die Bitte um Vergebung, der längst gefallene Entschluss. Eine leichte Regung in Danjelas Armen, als würde sie einmal noch nach ihm greifen, ihn an sich ziehen, umarmen wollen.

Doch es bleibt bei diesem Zucken. Eines, das nun auch ihre Augen erreicht. Wimpernschlag, der den Blick löst. Sonnenbrille auf.

Vorbei.

Dann geht sie davon, diese Frau in ihrem weißen Kostüm, die einst seine Danjela war, kerzengerade durch die Reihen, als wären alle Gäste ausgeblendet, gefolgt von dem

Fremden. Zielstrebig verlassen sie den Pavillon, kein Umdrehen, kein Blick zurück, besteigen den Wagen, der gemeinsame Hund Edgar ist darin zu sehen, schlafend, wie es scheint, dazu ein Chauffeur mit offenbar tätowiertem Gesicht. Die Wagentür fällt zu. Motor an. Und Willibald Adrian Metzger trottet langsam den Mittelgang entlang hinaus ins Freie, sieht die dunkle Limousine davonfahren, wie sie die schmale Zufahrtstraße abwärts rollt, und nichts daran erweckt den Anschein einer Flucht, einer Brautentführung. Sogar vor dem Stoppschild hinaus auf die Bundesstraße wird kurz angehalten, der Blinker aktiviert, nach rechts abgebogen, gemächlich, wie die Zeiger einer Uhr, ticktack, rechts, Richtung der Vergänglichkeit.

Die Zeit vermag nicht still zu stehen, niemals. Bei Freude beherrscht sie die Kunst der Beschleunigung, lässt sich verzehren wie ein Stück Gazelle von hungrigen Hyänen. Den Schmerz aber kostet sie aus, genießt ihn Bissen um Bissen, schonungslos.

Das Innere des Pavillons gleicht einem düsteren Standbild. Regungslose Körper, erbleichte Gesichter, die ungläubig durch das offene Tor hinausblicken. Mucksmäuschenstill ist es in den Bankreihen.

Verkehrte Welt, auf den Kopf gestellte Gewohnheiten.

Für solche Dramen fehlt der Erfahrungsschatz. Männer, die Frauen sitzenlassen, wer kennt das nicht. Er der Täter, sie das Opfer. Auch die Umkehrung ist geläufig. Frauen, die Männer sitzenlassen. Sie die Heldin, wieder er der Täter.

Aber jetzt? Mann: Opfer. Frau: Definitiv Täter.

Arthouse statt Blockbuster.

Ganz schlechte Quote. So etwas zeigt weder das Öffentlich-Rechtliche noch das Private vor Mitternacht. Erst, wenn das Publikum ermattet in seinem Sofa versinkt, untergeht, gefügig, zu lahm, um ins Bett zu übersiedeln. So auch hier. Und die allgemeine Erstarrung hält ein Weilchen, körperlich, geistig. Weiß ja auch kein Mensch, was nun als Nächstes passieren soll.

Es ist die Unternehmensberaterin Sophie Widhalm, Willibalds Halbschwester, die einmal mehr die Initiative übernimmt – „Wartet bitte!" –, aus dem Pavillon heraus zu ihm ins Freie kommt, sich an seine Seite stellt.

Schwer, die richtigen Worte zu finden. Unmöglich eigentlich. Nichts anderes bringt Sophie Widhalm nun auch zum Ausdruck.

„Viel schlimmer kann es wohl kaum kommen? Ich weiß wirklich nicht, was ich sagen soll!"

Ebenso der Metzger. Und es wird nicht besser, denn neuerlich geht diese Räusperei los, wieder in seinem Rücken. Diesmal allerdings als kleinlaute Gefühlsregung.

Trauzeuge Petar Wollnar betritt die Bildfläche. Einer ohne Trauung, folglich nur noch Zeuge. Und als solcher erhebt er nun die Stimme:

„Ich kenn den Herrn!"

Pause, kein Ton, nur Erstaunen.

„Den Herrn, mit dem Danjela ...!"

„Wir wissen, wen du meinst, Petar. Was heißt: Kennen?", unterbricht ihn Sophie überraschend schroff und verleiht somit den fragenden Augen des Metzgers eine Stimme.

„Das heißt, ich habe ihn gesehen. Bei uns im Stiegenhaus."

Und so leise, sanftmütig die Worte des Polen Petar Wollnar nun auch klingen mögen, sie sind dennoch schonungslos. Dieser Fremde in seiner grünen Nappaleder-Jacke nämlich sei die letzten Tage zu Besuch gewesen. Ebenso der Chauffeur mit Drachen-Tattoo. Kurz schiebt Petar Wollnar eine Pause ein, betrachtet den verloren wirkenden Metzger, fügt hinzu: „Bei Danjela!", und muss erst tief Luft holen, um kleinlaut die ganze, aber notwendige Wahrheit hinterherschicken zu können: „Mehrfach. Und Koffer haben sie auch aus der Wohnung getragen, während du in der Werkstatt gewohnt hast!“

Sophie kann es nicht glauben: „Und da hast du nichts gesagt!“

„Natürlich habe ich Danjela darauf angesprochen: Hochzeitsüberraschung, großes Geheimnis, bitte Stillschweigen, war ihre Antwort. Da hält man doch den Mund, oder nicht?“

Und nun findet der Metzger erste Worte. Alles Wünsche.

Der erste an Sophie: „Mach ihm keine Vorwürfe. Und kümmer du dich bitte um die Leut, ja?“

Zügig geht er los, ohne auf Reaktionen zu warten, direkt auf die Weinstöcke zu.

„Komm. Ich fahr dich nach Hause!“

Nach Hause? Dorthin, wo während seiner Abwesenheit fremde Männer aus- und einspaziert sind?

„Willibald, wo willst du hin? Wir sind hier auf der anderen Stadtseite!“

„Ich muss allein sein, Petar!“

„Aber Willibald ...?“

„Verstehst du denn nicht!“

Leute, die gleich reihenweise aus dem Salettl kommen und ihn mit patscherten Versuchen überhäufen, Gefühlsbekundungen, Aufmunterungen zu spenden, Trost trotz Trostlosigkeit, solidarischen Zorn, vielleicht sogar Fragen, um ihm Erklärungen abzuringen für all das Unbeschreibliche? Nichts davon braucht er jetzt, und am allerwenigsten dieses mitleidige Gestarre, als kauere er wie Orang-Utan Vladimir in des Kaisers Zoo an die Glasscheibe gepresst in seinem Gehege, den Blick an der Zuschauerschar vorbeigerichtet, dorthin, wo die Erinnerungsfetzen an seine Freiheit zu finden sind.

Nur noch weg.

Querfeldein, durch die Weingärten hinab, dann auf den Fußweg, rechts die regennassen Reben, links das hoch stehende Gras.

„Stoppelfeld!“,

flüstert er.

„Dir wird doch irgendein Losungswort einfallen, verdammt!“

Diesmal nicht.

Tariq

„Jetzt lassen wir erstmal ein wenig die Sonne rein!", flüsterte ihr Mutter zu, zog die Vorhänge auf, ihren Kamm in der Hand, gab ihr einen Guten–Morgen-Kuss, Wange an Wange, weiche Haut, die nach Lavendel duftete. Doch kein Licht dieser Welt hätte gereicht, um ihre Dunkelheit auszuleuchten. Keines.

„Hast du schlecht geträumt? Na komm, mein Schatz, dann bürste ich dir zuerst einmal in Ruhe die Haare und wir flechten die Zöpfe!"

Zärtlichkeit fühlt sich anders an. Wie Vater kannte auch Mutter kein Erbarmen, bei ihr hatte Gewalt nur ein anderes Gesicht, kam heimtückisch getarnt als Fürsorge. Nie eine Fürsorge, die sich um das Wohl der Tochter scherte, sondern immer eine, die sich dem Vater unterordnete, auf die Ehre der Familie gerichtet war.

„Was ist denn nur los mit dir, Anjeza!"

Kein Wort brachte sie heraus.

Nicht ihrer Mutter gegenüber.

Nicht ihrem Vater gegenüber. Wie zwei Fremde waren die beiden für sie. Schon immer. Unnahbar. Unberechenbar.

Nur einen gab es in ihrer Familie, dem sie vertraute, der ihr Halt gab, Sicherheit.

Tariq. Ihr großer Bruder.

„Ich pass auf dich auf!", hat er ihr versprochen. „Immer!"

„Und ich auf dich!"

Seine Worte: „Da bist du doch viel zu klein dafür!", waren ihr Auftrag genug.

Sie folgte ihm in dieser einen Nacht. Aus dem Fenster und hinterher. Frisch gewaschen war er, rasiert, Lavendelduft auch bei ihm. Sie konnte es spüren: Etwas würde passieren.

Etwas Gravierendes.

Ein Weilchen lief er die Hausmauern entlang, dann hinaus in die Felder, um dort zu warten.

Bis Ibrahim kam, mit ihm sein Sohn Mehmet und einige Männer.

„Was treibst du hier? Auf meinem Land!“

Tariq wusste zuerst keine Antwort.

„Ich kann es dir sagen. Auf meine Tochter Merita wartest du. So wie die letzten Wochen auch. Um sie weiter zu entehren. Unsere Familie weiter zu entehren. Unseren Namen. Unsere Tradition?“

Noch nie hatte sie Tariq weinen gesehen. Nicht einmal, wenn Vater Hand an ihn legte. Nun aber liefen die Tränen. Der Verzweiflung. Der Vorahnung.

„Was hast du mit ihr gemacht?“

„Es liegt nicht an dir, Fragen zu stellen!“

„Aber ich liebe sie! Glaub mir, Ibrahim. Bitte, ich ...“

„Liebe! Beschmutze nicht auch noch dieses Wort. Nur um dein kopfloses Verlangen geht es dir. Denn läge dir etwas an meinem Kind und an der Liebe, hättest du die Geduld und den Anstand besessen zu warten, anstatt dich hier in den Feldern zu bedienen. Jetzt besitzt du nichts mehr!“

Nur noch ein Wort gab Ibrahim dann von sich, bevor er ging: „Mehmet!“

Der ältere seiner beiden Söhne.

In dieser Nacht fand Tariqs Leben ein Ende, vor ihren Augen, und Anjeza keine Worte mehr.

„Sprich doch, mein Kind!“

Nicht ihrer Mutter, nicht ihrem Vater gegenüber.

Nicht, als Tariqs Kopf vor der Türe gefunden wurde.

Nicht, als Merita in den Freitod sprang.

Nicht, als all die Jahre danach ein Leben für das andere gegeben wurde.

Bis ihr zwölfter Geburtstag kam und sie nicht mehr anders konnte, als ihre Stimme zu erheben.

Alles anders.

Stoppelfeld.

Mit einem Mal.

Stoppelfeld.

Kahlgeschlagen.

Nur noch die unwegsame Spur der Verwüstung übrig.

Stoppelfeld,

flüstert der Metzger, wieder und wieder, während er Richtung Irgendwo läuft.

Trocken sein Mund, und trotzdem kriecht ihm mit einem Schlag ein ebensolcher Geschmack die Kehle empor: Schlag eben, sprich bis zur Erstarrung verdroschene Sahne. Übel.

„Das tröstet. Herrlich, oder?"

Speiübel sogar.

„Nimm noch, Willi, komm! Wir lassen uns doch das Leben nicht verderben, wenn es so viel wunderbare Schätze gibt auf dieser Welt!"

Und nutzlos. Denn Willibald Adrian Metzger hat nun keinen einzigen mehr.

Vor seinen Augen liegt ein Stück entfernt die Stadt. Dicke graue Wolken hängen in der Luft, seltsam schattiert, sehen aus wie die triefend vollgesoffenen Walzen einer Autowaschanlage, und mittendrin die Sonne. Kraftvoll, rückt ins Licht, stellt in den Schatten, lässt die noch regennasse Welt glitzern, die weite, hohe Wiese, mittendrin ein kleiner Baggerteich.

Wunderschön!, hätte er gestern um dieselbe Zeit gewiss noch gedacht. Nun aber sieht er anstelle der wogenden Halme den Sensenmann, den Schnitter mit der Schere, den Schmerz.

Das *Stoppelfeld.*

Wie damals.

Etwa zehn Jahre war er alt, gerade groß genug, um über den Schalter zu blicken, aufgeregt, stolz, neugierig. In Augenhöhe die rote Krawatte eines stoischen Bankangestellten, in dessen Hand das so wunderbar nach Papier, Plastik, Chemie duftende Dokument beginnender Unabhängigkeit: sein erstes Sparbuch.

Neben Willibald sein ungeduldiger Vater. Abgekämpft sah er aus, die Ringe unter den Augen wie im Schatten baumelnde Hängematten, die Augenbrauen wie dichte Vordächer aus Stroh, das Gesicht darunter borstig wie ein abgeernteter Getreideacker, die Stimme scharf, stechend: „Dir wird doch irgendein Losungswort einfallen, verdammt!"

„Stoppelfeld", gab der kleine Willibald leise von sich. Umso lauter dafür der Vater: „Schwachsinnig! Aber bitte, du musst es dir ja merken!"

Das hat er, denn diese Sparbucheröffnung kam einer Kontoschließung gleich. Kein weiterer väterlicher Tagebucheintrag mehr in die Kindheit des Sohnes. Alles gerodet.

Denn am nächsten Morgen schon nahm der Metzger einen Streit im Schlafzimmer wahr. Wie so oft. Seine Eltern hatten sich längst nichts mehr zu sagen, nur noch an den Kopf zu werfen.

„Du bist ...!", „Du warst ...!", „Du hast ...!" So in etwa.

Allein saß er gerade vor seinem täglichen Frühstück in der Küche – Kakao, Schwarzbrot mit Butter, darauf über den Rand tropfende Erdbeermarmelade, dazu das Gebrüll seiner Erzeuger –, als plötzlich die familiäre Reiberei beendet wurde. Durch ein aufgebrachtes „Du kannst mich mal gernhaben!" der Mutter. Worauf der Vater ein beängstigend ruhiges „Daraus wird wohl nichts mehr!" von sich gab und es still wurde.

Nur noch Gekrame war zu hören. Bis die Metzger-Mama in die Küche kam und ihrem Sohn verkündete, der werte Herr Papa würde nun seinen Stammplatz, sprich das

Wohnzimmersofa vor dem Fernseher, räumen. Oh Raumkapsel Wohnzimmersofa, Sternengleiter, Falltür hinaus in die Freiheit.

Schnippisch klang sie, überzeugt, der im Hintergrund seine Reisetasche packende Metzger-Papa würde sich durch die indirekte Einbindung seines Sohnes unter Druck setzen und zur Umkehr überreden lassen. Das Kind als letzte Speerspitze, Giftpfeil, Rammbock vor verschlossenen Burgtoren.

In diesem Fall wirkungslos.

Starr wie ein Maschinenmensch ging er durch das Vorzimmer hinaus auf den Gang, dann die Stiegen des Gründerzeithauses abwärts. Und das zieht sich, insbesondere für jemanden, der im obersten Stock wohnt. Die Ohren haben der Metzger und seine Mama gespitzt, darauf gewartet, ob die Schritte zögerlicher werden, es sich der Herr Papa spätestens im Mezzanin anders überlegt.

Aber nein.

Und auch wenn er dank seiner dauerzankenden Eltern stets wusste, dieser Tag würde kommen, ist der damals schon pummelige Willibald aufgesprungen, den frisch mit Kakao durchtränkten Bissen Marmeladebrot im Mund, und seinem Vater hinterhergelaufen, bis hinaus auf den Gehsteig. Von dort aus sah er ihn mit glasigen Augen ins Auto steigen, reversieren, an ihm vorbei- und davonfahren, ohne sich zu verabschieden, geschweige denn seinem Sohn einen Blick zuzuwerfen. Selbst wie ein Roboter ist er damals losmarschiert, der Metzger, die ganze Gasse entlang, hat die besorgten Rufe aus dem Hintergrund nicht gehört, „Willi, Willi!“, hat seine in der Küche stehenden Hauspatschen nicht vermisst, die kalten Pflastersteine unter seinen Socken nicht gespürt, auch die Tränen nicht, die über seine Wagen liefen, sich zwischen Ober- und Unterlippe verkrochen, diesem zu Matsch zermahlenen Gemenge in seinem Mund eine salzige Note verpassten und schließlich mit einem würgenden Schluckgeräusch den Schlund hinabwanderten in Richtung Verdauungstrakt. Wer nicht daran ersticken will, muss sein Leben runterschlucken, egal wie es grad kommt! Weiter und weiter ist er, bis ihn seine Mutter von hinten gepackt und fest an sich gedrückt hat.

Ruhig waren ihre Worte.

„Diesmal kommt er nicht wieder!"

Lange noch sind die beiden stehengeblieben, die leere Straße vor Augen, Willibalds Rücken an die Vorderseite der Mutter gelehnt, ihre Arme um seinen Oberkörper geschlungen, als müsste sie ihn schützen. Irgendwann schließlich wurde ihr Griff lockerer, ihre Stimme voll Zuversicht: „Auch wenn wir zwei jetzt stehengelassen wurden wie alte Waschmaschinen irgendwo im Wald, es wird uns nichts ins Schleudern bringen, niemals! Und jetzt komm."

Den Fernseher haben sie an die alte Nowotny gegenüber verschenkt und sind losmarschiert.

Erste Station: ein Modehaus, er weiß es noch genau: „Wir kaufen uns jetzt beide ein Kleidungsstück, Willibald, etwas, mit dem wir uns gefallen, wieder anschauen können und uns nicht traurig fühlen! Weil Kleider machen Leute." Eine Jeansjacke ist es damals geworden.

Zweite Station: die Innenstadt, direkt in die Fußgängerzone:

„Aber Mama, heut ist doch kein Bauernmarkt, wo gehen wir hin!"

„Essen, Willi!"

„Aber das kostet viel zu viel!"

„Heut ist uns nichts zu teuer!"

So oft schon war er vor der großen Glasscheibe dieses Kaffeehauses gestanden, den Blick auf die roten Samtsofas, Holzstühle, Kleiderständer gerichtet, während seine Mutter ihn an der Hand zog und zog – „Das können wir uns nicht leisten!" – in Richtung der Bauernmarktstände, die hier heute noch wöchentlich den Platz beleben.

Diesmal aber kam es anders.

„Aber der Tisch hier ist reserviert für zwei, meine Dame!"

„Dann sind wir ja wohl genau richtig!"

Auf der Gegenseite, direkt an einem der Fenster haben sie Platz genommen, Mutter und Sohn, und bestellt. Torten.

„Hab ich das richtig verstanden, gnä' Frau? Je eine Portion auch zur Sacher, Linzer, und Punsch?"

„Warum fragen Sie nach?"

„Weil ja bei der heißen Schokolade mit Schlag und den Erdbeeren mit Schlag schon naturgemäß der Schlag dabei wäre, und –"

„Sind Sie hier der Kellner oder der Ernährungsberater?"

Nichts haben sie übriggelassen, in sich hineingeschaufelt, als wäre es tatsächlich möglich, den Schmerz aufzufressen wie der Zyklop seine Schafherde.

War es nicht. Kaum zuhause – und allein der Heimweg blieb dem Metzger in qualvoller Erinnerung –, ging es los. Ein Übergeben an allen Fronten. Es musste raus, das ganze Übel. Wie ein Schlosshund hat er geheult. Tagelang. Bevor daraus eine Erstarrung wurde, ein Alles-in-sich-Hineinwürgen, er das Leichte verlor. Die Kindheit. Erwachsen mit zehn. Der Stillstand sein Untergang.

Ein nachhaltiges Erlebnis, denn von diesem Tag an hat der Schmerz seinen eindeutigen, niederschmetternden Geschmack. Heißt ja nicht umsonst so: Schlagobers.

Alles wieder da. Auch die Erinnerung.

So intensiv wie nie zuvor.

Der Dornhauer-Sommer-Pavillon droben in den Weinbergen ist eine Aufbahrungshalle geworden, der weiße

Rosenschmuck die Grabbeigabe, der Metzger selbst die Leiche, eiskalt dahingemeuchelt.

Stoppelfeld, öffnet er seine Zwangsjacke, als wäre es nicht die Stangenware eines Kleiderhauses, sondern eines Eisenfachmarktes, löst den Krawattenknoten und kommt trotzdem kaum zu Atem, erfüllt von einer bleiernen Schwere, wie sie sonst nur die Mafia irgendwelchen zukünftig Vermissten als finales Schuhwerk verpasst. Der letzte Gipfel, beziehungsweise Tauchgang.

Doch Willibald Adrian Metzger wehrt sich.

Nur nicht stehenbleiben.

Stillstand bedeutet Untergang.

– Sollen wir rechts ranfahren?
– Wenn hast du Blasenschwäche, tust du dir nix Zwang an.
– Nicht meinetwegen. Für dich.
– Wozu?
– Damit du dich umziehen kannst. Auf gemütlicher. Es wird eine lange Fahrt.
– Wird aber nix besser in Jogginganzug.
– Nicht dass unterwegs noch jemand glaubt, ich hätte eine Braut entführt.
– Und? Hast du?
– Davon kann wohl keine Rede sein. Gerettet hab ich dich vor einem großen Fehler! Müsstest du nicht erleichtert sein?
– Wieso?
– Weil du dir einen Waschlappen als Zukünftigen ausgesucht hast. Das war ja ein trauriger Anblick. Oder bist du seine 24-Stunden-Pflege, haha?
– Hoff ich für dich, behältst du dir Humor, weil wird Wiedersehen mit deine Erzeuger sicher nix so herzlich wie bei Geschichte mit verlorene Sohn.
– Glaub mir, er wird sich freuen. Schließlich hab ich dich gefunden.
– Du? Hat Željko mich gefunden.
– Željko war einer meiner Männer.
– Und jetzt ist tot. Wird also nix wirklich beruhigender. Außerdem wäre fein, wenn hältst du Klappe, und probiert werte Herr Chauffeur und Säbelschwinger vielleicht höhere Gang. Brauch ich zum Abschied nämlich wirklich nix noch extra Städtebesichtigung.
– Josip ist Messerwerfer und das Sprechen nicht so seines. Kehlkopfprobleme.

– Hoffentlich ist ansteckend.
– Schon möglich. Der Überträger war ein Rechtshänder. Da gibt es viele davon. Die Kehle wurde ihm durchgeschnitten. Insofern also: Bitte aufpassen.
– Ist das Drohung?
– Nur ein Rat. Und: Lust auf Musik? Ich hab eine Playlist für dich erstellt.
– Hoffentlich Bon Jovi: *It's my life?*
– *Morning has broken.* Das passt doch.
– *Të raftë rrufeja mu në hale!*
– Meine Güte, das hat Mutter immer gesagt: Të raftë rrufeja mu në hale. Möge der Donner dein Klo treffen! Und jetzt dazu die Musik von Yusuf Islam. Mir wird ganz warm ums Herz. *Morning has broken, like the first morning ...*
– *Blackbird has spoken.* Und Yusuf Islam! So eine Blödsinn. Heißt Cat Stevens!
– Eben nicht.
– Und was hat ihm gebracht andere Name? Singt trotzdem immer noch selbe Hadern und ist immer noch selbe Fleisch und Blut.
– So wie du! Aber wart, wenn dir die Nummer nicht passt, dann die nächste.
– *Father and Son.* Passt wenigstens zu dir.
– *It's just time to make a change.*
– Hoffst du Generationenwechsel! Na schau, grinst sogar Josip. Samt tätowierte Drachengesicht?
– Was ist so lustig daran, Josip?
–
– Josip? Was soll das?
–
– Lass die Hände über dem Lenkrad! Josip? Verdammt, Jo...

4

Taube: Hier Taube. Alarmstufe Dunkelrot. Bei Füchsin im Wagen muss was passiert sein. Ungeziefer an Füchsin inaktiv. Ungeziefer an Dejan inaktiv. Beide Wanzen ausgefallen. Nur mehr die im neuen Fell vom Dachs rennt. Und der rennt grad orientierungslos durch die Gegend. Kommen.

–

Taube: Gibt's das, verdammt. Hier ...

Falke: Der Wagen haut ab.

Adler: Aber wir sind hinten dran.

Falke: Ja, mit unseren alten Schüsseln. Chancenlos. Ich hab gesagt, wir müssen den Wagen verwanzen.

Taube: Was ist da los!

Falke: Fuck. Gibt Schusswechsel. Wir verlieren sie. Irgendwas läuft schief. Bleib du bei Dachs.

Adler: Und bitte pass auf dich auf, bitte ... Verdammt!

Taube: Adler? Kommen. Adler? Adler! Scheiße. Scheiß...

Falke: ... di net an. Alles gut. Der Stöpsel is eam ausn Ohrwaschl g'rutscht.

Und er geht und geht, der Metzger, immer weiter. Hält Ausschau. Vielleicht ist Danjela ja doch stehengeblieben, wartet am Straßenrand, winkt und läuft ihm entgegen: „Hab ich mir doch anders überlegt!“

Bald säumen die Häuserzeilen der Außenbezirke seinen Weg, wachsen immer höher empor, Stockwerk um Stockwerk, verbreitern sich die Straßen, steigert sich der Lärm, der Verkehr. Noch nie zuvor hat der Restaurator seine eigene Stadt durchwandert.

Die Zeit egal, der Weg das Ziel.

Kein Blick zurück – vielleicht würde ihm dann das in großer Entfernung hinterherrollende Motorrad auffallen. So aber marschiert er einfach nur voran, die Augen stur auf den noch regennassen Gehsteig gerichtet, als könnten ihm all die verschiedenen Beläge, die Pflastersteine, der Asphalt, der Teer und das Erdpech Antworten liefen für sein eigenes Unglück. Doch nichts daran ist zu verstehen, auch wenn nun all das im Vorfeld Geschehene einen Sinn ergibt. Dieses ganze Theater. Alles nur auf eines ausgerichtet: die Täuschung.

Darum war Danjela also schon wochenlang so abweisend und gereizt. Darum hat sie ihn ausquartiert. Nur, um im Hintergrund alles zu planen. Aber warum der Aufwand? Das abgelegene Salettl, die Einladung all der vielen Menschen? Warum das ganze Brimborium, die Zeremonie, bis sie in Gegenwart all der Freunde, Bekannten die ganze Angelegenheit endlich platzen lassen konnte?

Wollte sie ihm mit größter Wirkung das Herz herausreißen? Vor aller Augen? Wo kommt ihre Verachtung her? Was hat er ihr Furchtbares angetan, um sich Derartiges zu verdienen? Was hat er all die Jahre übersehen?

Er weiß es nicht.

Und immer schneller wird der Metzger, den Blick starr nach vorn, Maschinenmensch, wie sein Vater einst, weicht keinem der Fußgänger aus, keinem Radfahrer. Nicht einmal von roten Ampeln, von hupenden Autos lässt er sich aus dem Tritt bringen. Kevin Costner auf seinem Gaul zu Beginn des Filmklassikers „Der mit dem Wolf tanzt" lässt grüßen. Im Galopp durch den Kugelhagel, die Arme zur Seite gestreckt, die Augen geschlossen. Möge die Erlösung mit ihm sein.

Nur leider. Pech gehabt.

Weiterleben.

Je näher er dem Stadtzentrum kommt, desto mehr schrumpfen die Gebäude wieder auf Höhe alter Bürgerbauten, füllen sich die Straßen mit Sehenswürdigkeiten.

Das Flussufer, an dem er mit Danjela entlangspaziert ist.

„Jetzt komm schon, Willibald, halten wir Füße rein!"

„In diese Kloake?"

„Wäre in meine Kindheit Trinkwasser gewesen!"

Die Straßenbahnstation, vor der ihr zu später, dunkler Stunde von einem jungen Mann die Handtasche entrissen, aber nicht gestohlen wurde, und heut noch wird der Räuber wohl keiner Menschenseele erzählen, von einer Frau namens Merita verprügelt worden zu sein. Ohne zu zögern kam sie zur Hilfe geeilt, bevor die Djurkovic und ihr Metzger überhaupt reagieren konnten. „Will ich kämpfen lernen wie sie!", so Danjelas Entschluss.

Das Opernhaus, dem nach der Pause der Rücken in Richtung Würstelstand Zawodnik gekehrt wurde, zu groß der Hunger und zu klein Danjelas Toleranz.

„War garantiert selbstgefällige Kerl!"

„Wer?"

„Na, diese Wagner. Hätt besser lesen lassen seine Frau Partitur, wäre ganze Getöse um Hälfte kürzer geworden!“

Der Brunnen, vor dem sich die beiden zum ersten Mal in die Arme genommen hatten.

„Schön hier!“

„Weiß ich genau, warum gefällt dir hier so gut!“

„Wegen der vielen Münzen? Alles gute Wünsche.“

„Wegen Fleisch!“, deutete sie auf eine der beiden aus Blei-Zinn gegossenen Nymphen, die sich hier halbnackt, von einer grünen Patina überzogen, auf dem Brunnenrand räkeln.

„Metall meinst du. Allegorie der Gelassenheit und Voraussicht!“

„Brauchen sie dringend Gelassenheit, weil kann ich dir genau sagen, warum schauen Brüste und Hintern aus wie frisch poliert!“

Die ganze Stadt ein Spießrutenlauf quer durch seine Erinnerungen. Wie einen Gejagten treibt es den Metzger ins Irgendwo, als könnte er dort Antworten finden.

Wer ist Danjela Djurkovic wirklich?

Was weiß er schon über sie und ihre Vergangenheit?

Und selbst das muss nicht stimmen: Dass sie mit 22 von ihrem Cousin illegal über die Grenze gebracht, im Wirtshaus Novak dem kurz vor seiner Pensionierung stehenden, schwerkranken Schulwart Hans Djurkovic vorgestellt und dort die Vereinbarung getroffen wurde, man wolle sich zwecks gegenseitigen Profitierens verbinden. Ein Band fürs Leben also, nur der etwas anderen Art: keine Liebesheirat, dafür eine Hochzeit samt Bleiberecht. Kein körperliches Eheglück, dafür ein Zur-Hand-Gehen in Arbeit, Haushalt, Altenbetreuung.

Der Schulwart ein anständiger Mann, nie wurde da mehr gefordert.

Danjela eine gute Frau.

Und als dem Krebs nicht mehr beizukommen war, durfte sich Hans Djurkovic aus dem Spital nach Hause in liebevolle Pflege begeben und den letzten Weg in seinem eigenen Bett antreten, die schwache, kalte Hand in Danjelas warmen.

Ihr weiteres Vorleben betreffend allerdings musste sich der Metzger stets anhören: „Hab ich keine Vater, keine Mutter, keine Familie mehr. Nur dich. Außerdem schlägt Herz jetzt, geht Atem jetzt, bin ich glücklich jetzt, ist Leben also eindeutig Angelegenheit von Gegenwart. Interessiert mich nix mehr Vergangenheit!"

Schöne Worte, denen der Metzger trotzdem gelegentlich ein „Aber mich interessiert sie" entgegenstemmte. Und immer dieselbe Antwort bekam: „Bleibt dir nur Vertrauen, weil gibt nix Sicherheit. Nur Unsicherheit und Sicherheitsbedürfnis. In Kombination folgenschwerste Paarung von Weltgeschichte, Busenfreund von Scharlatane, Spekulanten, Tyrannen ...!"

Wie blind er gewesen ist, der Metzger. Ein Maulwurf, der genüsslich sein Köpfchen ins Freie streckt, sich umsieht – die Luft scheint rein, das Sonnenlicht blendet, und zack: Mäusebussard oder Turmfalke.

Aus. Schluss. Basta.

Nein, Sicherheit gibt es nicht. Nirgendwo. Vertrauen ist Selbstbetrug.

„Alles Lügen. Nur Lügen", mischt sich zu seinen Schritten nun das Selbstgespräch, und es stört nicht. Denn immer lauter werden auch die Stimmen rundum, dichter das Gewühl. Dann, wenn in Metropolen endgültig die Konturen der Einzelnen verschwinden, hier der Metzger in seinem Anzug, dort sein längst vom Motorrad gestiegener Schatten. Eingetaucht in die zähe Masse, das Durcheinander.

Die Fußgängerzone.

So weit ist er bereits marschiert, als hätten ihn unsichtbare Fäden gezogen. Genau dorthin, wo schon einmal sein Leben neu begonnen hat. An der Seite seiner Mutter. Elendes Unterbewusstsein.

An jener großen Glasscheibe geht er vorbei, hinter der einst schon das Kaffeehaus lag, während rundum nichts beim Alten blieb. Eine Großmacht nach der anderen täuscht vor, die Gier nach Auswechselbarkeit zu stillen, verkauft doch nur Uniformen, Made in Bangladesh, und nennt es Mode.

Also weiter durch die Stadt.

Bald hilft dem Metzger auch das Davonlaufen nichts mehr, sucht sich der Schmerz sein Nadelöhr, lässt heimtückisch die auf Glanz polierten Schuhe wie Rasierklingen an seinen Fersen reiben, ihn immer durstiger werden, wunder, reizbarer, ausgelieferter – sich selbst. Also legt er Pausen sein. Viele Pausen. Die erste in einem Supermarkt, der sich namentlich an die Brust geheftet hat, günstiger als andere zu sein. Und weil da grad für dieses Wochenende 25 % auf Bier und Schnaps aller Art angepriesen werden, schnappt er sich seiner Weinseligkeit zum Trotz ein Sechsertragerl Weizen und dazu den Digestiv des Säufers. Eine Zwölferpackung Underberg Rheinberger Kräuter.

Ein Prost samt Fluch also auf seinen Vater, dessen Drogen einst genauso hießen: Bier und Magenbitter. Zuerst Energielieferanten, dann Haltegriff der Verzweiflung, schließlich Reiseproviant ins Verderben.

Und die Mischung zeigt bald Wirkung.

Also noch mehr Pausen.

Auf den Holzbänken der kleinen Beserlparks. Auf den Gitterbänken der Bushaltestellen. Auf den Plastikbänken der Straßenbahnen. Treiben lässt er sich, entgeht nur knapp einer Fahrscheinkontrolle, schläft immer wieder ein zwischendurch, wacht auf und weint, der traurige Lord aus Windsor vor dem Tor zu seiner Hölle, sieht sein Sechsertragerl Bier in der Hand dahinschrumpfen, drei, zwo, eins, sieht den Tag vorüber- und die Menschen vorbeiziehen, Einzelgänger, Paare, Mütter mit ihren Kindern, und fühlt sich, als wäre er einer der Alten, der Hinterbliebenen, Letzten einer Ahnenreihe, die einsam ihre Geschichte erzählen, dabei Brotkrümel in der Hand, Lockmittel an ihre Zuhörer. Und mit seiner Müdigkeit, mit seiner Schwäche kommen auch die Resignation, die Wut, die Hilflosigkeit.

Längst ist ihm jede Orientierung abhandengekommen, weit am Rande der Stadt muss er sich befinden, in einem der unzähligen Industrieviertel, wo sich Bürogebäude, Möbel-, Auto-, Bau-, Lager-, Schuh-, Aktions-, Diskont-, Sport-, Waffen-, Fastfood- und weiß der Teufel welche Häuser nebeneinander auftürmen und wo nach Sperrstunde keine Menschenseele mehr wohnt.

Die Uhren stehen weit nach Mitternacht, da schafft es der Metzger bei Einsetzen eines nächsten Nieselns gerade noch in Deckung. Oben eine der hell erleuchteten Autobahnen dieser Stadt, die wie Schleusen in eine andere Welt hinausführen, sechsspurig, darunter das Düstere. Breit ist die Unterführung. Kein Licht. Nur eine Ansammlung verkehrsuntauglicher Fahrzeuge, Havarien, vereinzelt sogar nur mehr Blechhüllen. Ausgeschlachtet. So wie der Metzger selbst. Oben der Flüsterasphalt, das Rauschen, die Bewegung, darunter der Tod. Sogar tatsächlich. Denn zwischen all den Fahrzeugen steht, wie eine Verhöhnung, ein alter Leichenwagen. Genau damit hat einst alles begonnen, wurde ihm sein Leben gerettet, er ohnmächtig aus dem Wasser gezogen, in so einer Kiste zu Danjelas Schulwart-Wohnung transportiert und von ihr wieder aufgepäppelt.

Die erste gemeinsame Nacht, zwar noch keusch, aber dennoch der Beginn ihrer Beziehung.

So schließt sich eben der Kreis. „Passt!", flüstert der Metzger.

Nur noch schlafen. Vielleicht wacht er ja diesmal nicht mehr auf. Also hinein, in den Kofferraum kriechen, und nicht einmal das gelingt. Fast zu Tode erschreckt er sich, und leider nur fast, denn so ein Herzstillstand wäre ihm jetzt auch nicht unrecht.

Nein, er ist hier nicht allein.

„Verschwind! Such dir einen anderen Platz!“

Da gibt es leichtere Aufgaben. Orte, an denen man geschützt schlafen kann, sind Mangelware, wenn es Nacht geworden ist über den Dächern und sich die Straßenbeleuchtung halbiert. Aus Parkbänken, Vordächern, Einfahrten, Stiegenabgängen, Unterführungen werden Stundenhotels, das blanke, ungeschützte Leben der Zimmerpreis, so ein leeres Auto der pure Luxus. Und keiner der hier wohnhaften, besitzlosen Männer, die sich zwecks ruhigen Schlafes in Kleingruppen versammelt haben, schenkt diesem niedergeschlagenen, schwer alkoholisierten Kerl in seinen polierten Schuhen Aufmerksamkeit.

Nichts an ihm ist besonders.

Nicht einmal an seiner Geschichte. Das Ende einer Beziehung als Wegweiser genau hierher.

„Darf ich?“, deutet der Metzger zwischen den Havarien und den dort platzierten Herren auf einen leeren Karton und erhält zumindest ein Brummen als Antwort.

An die Begegnung mit einem Obdachlosen vor neun Jahren muss er denken, und, „Kanntet ihr den?“, beginnt unaufgefordert zu erzählen, als gehöre er dazu, von seiner damit verbundenen Reise in die Bergwelt, vom Winter, der Ski-Mafia, der Weltcup-Abfahrt in einer Dachbox, all seinen Erlebnissen. „Die meisten gemeinsam mit meiner Danjela. Seite an Seite. Hört ihr. Und heut hat sie mich sitzen lassen, während der Hochzeit! Nach einer jahrelang glücklichen Beziehung!“

Weder Gelächter erntet er, noch wird der Versuch gestartet, wie vielleicht in anderen Männerrunden, mit der jeweils schweren eigenen Lebensgeschichte dagegenzuhalten. Nur ein „Halt’s Maul!“ ist zu hören, während über der Brücke der Starkregen einsetzt.

Und auch bei Willibald Adrian Metzger brechen die Dämme. Noch lauter nun seine Stimme.

„Einen Heiratsantrag hab ich ihr gemacht, einen schöneren Heiratsantrag gibt es gar nicht! In einem Heißluftballon, stellt euch das vor, ein Heißluftballon!“

„Lass uns schlafen oder verzieh dich nach Hause, verdammt, in deinem feinen Anzug!“

„Nach Hause? Und feiner Anzug?“ Direkt dankbar ist er, der Metzger, für dieses Wahrgenommen-Werden, erklärt lallend: „Lüge, alles Lüge!“, streift sein Sakko ab, „Da!“, müht sich hoch, brüllt: „Und hier!“ Weste, Hose, weg damit. „Und das auch noch!“ Mit mittlerweile schweren motorischen Problemen führt er einen Akt der Befreiung durch. „Macht damit, was ihr wollt!“ Entblößt bis auf seine weiße Rippunterwäsche, in Socken und Lackschuhen.

„Was ist, g’spürst di nimma?“, ruft ihm einer der Herrn zu und hat recht. Nein, nichts mehr spürt er, nicht das von den Brückenpfeilern auf ihn herabtropfende Wasser, nicht den Wind, den Schmerz, nur die Dumpfheit.

„Wüst dir a Lungenentzündung einfongan? Geh z’haus!“

„Zuhause? Lüge, Lüge, Lüge ...“

Motorengeräusche sind zu hören, nicht jene oberhalb der Brücke, sondern unmittelbarer. Jetzt kommt Bewegung in die Reihen, setzen sich die ersten Männer auf.

„... alles Lüge!“

„Weg!“, erhebt sich einer nach dem anderen, packt emsig sein Hab und Gut.

„Ich wollt euch nicht verjagen, ich ...!“, vermutet der Metzger die Verantwortung bei sich, während die Bässe dröhnender werden, sich der Schrottplatz leert und durch den Starkregen ein Wagen die Straße heranrollt, mitten in der Nacht. Viel zu langsam für seine Aufmachung, die tiefergelegten, breiten Reifen, die unnatürlich glänzenden Felgen, die verdunkelten Scheiben.

„Lauf!", ruft ihm noch einer der Männer zu, doch was nützt das schon gegenüber einer verlorenen Seele, die heut ohnedies bereits im Regen stehen gelassen wurde. Möge der Tag also enden, wie er begonnen hat. Was bitte soll da noch groß an Niederschlag dazukommen?

Dann wird es laut.

Sehr laut.

Direkt neben dem Metzger bleibt ein Wagen stehen, öffnen sich die Türen, bricht ein Schwall Sprechgesang über ihn herein, unterlegt mit bis in die Magengrube spürbaren Schallwellen. Verbale Maschinengewehrsalven. Unverständlich.

Eine Sprache mit hartem Akzent, wie auch die nun aussteigenden Insassen des Wagens. Brüllend ihre Unterhaltung, inhaltlich unmöglich nachzuvollziehen.

Fünf durchtrainierte Schlägertypen mit seitlich kahlgeschorenen Köpfen, ärmellosen T-Shirts, zwei sogar wie Willibald Adrian in Feinripp. Hätte der Metzger nicht nur die Unter-, sondern auch eine zerrissene Jeanshose an, er könnte direkt als Familienoberhaupt durchgehen.

Alles Weitere erlebt er in Trance.

Wie er umstellt wird, begleitet von dieser testosterongeladenen, aggressiven Musik.

Wie sich die Männer unterhalten. Der größte unter ihnen, ein Exemplar mit sichtlich bereits mehrfach gebrochener Nase und haufenweise in die Nacht funkelnden Zähnen aus Gold, scheint der Anführer, blickt auf das Display seines Handys und nickt den anderen zu. Nur Wortfetzen, die der Restaurator da versteht. Darunter sein zweiter Vorname. *Adrian.*

Wie er gestoßen wird, von einem zum anderen, sich nicht wehrt, wie ihn Ohrfeigen treffen, ihm erstmals der Gedanke kommt: „Vielleicht sind die alle ja meinetwegen hier!“ Wie sich eine Faust in seine Magengrube bohrt, er zu Boden sackt, nur noch schlafen will, endlich schlafen.

Wie ein Brüllen ertönt: „Großer Fehler, ihr Bettbrunzer, ihr elendigen! Ganz großer Fehler.“ Und schließlich Geschrei.

Schmerzensgeschrei.

Dann wird es finster.

Elf Jahre war sie alt, der Geburtstag erst ein paar Wochen her, als ihr eines Morgens, noch in ihrem Bett liegend, bewusst wurde: Jetzt bin ich kein Kind mehr! Die Wärme in ihrem Schoß hatte sie aus dem Schlaf gerissen. Der schneidende Schmerz.

Leise war sie aus dem Zimmer geschlichen, um ihre Eltern nicht zu wecken, hatte sich ins Badezimmer gesperrt, einen Waschlappen eng unter den Wasserhahn gehalten, um möglichst lautlos ein paar Tropfen aufzufangen.

„Wenn das Blut kommt, sag es mir!", so die Worte des Vaters an ihrem elften Geburtstag. Streng sein Blick. Dazu das Nicken der Mutter.

Doch sie hat es nicht gesagt.

Nicht an diesem Abend, nicht im Monat darauf. Hat ihre unrein gewordene Wäsche versteckt, heimlich selbst gesäubert, hat ihre Achseln gewaschen, wieder und wieder, die Tage gezählt und sich gerüstet mit Taschentüchern und Stofffetzen. Niemand sollte es bemerken.

Doch als ihr zwölfter Geburtstag ins Haus stand, der Tisch wieder fein gedeckt, war ihre Brust bereits groß geworden, ihr Schweißgeruch verräterisch. Kein Entkommen mehr.

„Du lügst uns an!", schlug der Vater mit der Faust auf den Tisch, öffnete die Hand und ließ einen der Stofffetzen auf seinen Teller fallen, die sie heimlich als Binde benutzte.

Von da an wurde sie auf jede Hochzeit, jede Feierlichkeit, jede Zusammenkunft ihres Umfeldes mitgenommen und hergezeigt. „Anjeza freut sich, mit dir tanzen zu dürfen!" Dabei legte ihre Mutter die Hand ihrer Tochter in die Hand möglicher Kandidaten.

Alleine aber gab es kein Ausgehen. Wenn, dann nur mit ihren Freundinnen, und das für eine Stunde, oft auch unter

Aufsicht ihrer Mutter. Burschen zu treffen und sich vielleicht eines Tages hinzugeben, war ihr nicht gestattet. Sie jemandem hinzugeben war das Recht ihres Vaters.

Eine Gefangene. Die genau wusste, was kommen würde.

Bis sie eines Tages ihm vorgestellt wurde. Dejan.

In einer Scheune. Umstellt mit bewaffneten Männern.

Dem Todfeind vorgeführt wie ein Stück Vieh auf dem Markt.

Sie in Begleitung ihres Vaters.

Er in Begleitung seines Vaters und seines Bruders.

Ibrahim und Mehmet.

Nur sie fünf. Denn Ibrahim lebte im Verborgenen. „Keine Fotos!“, so lautete die Devise, wann immer er erschien. Nur Auserwählte in diesem abgelegenen Bergdorf kannten, aber jeder fürchtete ihn, das Oberhaupt der Sulemanjius. Keinen besseren Ort in diesem Land gab es, um als gesuchter Schwerverbrecher und wichtigstes Bindeglied zur Cosa Nostra verborgen zu leben.

„Du also bist Anjeza!“, begrüßte sie Ibrahim. „Dein Vater meint, dir könnte Großes gelingen. Uns allen Frieden bringen!“

Zu lange schon wurde seit Tariqs Tod gemordet, von ihrer Familie, den Dushkus, und den Sulemanjius. Nun aber war ihr Vater dem Tode nahe, die Zeit also eine drängende, denn wer sollte in Zukunft all die Belange übernehmen, die vielen Menschen führen, ihnen eine Perspektive geben und vor allem Sicherheit.

„Das ist Dejan, mein Sohn!“ Selbst von Widerwillen gezeichnet, Wut sogar, kam Dejan auf sie zu, blieb unmittelbar vor ihr stehen und reichte ihr die Hand zum Gruß. Sein Geruch, sein Atem, seine Hände. Alles nur Unheil. Zwei, die sich gegenüberstanden, ohne dies zu wollen. Allein das Kopfnicken der beiden Väter ausreichend, um Schicksale zu besiegeln.

Wenige Tage später rief Mutter nach ihr: „Komm ins Bad!"

Hübsch wurde sie gemacht, und nichts daran gefiel ihr. Auch nicht das Schweigen ihrer Mutter. Und als sie mit Mutter wieder aus dem Bad kam, in ihrem schönsten Kleid, saß Dejan mit seinem Vater Ibrahim neben ihrem Vater bei Tisch.

„Dejan hat mich gefragt, ob er dich heiraten darf!"

Sogar gesprochen haben ihre Eltern für sie.

Gedacht, gesprochen, gehandelt.

Freude im Gesicht der Väter, Bedrückung hingegen bei Dejan, ihr, und sogar Mutter vernahm die weiteren Worte mit Schrecken, obwohl sie doch voll Stolz nur so strotzen sollte.

„Und Ibrahim und ich erlauben es!"

„Aber ich nicht!", entgegnete Anjeza ihrem Vater.

Drei Worte, die alles ändern sollten.

„Dann schlage ich vor, ihr kümmert euch darum!", stand Ibrahim auf und verließ die Scheune. Sein Sohn Dejan hinterdrein.

An diesem Abend brach zwischen ihren Eltern ein Streit aus, wie sie ihn noch nie zuvor erlebt hatte. Denn erstmals trat ihre Mutter für sie ein: „Dejan darf Anjeza nicht heiraten, er ist nicht der Richtige! Du hast es ja mit eigenen Augen gesehen! Es geht um so viel."

„Was soll ich gesehen haben? Zwei trotzige Kinder!"

„Zwei gebrochene Herzen. So lässt sich kein Friede aufbauen."

Danach nur noch das Gebrüll ihres Vaters, zwar mit schwacher Stimme, aber voller Hass. Kein Einlenken. „Ibrahims Auftrag lautet: Kümmert euch drum. Und genau das werden wir!"

Und das hat sie.

Anjeza.

Ganz allein.

Sich darum gekümmert.

Kopfwäsche

„Herr Metzger! Was schlafen S' auf dem Boden, wenn doch hier so ein gemütliches Bett wartet. Und vielleicht täusch ich mich ja, aber so ein Polterabend findet doch immer vor der Trauung sein trauriges Ende!"

Freundlich die Stimme, und trotzdem unterlegt mit einem eiskalten Nachhall. Ein Waschraum vielleicht, Schlachthof, Keller.

„Aufwachen, höchste Zeit!"

Wie Glockenschläge dröhnt jedes der Worte in seinem Schädel, und allein das erste Blinzeln reicht dem Metzger schon vollauf an Helligkeit.

Alles nur Schmerz. Der Kopf, der Körper, das Herz.

„Was ist denn los? Ihnen geht's im Vergleich zu den anderen vier Herrn doch prächtig. Ich will Ihnen ja nicht nahetreten, aber nach Kampfsportler sehen Sie nicht aus! Da muss Ihnen ein Superheld geholfen haben. Der schwarze Blitz!"

„Der schwoaze Blitz und der weiße Witz!"

Zwei Männer also. Was wollen die hier? Und dieses Hier, wo soll das überhaupt sein? Langsam gewöhnen sich seine Augen an das helle Licht. Rundum ausschließlich Weiß. Ein komplett möbelloser, mit Fliesen verkleideter Raum. Neun Quadratmeter vielleicht. In der einen Ecke eine Art Plumpsklo, in der anderen eine betonierte, kniehohe Liegefläche. Darauf eine dünne Matratze, wiederum darauf ein schlaksiger, elendslanger Kerl. Sitzend.

„Wo bin ich?", ringt sich Willibald Adrian Metzger erste Worte ab.

„Na ja, so unter uns: Es gibt feinere und günstigere Ort, um in dieser Stadt zu nächtigen. Günstig sowohl im wirtschaftlichen als auch biografischen Sinn. Erstens müssen so Trunken- oder Raufbolde wie Sie dafür eine ordentliche Summe berappen, mindestens ein Viersternehotel ginge sich dafür aus, Frühstück inklusive, und zweitens verbessert so ein Aufenthalt nicht unbedingt die Aktenlage. In einer Ausnüchterungszelle sind Sie! Ich bin Major Pichlmayr, der Herr hinter mir mit Kopfverband ist Kollege Friedmann."

Mit größtem Kraftaufwand stemmt sich der Restaurator nun zumindest ins Sitzen hoch und wird von einer Übelkeit erfasst, da kann es bis zum Tod wohl nicht mehr weit sein.

„Eine Zelle? Ich muss in ein Krankenhaus!"

„Da liegen schon die andern, einer sogar auf der Intensiv. Den vieren haben S' nämlich ordentlich eingeheizt. Allesamt gewaltige Kaliber, Sportler offenbar!"

„Es waren fünf!"

„Dann ist einer davongekommen. Also, Herr Metzger: Wer war Ihr Kompagnon? Bruce Lee? Laut dem einzigen der vier Männer, der zurzeit körperlich imstande ist, halbwegs reden zu können, hatten Sie Hilfe und muss Ihr Gefährte ein Meister des Kung Fu und vor allem des Dreschflegels gewesen sein. Nunchaku, wenn Sie wissen, was ich meine? Zwei Hölzer mit Kette dazwischen."

Und logisch kennt sich der Metzger jetzt nicht aus. Jegliche Erinnerung an die Geschehnisse des gestrigen Abends fehlt ihm. Wie ihm die Flucht gelungen ist, er es hierher und in diesen schäbigen Adidas-Trainingsanzug geschafft hat, den er gerade an seinem Körper entdeckt.

„Aber warum bin ich inhaftiert? Und wer sind Sie?"

Mit einem Ächzen erhebt sich Major Pichlmayr und beginnt, als hätte er gründlich die Bewegungsmuster einiger Fernseh-Kommissare studiert, im Raum auf und ab zu gehen.

„Erstens, weil man Sie in Unterwäsch und Lackschuhen schlafend unter der Brücke gefunden hat, Ihr zusammengelegter Anzug als Kopfpolster, alles drinnen, Geldbörse, Schlüssel, rund um Sie marode, ohnmächtige Herrn. So bedient sind die wahrscheinlich ihr Lebtag noch nicht worden. Zweitens, weil Sie als Einziger kaum etwas abbekommen haben, als wäre Ihre Unterwäsch so eine Art Tarnkappe und könnt Sie verschwinden lassen. Drittens, weil Sie schwer alkoholisiert waren. Viertens, weil Sie wie ein Wilder auf den erstbesten Polizisten, der Sie da von der Straße aufklauben wollt, eingeprügelt haben?"

„Des wor i!", meldet sich nun der Beamte mit Kopfverband zu Wort.

„Fünftens, weil Sie im Dienstwagen erklärt haben, wenn es schon Ihr Schicksal wäre, mit einem Polizisten sprechen zu müssen, dann würden Sie gern mit dem Chef vorliebnehmen! Das bin ich."

„Stimmt net gonz!", unterbricht der Beamte. „Er hot net g'sogt: ‚Wenn i schon mit einem Polizisten sprechen muss', sondern ‚Wenn i scho mit so einem Idioten von der Polizei sprechen muss'! Des is a feiner Unterschied. Und der Rest ist dann nimmer ganz so fein und klingt folgendermaßen: ‚Wenn i scho mit so einem Idioten von der Polizei sprechen muss, holen S' mir gleich das Oberhaupt, sprich den größten Deppen von dem ganzen Haufen.'"

„Sonst noch was, Friedmann?"

„Sechstens, weu er mir den Dienstwagen vollg'spieben hot, siebtens, weil er mir den Schreibtisch vollg'spieben hat, achtens, weu er mi uman Schlof brocht hot!"

„Na bitte, Herr Metzger! Nicht schlecht. Und, dass Sie von Ihrer eigenen Hochzeit kommen, haben Sie auch erzählt! Und jetzt hoch mit Ihnen."

Ohne den festen Griff der beiden Herren, links Pichlmayr, rechts Friedmann, käme Willibald Adrian Metzger gar nicht auf die Idee, diesen Ort der absoluten Zurückgezogenheit verlassen zu wollen.

„Na, Sie sind ein Brocken!", wird er hochgezogen, sieht es gleich wieder schwarz vor Augen werden, sackt in sich zusammen.

„Nix da, Metzger, da müssen S' jetzt durch!" Also auf die Beine.

„Und los, ein Fuß vor den anderen."

Aus der Zelle geht es hinaus, den Gang entlang, Tränen kommen ihm, ganz von selbst. In einen Waschraum wird er geführt.

„Der Herr Kollege hilft Ihnen jetzt. Am besten, Sie duschen, rasieren sich und danach kommen S' zu mir ins Verhörzimmer auf einen Kaffee."

Und zu ist die Tür.

Mit seinen Händen muss er sich auf den Waschtisch stützen, der Metzger, dieses abfällige Gestarre des fremden Polizeibeamten in seinem Rücken, den Spiegel vor sich. Schwer fällt es ihm, sich selbst zu betrachten. Wie er da so steht, in diesem schäbigen, viel zu engen Adidas-Trainingsanzug. Die drei Streifen an den Hosenseiten aufgedehnt wie zweispurige Autobahnen, der Bund unsichtbar, verschwunden hinter dem darüber herausquellenden Körperfett. Offen der Reißverschluss des Oberteils, darunter sein verdrecktes Rippleibchen, die sich durchpressende Oberweite weiblichen Ausmaßes inklusive Hängebrüste, und natürlich die tragischen Dimensionen seines Bauchumfanges.

Kann er es Danjela überhaupt verübeln?

Den neuen Mann an ihrer Seite?

Sie, die sie die letzten Jahre so auf sich geachtet hat.

Töpfern mit Theresa,

BauchBeinePo mit Beate,

Kungfu mit Kassandra: „Ist so inspirierende Frau. Kassandra. Hat Kampfsportzentrum nur für Frauen. Und wollt ich immer schon lernen Kämpfen!" Sinnvoll natürlich, nach einem Handtaschenraub. Und wenn ihr eine junge Dame namens *Merita* nicht zur Hilfe geeilt wäre, samt dem Hinweis, zukünftig doch das Kampfsportzentrum Kassandra zu besuchen, es hätte schlimm ausgehen können.

Wochenends dann Museum, Theater, Kino: „Na dann bleibst du eben hocken in Loch, brauch ich dich nix, geh ich auch allein!"

Nur ihr Schlaf wurde immer schlechter. Alpträume. Schweiß. Ein seltsames Gemurmel. Oft ein Schreien.

„Was ist denn los, Danjela!"

„Ach, sind nur Hormone, Willibald."

Er, der er sich so gehen hat lassen.

Arbeiten, Trinken, Arbeiten, Essen, Arbeiten, Trinken, Schlafen.

Und von vorn.

Aus.

Das Resultat dieser Entwicklung steht ihm nun vor dem Spiegel gegenüber und wagt es kaum, sich selbst in die Augen zu sehen.

Was ist nur aus ihm geworden?

„Wos ist, du Wappler!", kann er direkt die Stimme seines ehemaligen Turnlehrers Schranner, auch Schinder Karl genannt, hören. „Steh net vor der Reckstangen wie a Sackl Zement. Wenn'st schon den Klimmzug net schaffst, dann wenigstens den Umschwung!"

Eine Übung, zu der er damals zu Schulzeiten schon nicht fähig war, der Metzger, weder rund um die Eisenstange noch aus der Schattenseite seines Lebens heraus, wie soll ihm das heute gelingen?

„Ich hab net ewig Zeit!", zeigt der im Hintergrund wartende Beamte Friedmann Nerven: „Oisa wos ist! Woschen S' Eana jetzt endlich, oder woschen S' Eana jetzt net!"

„Welche Erna soll ich waschen?", flüstert der Metzger gereizt. Zum Sympathieträger wird er dadurch nicht.

„Aufpassen!" Energisch umschließt ein fester Griff seinen Nacken und drückt ihn bis vor an den Spiegel. „A Kiwara is ka Hawara. Und wonnst ma deppat kummst, du Kasperl, kumm i da a deppat! Und glaub ma, des wüst net probiern!"

Nein, will er nicht.

Höchstens bedanken würde er sich jetzt gern.

Denn was ihm da nun so nahe im Spiegel betrachtet auf dem Muster seines Feinripps ins Auge sticht, kann weder von einem der vier Männer mit ihren seitlich emporgeschorenen Köpfen stammen noch von irgendeinem anderen Herrn im näheren Umfeld. Elendslang, kräftig und leicht gewellt zieht sich da wie die Wolga ein schwarzes Haar von seiner Schulter bis zum Bauchnabel. Und knapp daneben das nächste. Da bekommt dieser mundlartige Kommentar, kurz bevor der Metzger gestern Abend offenbar das Bewusstsein verlor – „Großer Fehler, ihr Bettbrunzer, ihr elendigen!" – gleich eine ganz andere Tragweite. Ebenso dieser Zuspruch im Pritschenwagen, kurz bevor es aus seiner Gasse Richtung Trauung ging: „Keine Angst, Herr Metzger, ich pass schon auf Sie auf!"

Wen kennt Willibald Adrian, der *Superheld im Rippkostüm*, der *Weiße Rächer* sonst mit solch einer Mähne, einer Haarpracht, außer Madame Yildirim in ihrem türkischen Laden? Ist *Bruce Lee* in diesem Fall also eine Frau? Hürrem der *Schwarze Blitz?* War sie seine Leibwächterin? Und wo ist sie jetzt, wenn der Metzger, wie es aussieht, neuerlich Hilfe dringend nötig hätte?

„Oba pass auf, Spaßvogel! I hätt an Vurschlog, so wie du stinkst?", dreht sich der Polizeibeamte Friedmann nämlich um und die Dusche hinter sich auf.

Vorübergehend geschlossen – die Erste

Das Verhör wird ein denkbar kurzes.

„Na bitte, jetzt schauen S' wieder aus wie ein Mensch!", beginnt Major Pichlmayr noch ein wenig herablassend, unwissend natürlich über das tatsächliche Abenteuer grad im Waschraum. „Also? Was ist passiert?"

Lange dauert es nicht, und die Stimmung ändert sich markant. Denn während Willibald Adrian Metzger die Ereignisse des Vortages schildert, werden der Herr Major und sein Kollege Friedmann immer mitfühlender. Ungläubig das Hinterfragen.

„Wie bitter. Einfach mitgegangen ist sie?"

„Während der Trauung? A Wahnsinn!"

„Mit einem Fremden, kurz vor dem Jawort?"

„Und des vor dem ganzen Haufen Leut! Bist du deppat, die Oide hot Eier. I hätt mi wohrscheinlich hamlich vertschüsst. Net schlecht!"

„Reißen Sie sich zusammen, Friedmann!"

„Na, wenn's doch wahr is! So a oame Sau."

Wie ein Statist kommt er sich vor, der Metzger, der gefallene König, vor und über dessen Leichnam sich nun zwei Gefolgsleute unterhalten.

„Warum macht ein Mensch so etwas und kommt dann überhaupt zur Hochzeit?"

„Na warum, Chef? Rache woit die Oide nehmen, ist doch logo! Eam des Herzerl brechen! Was ham S' denn leicht ausg'fressen, Metzger?"

Eine offenbar rhetorische Frage, denn das leise „Wenn ich das nur wüsste!" des Restaurators wird gar nicht wahrgenommen.

„Offizieller lässt sich ein Schlussstrich jedenfalls nicht ziehen, mit allem und jedem. Weil warum setzt sich sonst jemand freiwillig dem ganzen Hass aus!"

„Des stimmt, Chef. Die Jovic konn ...!"

„Djurkovic, wie Sie ja sicher ganz genau wissen, Friedmann!"

„Die konn si jedenfois nie wieder blicken lossen! I versteh nur net: Warum rennt der Metzger dera Funsn a no noch, bis er blunzenfett is und eam a fremda Karatetiger außareißen muaß?"

„Die Frage ist berechtigt. Warum sind Sie ihr hinterher?", wird der Metzger nun direkt angesprochen.

„Hinterher?"

„Ja, warum? Wenn doch das, was Danjela Djurkovic offenbar grad am allerwenigsten an ihrer Seite haben will, Sie sind!"

Mehr als ein in sich zusammengefallenes „Ich wollt dort nur weg und bin ihr nicht hinterher" bringt der Metzger nicht heraus und muss sich sehr zusammenreißen, den wie aus dem Nichts über seine Wagen laufenden stillen Tränen auch noch die entsprechende Lautäußerung beizufügen.

Der Verfall, die Verzweiflung, das Herumirren, die Wut, die Schlägerei, alles wird für Pichlmayr und Friedmann nun nachvollziehbar. Einzig die Frage, wer ihm da zur Hilfe gekommen ist, lautlos, wirkungsvoll wie ein Ninja, bleibt unbeantwortet, denn wie es scheint, hat auch keiner der Männer im Spital dazu ein Wort verloren.

Und logisch darf der arme Willibald dann nach Hause.

„Bitte bleiben Sie auch dort, Herr Metzger, oder machen S' Urlaub irgendwo. Und vergessen S' Ihren Hochzeitsanzug nicht!"

Nur Geldbörse und Schlüsselbund nimmt der Restaurator an sich. „Den Rest können S' behalten, und den Trainingsanzug bring ich zurück!"

Dann geht er.

„Ich foahr Sie!“, ruft ihm kurz vor Verlassen der Dienststelle justament der Polizeibeamte Michael Friedmann hinterher, und Begeisterung bricht da erwartungsgemäß keine aus. Mit einem kurz angebundenen „Lieber nicht“ tritt der Metzger auf die Straße und seinen Heimweg an, ohne im Grunde heim zu Wollen. Weit kommt er nicht. Überholt und ausgebremst.

„Verdammt!“, hält ihm der Polizist die Türe eines betagten BMWs auf. „I hob jetzt den zweiten Nochtdienst hinter mir, den hoiberten Schädel eingwickelt wegen Eana, bin hundsmiad, unterzuckert, auf Nikotinentwöhnung, und es tuat mia echt lad wegen vorhin im Woschraum, kapiert! I bin a nua a Mensch.“

Willibald Adrian Metzger zögert.

„Jetzt san S’ net stur: I bin da Michael, olle, die mi kennan, nennan mi Michi, do waß ma eh scho nimma: Is des a Bua oder a Madl? Oder?“

Michael Friedmann schiebt allerlei Rechnungen, leere Kaugummibehälter, Trinkwasserflaschen, kabelgebundene Freisprecheinrichtungen von seinem Beifahrersitz – wodurch der Metzger auch nicht mehr Vertrauen schöpft.

„Oba zum Glück haß i a Fried-Mann. Kapiert. Oiso Friede, Mann. Ok! Und jetza steigen S’ ein.“

Und als es wieder ans Aussteigen geht, weiß der Restaurator über die Friedmann-Verhältnisse bestens Bescheid, ohne überhaupt danach gefragt zu haben: Von der ersten Ex mit den hyperaktiven Friedmannzwillingen Paul und Jakob, der zweiten Ex mit der Friedmanntochter Nelli, den „gonzen Weibern“, die dem Friedmann immer in die Quere kommen, seiner schwangeren „frischen Oiden Jenny“ und seinen „gewoitigen Gödsurgn. Weu wonn an der eigene Beidl im Leben dauernd deppat kummt, muass ma des amoi dablechen!“

„Dann danke fürs Führen!“, öffnet der Metzger die Wagentüre, sein Blick nicht auf den Hauseingang gerichtet, sondern das Gegenüber.

Auffallend still ist es, leer.

Denn da steht kein weißer Plastiksessel im Freien. Überhaupt sind die Rollläden herunten, die Schotten dicht, und das untertags. Seltsam. Sogar auf das Hinterlassen einer Nachricht wurde verzichtet. Kein: Komme gleich, wegen Krankheit oder Urlaub oder weiß der Teufel ... Nichts.

Hürrem Yildirim hat geschlossen. Einfach so.

„Danke noch einmal, Herr Friedmann!“

„I bin da Michi. Und Sie, Willi, san S’ froh, dass wieda allanich san. Herrlich. Glauben S’ ma: I datert gern tauschen!“

„Mit wem?“

„Na mit Eana!“

„Welcher Erna!“, flüstert der Metzger, und auch wenn sein Chauffeur hellauf zu lachen beginnt, ist es auf Seiten des Restaurators doch nur Galgenhumor.

5

Adler: Taube von Adler, bitte kommen!

–

Adler: Adlers Taube, kommen. Dachs wieder zuhause. Nur warum ist der Taubenschlag leer?

Falke: Hier Falke. Vielleicht, weil wir die ganze Nacht nach der Füchsin gesucht haben.

Adler: Das erklärt nicht, warum der Taubenschlag leer ist?

Habicht: Hier Habicht. Warum leben bald acht Milliarden Menschen auf diesem Planeten, und es gibt keinen, der ohne Schlaf auskommt?

Adler: Aufpassen, Habicht!

Habicht: Ist das eine Drohung? Was willst du denn machen? Mich entlassen? Ausruhen wird sich dein Tauberl, was sonst!

Taube: Hier Taube. Kann ich mich, wenn ich so tot bin wie die verkohlte Leiche hier. Ich hab den Wagen gefunden. Ausgebrannt. Füchsin nach wie vor verschollen. Alles im Eimer.

Habicht: Einer mit Leck. Wir haben eine undichte Stelle. Hundertprozentig. Und wenn es mein letzter Einsatz wird, aber dieses Schwein find ich.

Adler: Und was machen wir jetzt?

Habicht: Dornhauer.

Taube: Sag nicht, du hast ihn eingeweiht.

Habicht: Wozu. Dornhauer frisst mir aus der Hand. Die ganze Stadt kauft bei ihm Stoff. Ich lass ihn hochgehen, wenn er nicht kooperiert, und das weiß er.

Adler: Wie wir jetzt weiter vorgehen, will ich wissen?

Habicht: Das sag ich euch unter vier Augen.

Vorübergehend geschlossen – die Zweite

Petar Wollnar ist zwar sein bester und einziger Freund, große Lust auf eine Begegnung verspürt der Metzger aktuell aber keine. Allein schon der Gedanke, sich unterhalten zu müssen, schreit nach einer Schmerztablette. Ergo betritt er so leise wie möglich das Stiegenhaus, schleppt sich Stock für Stock hinauf bis zu seiner Tür, betrachtet das obsolet gewordene Schild *D. Djurkovic & W. A. Metzger* und tritt ein. Rechts der leere Hundekorb Edgars, links die leergeräumte Garderobe.

Alles erloschen, was war, ist, hätte sein sollen. Seine vier Wände nur noch das Sinnbild des Alleingelassen-Werdens, denn was er in seinem Leben je Familie genannt hat, ist ihm genau hier abhandengekommen.

Zuerst sein Vater. An einem Sommertag.

Kurz nach acht Uhr morgens. *Stoppelfeld.*

Dann seine Mutter. An einem Wintertag.

Kurz nach acht Uhr abends.

Stockfinster war es schon vor den Fenstern, die Straßenbeleuchtung ausgefallen.

„Ich geh schlafen, Willi!"

Ihr Gesicht müde, grau.

„So früh!"

„Wieso früh? Alt bin ich g'worden. Hier", griff sie sich an den Kopf, „und hier", dann an ihr Herz. „Da darf man sich dann ruhig niederlegen gehen!" Liebevoll ihr Lächeln, sogar seine Hände hat sie kurz ergriffen, feste gedrückt. „Das ist also schon in Ordnung so, Willi!"

„Dann schlaf gut!"

„Werd ich. Und du bleib schön wach, gell!"

Und als der nächste Morgen kam, der Metzger längst auf den Beinen, die Wohnung erfüllt mit Kaffeegeruch, war seine Mutter anders als sonst noch in ihrem Zimmer, die Türe geschlossen.

„Das Frühstück wäre fertig?“, wagte er irgendwann ein zaghaftes Klopfen. „Bist du schon wach?“ Dann fester: „Alles in Ordnung?“

Keine Antwort.

Nie wieder.

So friedlich lag sie in ihrem Bett.

Lange blieb der Metzger an ihrer Seite sitzen, umgeben von einem dumpfen Nichts, ihre kalte, steife, blass gewordene Hand wie eine aus Gips gegossene, filigrane Skulptur in der seinen. Bis schließlich die Bestattung eintraf, dazu ein gesichts- und wesenloser Arzt, der emotionslos, als würde er Speditionsware überprüfen, den Todesbefund notierte. Nur ein Nicken als Signal, und Willibalds Mutter wurde in den Blechsarg gehoben, davongetragen. Hinaus aus dieser Wohnung, diesem Haus, diesem Leben. Wie damals schon bei seinem Vater ging er mit auf die Straße, sah dem Wagen hinterher, dem gemächlichen Davonfahren. Keine Eile mehr, und auch hier: das Stoppschild, der Blinker, ticktack, das Um-die-Ecke-Biegen, rechts, Richtung der Vergänglichkeit. Dort, wo gestern auch Danjela mit Edgar hinverschwunden ist.

Nur er ist übrig.

Was soll ich noch hier?, rebelliert also sein Geist.

Anders sein Körper. Diesen nämlich zieht es wie eine Marionette an unsichtbaren Fäden durch das Vorzimmer, wehrlos, lässt ihn die Wohnung durchstreifen, inspizieren. Danjelas Kleiderschrank ist geräumt, ebenso das Nachtkästchen an ihrer Bettseite. Auch die Hälfte des Glasregales vor dem Badezimmerspiegel ist so gut wie leer. Gründliche Arbeit wurde hier geleistet, die Hinterlassenschaft eines gemeinsamen Lebens auf ein Minimum reduziert. Auch die in schriftlicher Form, denn da liegt kein Abschiedsbrief auf dem Wohnzimmertisch, kein Erklärungsschreiben auf der Anrichte, nicht einmal ein Post-It klebt an der Kühlschranktür. Nichts.

Also Kredenz auf und ein Zauber-Elixier aus dem Hause Braunstein herauszupfen, in diesem Fall passend zu seinem Status eine Flasche saftigen *Rosé*. Kein Genuss-, sondern ein Lebensmittel. Dazu ein Glas, und zurück in seine Wohnzimmer-Gruft schlurfen, die Vorhänge zuziehen, wer braucht schon Sonne. Sich wenigstens der Lackschuhe entledigen, in Socken, Trainings-Anzug, alter Unterwäsche ins Chesterfield-Sofa fallen lassen. Tieftraurig und doch zu leer für auch nur eine einzige Träne, obwohl allein der stechende Geruch dieses elenden rosaroten Kunstfaser-Teppichs zum Heulen ist.

Jedes der Möbelstücke, selbst jene, die ihn schon seit seiner Kindheit umgeben, ist unauslöschlich befleckt mit Erinnerungen an Danjela. Erinnerungen, die ihm nun wie Schablonen erscheinen, wie eine Inszenierung. All das ihn Umgebende des gemeinsamen Haushalts ist keine Heimat mehr, passend zum neuen Ambiente nur noch Grabstätte. Sogar Edgar hat sie mitgenommen, ihren Hund, der längst auch seiner geworden ist.

„Es ist Mord!“, flüstert er. Was soll es auch sonst sein, einem menschlichen Körper mutwillig das Herz herauszureißen, hinterrücks, in vertrauter Umgebung von vertrauter Hand, mit einer der hinterhältigsten Tatwaffen: der Liebe. Launenhaft ist sie wie die Erdkruste, gebiert, lässt zu, lässt erblühen, sich in Sicherheit wiegen, kann erwecken, freigeben und doch auch unangekündigt alles zerstören, verschlingen, aufbrechen, ausspeien.

Da treibt ihm die neue, dunkelgraue Strukturtapete mit ihrem schwarzen Ornamentmuster den Würgereiz nur so empor.

Und was danach kommt, muss der inneren Hygiene wegen wohl genauso sein: Sich dem tragischen Ende eines Lebensabschnittes gebührend stellen, in das eigene seelische Krematorium verkriechen, Höllenfeuer an, und dann der Asche wieder neu entsteigen. Blick nach vorn, hinter dir: alles wurst.

Rise like a Phönix.

Und als es vor seinem Fenster Abend wird, hat sich zum leeren Flascherl *Rosé* längst der große Tröster namens *Oxhoft* gesellt, Blaufränkisch, Zweigelt und Cabernet Sauvignon, ein Cuvée mit dankbaren 14 Prozent Alkoholgehalt, auf dass der Inhalt seines Glases noch röter wird als die untergehende Sonne. Wenn den Metzger irgendwas auf die Beine bringt, dann nur der Durst oder die volle Blase. Ansonsten aber ist er seinem Chesterfieldsofa völlig erlegen, Embryonalstellung bald inklusive. Gute Nacht. Sein Blick dabei an die Wand geheftet. Elender Kitsch aus Vlies.

Und als es vor seinem Fenster wieder Morgen wird, hat sich Hausmeister Petar Wollnar bereits mehrmals vergeblich mit einem Pochen an der Wohnungstür bemerkbar gemacht und ist der Anrufbeantworter vollgesprochen mit zig besorgten Nachrichten. Wo er denn sei, dass man ihn suche, er sich doch bitte rühren möge. Rühren muss sich der Metzger leider tatsächlich, denn auch wenn er am liebsten gar nicht aufstehen würde, treibt es ihn zwecks Entwässerung dann doch wieder auf die Toilette, in brav angelernter Sitzhaltung natürlich. Und einschlafen lässt es sich auch hier.

Doch Petar Wollnar gibt nicht auf: „Willibald, Gott sei Dank, du bist da?"

„Bin ich nicht!"

„Lass mich rein. Oder muss ich den Werkzeugkoffer holen?"

„Du hörst doch, wie ich nicht da bin, und jetzt lass mich in Ruh!“

„Aber ...!“

„In Ruh!“ Der Metzger streckt sich durch die offene Häusltür hinaus ins Vorzimmer, sieht, wie es da an seiner Eingangstüre ruckelt – „Bitte, Petar!“ –, und weiß, eine Freundschaft verträgt auch die Wut der Verzweiflung.

„Ich stell dir Essen vor die Tür, ok! Wenn du mich brauchst, du weißt, wo ich wohne.“

„Nix weiß ich mehr. Aber danke!“

Ja, die Wut. Und die sucht sich nun ihren Weg.

Wie konnte ihm Danjela all das nur antun und obendrein sein Heiligtum, die Wohnung versauen. Das Wohnzimmer eine Ausgeburt des Hässlichen, ein Abbild ihrer Gemeinheit. Da nützt seinen Nerven dann auch die neuerliche Flasche Wein nichts, die er sich auf dem Retourweg zum Sofa als Proviant mitnimmt.

Logisch bleibt er dann im Vorbeigehen neben dieser grau-schwarzen Vliestapete stehen, sinniert kurz darüber, ob er sich den Weg auf die Toilette zukünftig nicht besser sparen und wie in einem Pissoir einfach an diese hässliche Wand brunzen soll.

Und die Antwort liegt auf der Hand. Weg damit!

Anders als bei Papier braucht es bei Vlies kein Einkleistern und Einweichen der Bahnen mehr. Wände anstreichen, klatsch, und oben ist der Dreck. Selbiges funktioniert auch umgekehrt. Geht schnell drauf und schnell wieder runter.

Und es läuft wie von selbst. Akt der Befreiung.

Sorgfältig zieht der Metzger Bahn um Bahn herunter, als könnte er so sein altes Leben zurückholen, und wird dabei immer energischer, gerät fast in Rage. Denn was jetzt zum Vorschein kommt, sieht ganz danach aus, als hätte Danjela auch noch die Malerei entdeckt und sich in diesem Wohnzimmer ausgetobt. Alles rot.

Schütt- mit Spritztechnik. Bald liegen die Tapeten allesamt vor ihm auf dem Kunstfaserteppich, und Willibald Adrian Metzger steht wahrlich vor einem Mysterien-Theater. Denn künstliche Farbe ist das wohl keine.

Was ist hier passiert?

Eine Frage, die ihn ratlos in sein Sofa sinken lässt.

Und allzu lang lässt die Antwort nicht auf sich warten.

Dank Danjelas Zauberkasten.

Der Zauberkasten

„Bin da“, kam der Metzger eines Abends von der Werkstatt nach Hause und traute im Wohnzimmer seinen Augen nicht. „Was soll das?“

„Ist Überraschung!“

„Na, die ist dir gelungen. Wo hast du die Pendeluhr hin und dieses Monstrum her? Und wer hat den überhaupt montiert?“

„Pendeluhr geht schon seit Jahren nix, steht jetzt in Keller still. Fernseher hab ich gekauft auf zweitgrößte Planet nach Jupiter. Selber. In letzte Stock geschleppt. Selber. Und an Wand montiert, auch selber, als Zauberkasten für Beziehung!“

„Bravo! Sogar entschieden hast du es selbst! Und was an diesem Kasten ist der Zauber? Der Anfang vom Ende ist das, mein Vater hat zuhause nichts anderes mehr gemacht. Und kaum noch mit uns gesprochen.“

Ja, er war verärgert. Sehr sogar. Denn in Fällen seiner garantiert ausbleibenden Zustimmung verfolgte Danjela stets dieselbe Strategie: Besser vorher gar nicht erst fragen – und dann auf Konfrontationskurs gehen: „Geht mir umgekehrt, weil redest du ja auch nix mehr ohne Fernseher. Hält aber kein Mensch aus auf Dauer Stille. Und ist sicher besser, redet Wolf, Lanz, Jauch und Pflaume mit mir in eigene Wohnzimmer als andere Mannsbild in fremde.“

„Was soll das heißen!“

„Hilfst du mir mit Inbetriebnahme! Hab ich sogar besorgt Funkkopfhörer extra für deine Stille. Musst du also nix hören jeden Schmarrn!“

Und heilfroh ist er jetzt über diese Möglichkeit der Zerstreuung.

Die Ohren weich von Schaumstoff umgeben sitzt er nun in seinem Chesterfieldsofa, die blutbespritzte Wand vor sich, rundum die auf dem rosa Kunstfaserteppich liegende, herabgerissene grau-schwarze Vliestapete. Und auch wenn ihm dieser Anblick größte Unrast bereitet, leistet der Fernseher dann doch ganze Arbeit, Mattscheibe eben, wirft die Angel aus, schnappt sich des Willibalds Hirn, zieht es quasi aus seinem müden Körper heraus und lässt nur noch die geistlose Hülle zurück. Angenehme Leere.

Direkt zur Ruhe kommt er ein wenig, der Metzger.

Kurz zumindest. Eine Ruhe vor dem Sturm.

Dann geht es los.

Kolumbien

Fanfarenhaft, glorreich, prophetisch fast ertönt eine jener Erkennungsmelodien, die in früheren Zeiten, als es nur zwei Sender gab, ganze Familien wie ein Lockmittel zu versammeln imstande waren.

Die Hauptabend-Nachrichten.

Früher eine Solo-, heute Paarveranstaltung. Sprecher und Sprecherin. Vielleicht täuscht er sich ja, der Metzger, aber aktuell sind die ZiB-Damen alle blond. Nicht einmal James Bond wäre so wählerisch. Eh nett anzuschauen, das Ganze, das Manderl und das Weiberl, in seinen Augen aber um eine Person zu viel, weil selbst wenn da drei oder vier liebe Leute sitzen, die aktuellen Meldungen vorlesen kann immer nur eine Person. Dem Metzger wäre die gerade sprechende Dame also vollauf genug. Und genau aus deren Mund erfährt er Begebenheiten, die ihm sein volles Rotweinglas aus der Hand gleiten lassen, da kann der Kunstfaserteppich seine Qualitäten ordentlich unter Beweis stellen.

„Gestern kam es neuerlich zu einem Mord innerhalb des Milieus der organisierten Kriminalität. Neben einer ausgebrannten Limousine wurde die teils verkohlte Leiche von Dejan Sulemanjiu gefunden, getötet durch einen gezielten Messerhieb in Herz und Halsschlagader. Er war der Sohn von Ibrahim Sulemanjiu, dem Oberhaupt des albanischen Sulemanjiu-Kartells, und wurde gerade erst aus dem Gefängnis entlassen.“

Und jetzt reißt es den Metzger aus seinem Chesterfield-Sofa hoch, zu seinen Füßen ein Meer aus Rotwein, denn das eingeblendete Bild zeigt niemand Geringeren als Danjelas Neuen. Den Piloten-Verschnitt in der grünen

Lederjacke. All jene Gefühle, die dem Willibald da zuerst kommen, Erleichterung, Schadenfreude, „Na das war ja ein kurzes Vergnügen!“, „Recht g’schicht dir!“, schlagen selbstverständlich ruckzuck in Sorge um.

Allergrößte Sorge. Um Danjela, und ja, auch um sich selbst, denn die Geschichte ist noch nicht zu Ende:

> *„Der Verdacht liegt nahe, es könnte sich um einen Racheakt für die brutale, vorgestern Nacht verübte Bluttat im Bereich des Güterbahnhofs Ost handeln. Der dort gefundene Tote wurde mittlerweile als Željko Kovačić identifiziert.“*

Dazu eingeblendet die nächste Verbrecher-Visage.

Ein Rätsel ist ihm das, dem Metzger. Gibt es Castingshows für derartige Berufsgruppen? Stilberatung? Operative Eingriffe? Entscheiden sich Männer vorher dafür, Gangster in diesem Milieu werden zu wollen, und legen sich dann das entsprechende Aussehen zu? Oder betrachtet sich so ein Kerl eines Morgens im Spiegel und erkennt: Eigentlich gäbe ich rein optisch ja einen recht passablen Mafioso her, vielleicht sogar Killer, vielleicht könnt ich ja gleich sowas werden!

Jedenfalls sehen die alle irgendwie gleich aus. Bedrohlich und spaßbefreit. Letzteres trifft nun auch auf den Metzger zu, denn genau dieser ins Bild gebrachte *Željko Kovačić* ist tagelang vor seiner Werkstatt auf- und abmarschiert und sogar am Weg zum Anzugkaufen auf einer Parkbank sitzend ins Auge gestochen.

„Das gibt’s nicht!“, starrt er wie gebannt auf den laufenden Fernseher, während nun der Sprecher übernimmt, über die Macht der Clans berichtet und schildert, wie sehr mittlerweile ganze Regionen unterwandert wurden, sich das Kriminelle bis in die höchsten Kreise ziehe. Rund 2500

„polykriminelle Gruppen" seien mittlerweile in Europa aktiv. Banden, die sich je nach Auftragslage orientieren und geschäftlich adaptieren. Tschetschenische Gruppen, die beispielsweise wegen Schutzgeld ins Zentrum der Ermittlungen gerieten und mit Ausbruch der Flüchtlingswelle auf Schlepperei umschwenkten. Serbische Gruppierungen, die, weil ihnen das Schleppergeschäft abhandenkam, vermehrt auf das mafiöse Kerngeschäft umschwenkten – Drogenhandel. Über den Balkan. Und genau da kommt die albanische Mafia ins Spiel, denn im Schmuggeln von Kokain nach Europa seien die Albaner mittlerweile führend. Dazu Waffenhandel. Aber nicht nur das.

Albanien. Das Kolumbien Europas. Klima, Bodenbeschaffenheit, Topografie, das Land ist wie geschaffen für den Cannabis-Anbau. Dazu der enge Zusammenhalt in den Familien, das Gesetz der Ehre als Grundvoraussetzungen für funktionierende Strukturen. David Ellero, Ex-Mafiabekämpfer bei Europol, wird zitiert: „Die echte Organisierte *Kriminalität* ist jene, die niemand mitbekommt." Öffentlichkeit gibt es erst, wenn sich Clans intern bekriegen oder verschiedene Clans verschiedener Länder im Ausland aneinandergeraten, sich das Geschäft abgraben.

Und es ist genau dieser Moment, in dem sich für Willibald Adrian Metzger die Frage seiner Halbschwester Sophie, als sie so fassungslos neben ihm vor dem Dornhauer-Salettl stand – „Viel schlimmer kann es wohl kaum kommen?" – ganz von selbst beantwortet: Selbstverständlich!

Eines steht für den Metzger also fest: Schlimmer geht es immer!

„Da stimmt aber was ganz gewaltig nicht!", zieht ihm Petar Wollnar überfallsartig die Kopfhörer herunter, atemlos, aufgeregt seine Stimme: „Hast du es grad gesehen! Hast du es gesehen, jetzt in den Nachrichten!" Wie von Sinnen schiebt er die Tapeten zur Seite. „Meine Güte, was ist hier los! Ist das Blut!“ Er öffnet die Vorhänge, reißt die Fenster auf: „Wie in einem Stall riecht es hier!“ Als hätte er alle Langsamkeit in seiner Hausmeisterwohnung gelassen: „Wir müssen etwas tun, Willibald, sofort!“

Grob packt er den Metzger an der Hand: „Du gehst jetzt duschen, ziehst dich um!“, und zerrt ihn ins Badezimmer. „Danach fahren wir sofort zur Polizei.“

„Nicht zur Polizei!“, kehren da langsam die Lebensgeister zurück.

„Aber Willibald ...!“

„Wir knöpfen uns Dornhauer vor.“

Kinder in Heuhaufen

„Jetzt lassen wir erstmal ein wenig die Sonne rein!“

Wie sehr sie diesen Satz mittlerweile verachtete, der nur für das Dunkel stand, das Unheil. Auch an diesem Morgen hatte Mutter ihn ihr zugeflüstert, die Vorhänge aufgezogen, einen Guten-Morgen-Kuss gegeben, Wange an Wange, weiche Haut, nach Lavendel duftend.

Nur es fehlte ihr an Wahrhaftigkeit. Stärke. Traurig schien sie und rang sich doch ein Lächeln ab, Zuspruch.

„Ach Anjeza, lass den Kopf nicht hängen und sieh mich an. Ich hab es auch gelernt, und was war der Lohn dafür? Du.“ Mutter half ihr hoch, stützte sie auf dem Weg ins Bad. „Vielleicht wirst du die Dinge eines Tages anders sehen.“

„Und wenn nicht!“

„Dann verzeih mir, mein Kind. Alles. Und jetzt komm, setz dich an den Badewannenrand und lass dich bürsten!“

Setzen?

Wie?

Zu groß der Schmerz, zu spürbar noch die Gewalt, die niedersausende Hand. Wie musste erst ihr Bruder Tariq sich gefühlt haben, wenn Vater den Gürtel zog? Das Leder, die Eisenschnalle.

„Wer nicht hart wird, den tötet das Leben früher als alle anderen, verstehst du es denn nicht?“

Für Anjeza aber gab es nur die väterliche Pranke, um ja keine Narben zu hinterlassen, ihren Wert als Frau nicht zu schmälern.

Heute weiß sie: Nichts davon ist weit weg oder gar Geschichte.

Sogar in einer Welt, die sich als aufgeklärt bezeichnet.

Erschüttert war sie, als ihr 1990 im Regal der hiesigen Schulbibliothek noch der Titel „Die Mutter und ihr erstes Kind!“ in die Hände fiel. Liebster Erziehungsratgeber der

Nationalsozialisten, ein Konvolut aus Lieblosigkeit und Gewalt, voll mit Ratschlägen wie: „Die Überschüttung des Kindes mit Zärtlichkeiten kann verderblich sein und muss auf die Dauer verweichlichen!" Da wundert es dann auch nicht, wenn im 21. Jahrhundert Pädagogen, Politiker, sogar der Papst öffentlich die Gsunden Watschen schönreden und trotzdem nicht zurücktreten müssen oder im Jahr 2017 die russisch-orthodoxe Kirche beschließt, häusliche Gewalt möge künftig nicht mehr als Straftat, sondern lediglich als Ordnungswidrigkeit geahndet werden. Die körperliche Züchtigung also als Bestandteil der Familientradition und als ein „von Gott gegebenes Recht".

Amen.

Ihre ganze Kindheit lang hat sie es geschafft, weiterzumachen, Tag für Tag, die körperlichen Schmerzen auszublenden. Bis dann dieser eine dazukam. Einer, der viel tiefer ging.

Dreizehn Jahre war sie alt, die Worte der Mutter der Versuch eines Trostes: „Alles kann man lernen, Anjeza. Auch die Liebe!"

Nach dem Bürsten wurde ihr wie üblich Zopf um Zopf geflochten, alles zu einem kunstvollen Knoten gebunden und mit einem langen, messerscharfen Haarstab fixiert. Das offene Haar nämlich blieb den Ehemännern vorbehalten, so die Tradition.

„Wie eine Krone sieht das aus, meine Prinzessin!"

Groß, schmerzhaft, hässlich. Insekten konnten sich darin verstecken wie Kinder in Heuhaufen. Und brannte die Sonne vom Himmel, gab dieses Geflecht immer noch Wärme an die Schädeldecke ab, selbst wenn das Abendbrot längst verschwunden, das Geschirr längst gewaschen, die Stube längst gefegt war. Sie wollte immer nur eines: die Haare tragen, wie es ihr beliebte, wallend oder hochgesteckt, schulterlang oder vielleicht sogar kurz, einfach sie selbst sein dürfen.

Bis zu diesem Tag.

Nie zuvor war ihr der Knoten so lieb wie an diesem Morgen.

6

Adler: Alle von Adler kommen.

Habicht: Hier Habicht. Sollen wir uns jetzt einzeln melden?

Adler: Ob alle bereit sind, will ich wissen? Ihr seht, wer aller da ist, Habicht hat nicht zu viel versprochen.

Falke: Hier Falke. Sagst du das absichtlich in jedem Satz, um uns zu verarschen?

Adler: Was?

Falke: Alle! Damit wir paar Kasperln uns wenigstens nach mehr anhören, obwohl wir so wenige sind.

Adler: Ihr habt gesehen, was passiert ist. Mehr Personal hilft uns nichts.

Habicht: Hier Habicht. Da muss ich Adler recht geben. Vor allem hilft mehr Personal nichts, wenn wir einen Spitzel darunter haben.

Adler: Ich kann mir das nicht vorstellen, Habicht. Ihr seid die besten Männer, die ich bekommen konnte.

Taube: Gleich Ex-Adler von Taube, bitte kommen! Dringende Frage: Männer?

Adler: Bitte verzeih mir, mein Täubchen. Und jetzt Obacht. Vielleicht taucht ja auch Josip auf. Wenn wir hier keine Spur zur Füchsin finden, wars das.

Falke: Da sind wir leider nicht die Einzigen, die sich das wünschen, verdammt. Papamobil ist im Anrollen.

Texas

Hell erleuchtet ist die Nacht. Solar-Fackeln lassen die Weinberge künstlich aufglühen wie sonst anderswo beginnende Buschfeuer. Was also hier schön sein soll, bedeutet dort den Tod.

Den schmalen Schotterweg zwischen den Rebstöcken geht es empor, auf die kleine Anhöhe hinauf, denn diesmal war die Zufahrt unmöglich. Autos überall. Darunter ein riesiger Lastwagen, als hätte sich Dornhauer noch schnell ein zweites Salettl liefern lassen.

Ergo wurde Petar Wollnar unmittelbar vor dem Aufstieg mit den Worten „Dann wart hier im Auto!" bedacht.

„Aber das ist zu gefährlich allein, Willibald!"

„Was? Allein im Pritschenwagen zu warten?"

„Du weißt, was ich mein. Du hörst doch den Lärm. Keine Ahnung, was dort oben los ist", deutete Wollnar auf den Hügel und die hinter den Weinstöcken herausschießende Stichflamme. „Zu gefährlich für dich allein!"

„Kein Fluchtfahrer dieser Welt spaziert bei einem Überfall mit in die Bank hinein."

„Wieso Fluchtfahrer!"

„Entspann dich!" Ruckzuck weg war er, der Metzger. „Sind ja nur ein paar Meter da hinauf!"

Zumindest, was die Waagrechte betrifft, hat er recht.

Die Höhenmeter allerdings melden sich bereits nach den ersten paar Schritten schonungslos zu Wort. Ein Elend. Jetzt ist die Sauferei natürlich zwecks Gipfelsturmes nicht grad das ideale Antriebs-, sondern eher Abführmittel, insbesondere für jene, die betrunken hinter dem Steuer erwischt werden. Willibald Adrian Metzger allerdings kann dem Bergwandern auch ohne jeden Tropfen beziehungsweise Liter Alkohol im Körper keine Freude abgewinnen, nicht einmal mit 20 Kilo weniger. Sich irgendwo hinaufschleppen, den Fernblick genießen, mit Blasen an den Füßen begreifen, wie begrenzt für gewöhnlich die Aussichten sind, nur um dann genau denselben Weg wieder retourhatschen zu müssen, zurück in die alltägliche Unübersichtlichkeit? Was soll daran schön sein? Frustrierend ist das. Und anstrengend. Aber bitte. Jedem das Seine!

Heut jedenfalls muss es sein, heiligt der Zweck die Mittel.

Also weiter. Und wüsste er, wer sich da im Hintergrund mittlerweile an seiner Schlepperei ergötzt, ohne ihn zu überholen, vielleicht fielen ihm die Schritte etwas leichter.

Irgendwann schließlich nähert sich der Metzger seinem Ziel. Und kann es ein Stück entfernt bereits sehen. Unmittelbar nach dem Ende des Schotterweges wurde ein großer, roter, aufblasbarer Bogen zwischen den Weinstöcken errichtet und dient nun als Durchgang hinein in ein völlig verwandeltes Areal. Manege frei. Ein riesiges Trallala wird hier gefeiert. Liebe, lebe, lache. Als wäre Thaddeus Dornhauer des in seinem Namen fehlenden Ls müde. Ergo:

Lichterketten und Lampions. Loungemöbel und Loungemusik.

Leute, Leute, Leute.

Launige, luftige, lallende.

Inner- und außerhalb des Pavillons, sommerlich elegant gekleidet. Mittendrin zwei Artisten. Ein Keulen werfender Jongleur mit Kopfverband, nicht unbedingt vielversprechend seine Kunst, und ein Feuerspucker. Darum vorhin die Stichflamme.

Ein euphorisches „Schau, wie leiwand!“ hört der Metzger hinter sich, offenbar kommen da noch weitere Gäste etwas verspätet, dazu die Steigerung: „Urleiwand sogar. Lol. Ich bin grad voll lucky!“ L, L, L. Und alles, was dem Restaurator dabei hochkommt, ist sein Fluchtinstinkt:

Lasses. Liebernicht. Lauf!

Nein, hätte er die Wahl, wäre er jetzt bevorzugt nicht dabei als ein Adabei. Und wie es aussieht, dürfte es auch so bleiben.

„Stopp!“, ertönt es schroff.

Dazu passend ein auf halsbrecherisch hohen Absätzen leuchtendes Rot.

„Stehen bleiben!“, wird der Metzger eingebremst, auch wenn sein Blick immer noch an dem Feuerspucker haftet, der nun auch vice versa den Metzger erspäht und unter seiner sichtlich bereits mehrfach gebrochenen Nase offenbar einen gewaltig trockenen Mund bekommt, denn da züngelt nun keine Flamme mehr aus seinem Maul, sondern funkeln nur noch haufenweise Goldzähne in die Nacht. So viel derart gestaltete Visagen wird es wohl kaum geben, auf dass dem Metzger innerhalb weniger Stunden gleich zwei davon den Weg kreuzen. Ist der nebenberufliche Schlägertyp also im Haupterwerb Zirkuskünstler? Und hat sein Kumpel, der Jongleur, den Kopfverband vielleicht gar nicht der Schwerkraft und seinen Keulen, sondern dem Schwarzen Blitz und Weißen Witz zu verdanken? Zwei Männer jedenfalls, die es nun offenbar eilig haben.

So erstaunt ist der Willibald, grad dass er nicht mit jener Dame kollidiert, die nun unter dem roten, aufblasbaren Bogen forsch hinter einem Pult hervortritt.

Überheblich die Blicke, auch physisch. Riesenhaft, von oben herab, trotz Willibalds Größe. Womit bewiesen wäre: Es gibt sie tatsächlich, nicht nur als Schattenrisse auf den Etiketten diverser Weinflaschen, sondern aus Fleisch und Blut. Groß, aufrecht, mit schulterlangen blonden Einheitsmähnen und mächtigen Brüsten, der abgemagerte Rest eingepfercht in hautenge, verschiedenfarbige Lackoveralls, umgeben von – der Metzger kann es nicht glauben – Lichterketten. Vor ihm also zwei der vielen *Dornhauer-Angel.*

„Lucy“ steht auf dem Catsuit der einen.

„Texas“ auf dem der anderen.

Und so wie in dem gleichnamigen Bundesstaat seit 2016 das offene Tragen eines Colts wieder gestattet ist, bringt auch dieser Dornhauer-Angel die beiden schärfsten und gefährlichsten Waffen einer Frau besonders freizügig zum Einsatz. Den Verstand und das Mundwerk.

„Falls Sie sich verlaufen haben: Soll ich Ihnen ein Taxi rufen?“, baut sie sich vor dem Metzger auf, mustert ihn keineswegs engelhaft und betrachtet vielsagend seine Adjustierung. Die Bundfaltenhose, das schäbige Jackett. „Oder was kann ich für Sie tun?“

Und das schafft er natürlich auch, der Metzger. Angespannt dreinschaun.

„Was Sie für mich tun können, Frau Texas Dornhauer-Angel?“, und nein, er spricht es nicht englisch aus. „Das ist leicht. Sie können mir einen schönen Abend wünschen und so ein Bändchen um mein Handgelenk binden!“ Nein, seine Laune wird nicht besser.

„Ich hab gar nicht gewusst, dass Herr Dornhauer so gern fischen geht, aber eines seiner Bändchen werden Sie sich leider nicht angeln, mein Herr, oder stehen Sie auf der Gästeliste?“

„Natürlich. Und zwar direkt hinter ihm!“, deutet der Restaurator auf einen eleganten, kahlköpfigen, trainierten Mittvierziger im körperbetonten Anzug, der *Herr Leiwand* also, begleitet von einer eleganten Dame, der *Frau Urleiwand.* Völlig unbefragt gehen die beiden an ihm vorbei und bekommen von Dornhauer-Angel Lucy ein Bändchen überreicht.

„Das war Herr Illicz!“, bleibt Texas zäh und blättert nun tatsächlich die Liste durch. „Wenn Sie hinter Herrn Illicz auf der Gästeliste stehen, müssten Sie der Herr Irschenberger sein, ein ehemaliger Skispringer. Was meinst du, Lucy?“

„Nein, nach Skispringer sieht der Herr nicht aus, und nach dem Toni Irschenberger kommt schon Buchstabe J, beginnend mit der Frau Janitschek!"

Texas übernimmt wieder: „Und wenn Sie auch nicht die Frau Janitschek sind, dann bitte ich Sie, das Privatgelände umgehend zu verlassen, sonst müssen wir die Security verständigen."

Verdammt zäh, die Damen.

Dank Stöckelschuhen, Latex-Overall und Lichterketten-Umwicklung allerdings nicht zäh genug.

„Na dann, verständigen Sie!", drängt sich der Metzger schnurstracks vorbei. Lässt das „Halt, halt!" unbekümmert an sich vorbeiziehen.

Kein Umdrehen.

Hinter ihm die Sintflut:

„Sie können doch nicht einfach ...!"

„Kann er!", wird da Partei ergriffen. Doch er hört es nicht mehr, der Metzger. Nur noch hinein ins Gewühl.

„Und Sie sind wer?"

„Niemand zum Spaßen, is zwa Trutschen!"

„Iszwa Trutschen? Steht keine auf der Liste! Weder unter I noch T."

Satratra fährt nie Maserati

Wer untertauchen will, ist hier bestens aufgehoben.

Und wer Streit sucht, ebenso. Denn was der Metzger da bereits nach den ersten paar Metern an Ellbogen zu spüren bekommt, reicht anderswo für eine Massenschlägerei.

Leicht wird es also nicht, Thaddeus Dornhauer zu finden, ohne ihn ausrufen zu lassen. Rundum diese lauschig glühende Lampion-und-Fackel-Finsternis, die eng beisammenstehende gehobene Gesellschaft, aus der immer wieder latexleuchtende bunte Lichterkettendamen herausblinken, dabei tablettweise *Dornhauer Fingerfood und Dornhauer Sparkling Rosé* verteilen.

Zwangsweise durchwandert der Restaurator nun suchend das Innere des Pavillons. Heiß ist es, eng, laut die Musik, entsprechend fortissimo wird auch gesprochen.

Weit und breit kein Szene-Winzer.

Also fragen.

„Verzeihung?", tippt der Metzger von hinten einem wuchtigen Wesen mit Dauerwellen-Trockenhauben-Frisur auf die Schulter.

Schwunghaft dreht sich die Dame um, freundlich, bis ihr klar wird, welcher Wurm es da wagt: „Was unterstehen Sie sich, mich anzufassen, obendrein von hinten!" Schrill ihre Stimme, abfällig der Blick, aber das kennt er ja schon, der Restaurator. Trotzdem gelingt ihm nur eine unsichere Reaktion, denn er kennt die Madame. Nur woher? „Das tut mir leid, ich –!"

„Jetzt gehen Sie schon weiter!"

„Wenn Sie mir sagen, wo ich Herrn Dornhauer finde, gern!"

„Bin ich ein Auskunftsbüro?"

„Herrn Dornhauer, bitte!", gibt der Metzger nicht auf.

„Ich kenn weder einen Herrn Dornhauer, noch kenn ich Sie!"

Weg ist diese Furie, rudert durch die Menge mit seltsamen Schwimmzügen, einer Art Brusttempo, und bei Willibald Adrian fällt der Groschen.

„Meine Güte!", murmelt er in sich hinein und schnappt sich von einer Lichterkette Sabrina – „Noch ein Dornhauer-Secco, mein Herr?", „Gern, meine Angel!" – ein Glas Sparkling Rosé. Mit keiner Geringeren als Britta Satratra hatte er nun das Vergnügen, einst Operetten-Diva, nun, nomen est omen, stets auf Tratra und die Doyenne jenes Kreises, der sich selbst als prominent versteht.

Danjela Djurkovic wäre jetzt wohl völlig aus dem Häusl. „Willibald, Willibald, die Satratra, warum hast du nix gefragt wegen Autogramm!"

So weit kommt's noch.

Fixpunkte waren das immer für sie. Pflichtprogramm. Wenn quer durch alle Kanäle zur besten Sendezeit der Blick in die Welt der Adabeis und Promis gerichtet wurde.

„Was ist daran so interessant?", wollte er einmal wissen. „Man sieht doch ständig nur die gleichen Gesichter?"

„Gleiche vielleicht, aber sicher nix selbe. Sind immer bisserl anders. Botox-Spritze, Lifting, Busen plötzlich mehr und Tränensäcke weniger! Ist wie Suchspiel."

„Traurig ist das."

„Glaubst aber nur du. Weil wenn pfeift man auf Schamgefühl, machst du mit Klatsch und Tratsch beste Geschäfte, obendrein ersparst du dir kochen."

Und je mehr sich der Metzger nun durch die Menge müht und umsieht, desto deutlicher erkennt er: Die Promi-Dichte ist enorm. Auch nüchtern in diesem Fall, sprich scharenweise. „Logisch", vermutet er, „weil wenn es bei einem Winzer nicht genug zu saufen gibt, wo dann!" Der Ex-Lamborghini- und nun Maserati-Mann ist hier, berühmt, weil er früher Lamborghini fuhr und jetzt Maserati fährt; haufenweis schöne Leut, ungebuchte Models wahrscheinlich; ein schlecht gebuchter Tenor; ein gut gebuchter Zauberweltmeister; und dort tatsächlich, der Metzger traut seinen Augen nicht, in Zivil der Polizeibeamte Michi Friedmann im Gespräch mit einem Ex-Torhüter der Nationalmannschaft und einem des Doping überführten Ex-Radfahrer. Gar nicht weit entfernt, und es wird immer absurder, der Herrenausstatter Senekowitsch Heribert zwischen zwei in schillernde Sakkos gepferchten Ex-Songcontest-Teilnehmern, Platzierung 15 abwärts. Hat er den beiden bereits einen Anzug angedreht oder wird er erst? Einen weiten Bogen macht er jetzt, der Metzger, nur nicht gesehen werden, und versteckt sich hinter einer Ex-Außenministerin, die grad über ihre Geldsorgen klagt. Also weiter, bevor er noch spenden muss, sich in den Windschatten einiger Baumeister-Ex-Frauen hängen, die den Baumeister kräftig dabei unterstützen, garantiert bald pleite mit der Ex-Außenministerin eine Selbsthilfegruppe gründen zu können. Und auch der Metzger gönnt sich einmal auf Ex, weil sonst packt er das alles nicht, also runter mit dem Sparkling Rosé und hinein in eine Gruppe bekannter Gesichter, von denen zwar kein Mensch weiß, was sie eigentlich beruflich so treiben, die aber trotzdem ständig vor der Kamera stehen.

Genau diese scheint nun eingetroffen, denn ein greller Scheinwerfer leuchtet auf und wirklich alles, was meint, in den Wohnzimmern der Fernsehzuschauer unverzichtbar zu sein, kreiselt hurtig um die Kamera wie die Mücke ums Licht, die Schmeißfliegen über dem Misthaufen. Die Kamera aber bleibt nicht stehen, bewegt sich suchend durch die Menge. Und wäre der Metzger nicht gar so seiner Freude beraubt worden die letzte Zeit, er hätte jetzt seinen Spaß daran, zu beobachten, wie nun im Inneren des Pavillons eine Art Massenverschiebung stattfindet, weil die Adabeis alle dem Kameramann und selbstverständlich dem verantwortlichen Society-Reporter hinterherschwanzeln. Allen voran die Operettenoma Britta Satratra, heut leider keine Singdrossel, sondern eher Pechvogel, weil wen soll der Journalist auch sonst fragen, wenn nicht grad die Erstbeste neben sich: „Frau Satratra?"

„Gern!", richtet sie sich auf, ein, die Dauerwelle, das Kleid, kalibriert sich neu, von hantig auf freundlich, und legt los: „Ich freu mich so sehr. Ich hab übrigens ein Kleid ...!"

„Wo ist denn der Herr Dornhauer!", wird sie unterbrochen.

„Wie?"

„Der Herr Dornhauer!"

Unwirsch ihre Antwort: „Wer soll das sein?"

Ein Handzeichen des Reporters lässt den Kameramann seines Amtes walten und das begehrte rote Lichtlein aufleuchten.

„Haben Sie schon mit Thaddeus Dornhauer angestoßen, Frau Satratra?"

„Helfen Sie mir auf die Sprünge!"

„Ihr Gastgeber! Der Winzer, bei dem Sie gerade eingeladen sind!" Alles auf Bild und Ton. Auch der Hohn. „Letztklassig ist das, gar nicht zu wissen, wer einen grad durchfüttert!", zwängt sich der Ex-Lamborghini- und nun Maserati-Mann vorbei – und der Metzger schiebt sich davon. Nicht, dass er irrtümlich ins Bild kommt.

Nur noch hinaus. An die Frischluft.

Und auch hier: „Noch ein Dornhauer-Secco, mein Herr!"

„Da haben Sie mich aber sofort an der Angel, Angel!"

Obwohl Willibald Adrian Metzger jetzt dringend etwas Stärkeres bräuchte, denn was er nun erspäht, ist kaum zu glauben.

Und nein, den unweit zwischen den Weinbergen marschierenden, in einen hellen Leinenanzug gehüllten Major Pichlmayr meint er damit nicht. Auch er also zählt zu den Besuchern, wie Michael Friedmann, Heribert Senekowitsch und Teile der nächtlichen Schlägertruppe. Gewiss erstaunlich, das alles, trotzdem ein Lercherlschas gegen diesen wie angewurzelt in der Wiese wartenden Stargast.

Charlie

Da steht ein Elefant!

Keiner aus Pappmaschee oder Plastik, sondern gemäß Ohren aus Afrika und aus Fleisch und Blut.

Einfach so. Ein Elefant inmitten der Weinberge. Darum also der riesige Transporter. Auf seinem Rücken liegt eine rote Decke. Um sein rechtes Bein eine Kette, fixiert an einem in die Erde geschlagenen monströsen Eisenhaken. Daneben ein Podest mit der Aufschrift *Zirkus Juwel*. Und offenbar verweilt der Dickhäuter hier schon lang, denn Beachtung wird ihm keine mehr geschenkt. Hat er sich für die Gäste also bereits zum Affen gemacht, auf Kommando hingesetzt, ein Bein gehoben oder gleich beide, Männchen sozusagen. Und ein solches dürfte er auch sein, denn auf der roten Decke ist in Blockbuchstaben *Charlie* zu lesen.

Da kann es mit der Qualität der Dornhauer-Produkte nicht weit her sein, wenn er sich zusätzlich noch einen Elefanten, Feuerspucker, Jongleur und den ganzen Zirkus mit den Adabeis hinstellen muss. Wie in diesen Nobel-Kleiderläden, beste Innenstadtlage, Türsteher, schöne Sitzmöbel, alles picobello, mitten im Geschäftslokal oft ein Deko-Cabrio oder Plastik-Kugelstoßer oder echter Olivenbaum, dafür kosten die Textilien dort das Zigfache dessen, was es bei Kik, Takko, C&A oder weiß der Teufel wo zu berappen gilt, und kommen trotzdem haargenau aus derselben Fabrik in Bangladesch, hergestellt von Menschen, wohnhaft in mit Karton ausgelegten Wellblechhütten. Nichts Neues natürlich, weder dieser Umstand noch die Zustände, und trotzdem bleibt alles beim Alten.

Jetzt ist der Metzger ja kein Biologe, aber ein zu Unterhaltungszwecken dressierter, inmitten einer Weinberge-Bummbumm-Party angeketteter Elefant hat mit artgerecht natürlich genauso viel zu tun wie der Begriff „artgerecht" mit gerecht oder gar frei. So traurig, wie der gute Charlie dreinschaut, weiß er das offenbar auch selbst.

Und nicht nur er.

„Wollen wir ihn befreien?"

Wie aus dem Nichts springt ein schwarzer Blitz aus der Nacht. Und eines ist sicher: Da könnte sich jetzt hinten in der Menge zu allem Übel auch noch die Paris Hilton einfliegen lassen, mit einem Dornhauer-Sparkling-Rosé-Doserl in der Hand, den Metzger kann heut kein Überraschungsgast dieser Welt mehr verblüffen.

„Na, jetzt schau ich aber!", erklärt er deshalb nüchtern.

„Ich auch, Herr Metzger! Ich auch. Schön, dass Sie Ihre Wohnung wieder verlassen. Am dritten Tage quasi auferstanden, trotz durchbohrtem Herzerl. Nicht, dass Sie da noch jemandem Konkurrenz machen!"

„So wie Sie Bruce Lee, weil wenn das kein Zufall ist, dann kann es nur Absicht sein. Sind S' wieder hinter mir her und werfen ein Auge auf mich?"

Es ist ein ziemlich verdutzter Blick, den sich der Metzger nun gefallen lassen muss. „Na zack, Sie gehen's an. Werden S' jetzt zum Gigolo?"

Hürrem Yildirim ist neben ihm aufgetaucht, in einem eleganten, kurzen, schwarzen Trägerkleid. Klein, aber oho. Die Arme und Beine definiert, sportlich, braungebrannt. Der Körper trotzdem voll Weiblichkeit. Ihr langes Haar zu einem Zopf hochgesteckt. Wunderschön sieht sie aus.

„Nicht, dass Sie kein Traummann wären, oh Willibald! Obwohl Sie heut nicht wie ein Windsor aussehen, sondern eher ein bisserl wie ein verarmter Habsburger. Ich jedenfalls bin alles andere als eine Traumfrau. Da kommt sicher noch was Besseres. Was bitte machen Sie hier?"

„Erstens sind Sie selbstverständlich eine Traumfrau. Zweitens könnten Sie womöglich meine ..."

Jetzt muss der Metzger abbrechen, denn ein Stück hinter Dickhäuter Charlie kommt das Objekt seiner Begierde ins Blickfeld. Mit zwei Herren steht Thaddeus Dornhauer zwischen den Weinstöcken beisammen. Wild gestikulierend. In rotem Slimfit-Sakko, rotem Hemd, die Hose schwarz. Ein wenig wie ein Zauberkünstler sieht er aus, oder wie der Direktor dieses ganzen Zirkus hier. Und für Willibald Adrian gäbe es kein Halten mehr, hätte sich Hürrem nicht bei ihm eingehakt, so eng, ihre Brüste kann er spüren.

„Sie waren gerade dabei, eine Aufzählung zu starten, Herr Metzger. Der Anfang hat mir schon mal gefallen: ‚Erstens sind Sie selbstverständlich eine Traumfrau. Zweitens könnten Sie womöglich meine …‘ Wie geht es weiter?"

„Meine Tochter könnten Sie sein. Und drittens wissen Sie ganz genau, warum ich frag, ob Sie hinter mir her sind, Hürrem. Wo haben Sie kämpfen gelernt wie Bruce Lee, und warum passen Sie auf mich auf?"

Und ahnungsloser dreinschauen geht kaum: „Ich versteh kein Wort, Herr Metzger, frag mich aber durchaus, was Sie herführt?"

„Dreimal dürfen Sie raten!", zieht der Restaurator nun seinen Arm aus der liebevollen Schlinge.

Also los.

Dornhauer ist fällig.

Nur Hürrem gibt nicht auf, ändert den Ton, packt den Metzger an seinem Rockzipfel: „Ich kann mir vorstellen, wie dreckig es Ihnen wirklich geht, Willibald, aber bitte: Machen S' jetzt keinen Fehler!"

„Glauben S' mir, Hürrem, sollte es ein Fehler werden, dann kommt es auf den einen zusätzlich jetzt wirklich nicht mehr an!"

Nurejew

„Darf ich kurz stören!“, drängt sich der Metzger zwischen jene beiden Herren, die mit Thaddeus Dornhauer in offenbar gar nicht so trauter Dreisamkeit Wichtiges zu besprechen haben. Und wenn den Restaurator nicht alles täuscht, ist der Größere der beiden genau jenem Hochwürden, der hier im Salettl die Trauung vornehmen wollte, wie aus dem Gesicht geschnitten. Jetzt allerdings trägt er eine schwarze, enge Lederjacke und gebärdet sich, als müsste er zu einem Mission-Impossible-Casting. Von Freundlichkeit keine Spur. Direkt aggressiv wirkt er.

„Nein, dürfen Sie nicht!“

Nur hat der Restaurator ja gar nicht den Herrn Pfarrer um Erlaubnis gebeten, tritt noch weiter auf Dornhauer zu und kommt gleich direkt zur Sache: „Haben Sie es mitbekommen, Dornhauer?“

„Was?“

„Die Toten.“

Entsprechend verdattert die Reaktion.

„Bitte!“, deutet er dem Pfarrer, ein wenig zur Seite zu weichen, der zweite Kerl aber bleibt stehen. Kahlköpfig, grobschlächtig, wie einer der Herren aus den Nachrichten, nur lebendig.

„Metzger, was wollen Sie von mir?“

„Wissen, was hier los war! Danjela ist mit dem Sohn eines Kartellführers davon, und der ist jetzt tot. Dejan Sulemanjiu. Was haben Sie damit zu tun, Dornhauer?“

Keine Zeit für Diplomatie, Freundlichkeit. Auch bei Thaddeus Dornhauer.

„Mir scheint, Ihnen geht’s nicht gut …“

„Da haben Sie völlig recht. Gar nicht gut!“, unterbricht der Metzger. „Bei meiner Nicht-Hochzeit …“

„Was fällt Ihnen ein, hier aufzutauchen und …“

Nein, das wird nichts mit dem Ausreden-Lassen.

„Bei meiner Nicht-Hochzeit sind Ihnen eine ganze Hand voll Fehler unterlaufen, Dornhauer, gewaltige sogar!" Seine Faust streckt er dem Wirt nun vors Gesicht, worauf die beiden Herrn näher rücken. Doch egal. Punkt für Punkt beginnt der Metzger seine Finger hochschnalzen zu lassen.

Zuerst der Daumen.

„Warum bekommen so mindere Leute wie wir überhaupt Ihren ausgebuchten Protz-Pavillon zur Verfügung gestellt? Wem schulden Sie da einen Gefallen?"

Der schüttelt die Pflaumen.

„Warum waren Sie so unruhig vor der Hochzeit, haben sich ständig umgesehen, als wär Ihnen wer auf den Fersen?"

Der hebt sie auf.

„Warum waren Sie so erpicht darauf, die Zufahrt vor dem Salettl freizuhalten? Wollten S', dass die Limousine gut Platz hat?"

Der trägt sie nach Haus.

„Warum haben Sie trotz Sauwetter die Salettltüre offengelassen? Wollten S', dass Dejan schnell rein- und mit Danjela wieder schnell rauskann?"

Und der Kleine isst sie alle wieder auf.

„Warum haben weder Sie noch Ihr komischer Pfarrer da hinten nach Platzen der Hochzeit irgendwie reagiert? Haben Sie beide gewusst, was passiert?"

„Mir sollen Fehler passiert sein? Dass ich nicht lach!"

Und während der Priester im Hintergrund nun sichtlich unsicher wird, ist Dornhauer nicht einmal das Aufblitzen einer Schamesröte anzusehen. Das ist eben der Vorteil von Steckdosen-Bräune, wenn sich der Toaster derart gründlich beide Seiten vorgenommen hat, um unter einer ganzjährigen berluscon- oder trumpschen Sommerfrische für einen kleinen Zusatz-Teint gar keinen Platz mehr zu haben. Wozu also noch groß genieren, wenn es peinlicher kaum geht?

Thaddeus Dornhauer denkt gar nicht daran, sich irgendwas aus der Nase ziehen zu lassen, sondern legt noch nach: „Wenn, dann haben Sie Fehler gemacht, schließlich hat mich die Braut ja nicht sitzenlassen! Haufenweise Fehler sogar, sich so ein Weibsstück auszusuchen und dann nicht Lunte zu riechen. Wie blöd kann man sein!"

Logisch trägt das bei Willibald Adrian Metzger nicht unbedingt zur Verbesserung der aktuellen ohnedies schon schlechten Gesamtsituation bei.

Wodurch ein simples Gesetz zur Geltung kommt, gegen das sich der Intellekt des Menschen zwar berechtigt zur Wehr setzt, nur bringt das halt nichts – elende Biologie! Da kann sich der größte Schnösel und Wichtigtuer dieses Planeten nämlich aufblasen wie ein Bazooka oder ein Hubba Bubba, bleibt er bei fehlender Körpergröße leider trotzdem ein Zniachtl. Kurzum: Mehr als eine ganze Kopflänge überragt der Restaurator den Szene-Winzer, und das ist unter Männern verdammt viel – obwohl sich Dornhauer jetzt ohnedies schon emporstreckt, eine Körperhaltung an den Tag legt wie in seinen besten Zeiten im Nussknacker der Nurejew.

Dazu ein Satz, so mächtig, kraftstrotzend, mehr geht eigentlich nicht: „Und jetzt verschwinden S' hier umgehend, sonst lass ich Sie verschwinden!"

Für einen Menschen, der grad massiv an seinem Leben hängt, mit Sicherheit angsteinflößend. Für den Metzger allerdings eine Einladung: „Glauben Sie ernsthaft, bei dem, was ich grad alles verloren hab, wäre mir um mich leid! Also: Nur zu!"

So nahe es ihm nun erträglich ist, geht er an Dornhauer heran, da nutzt dem Winzer sein Spitzentanz jetzt auch nichts mehr. Und derart in Rage gerät er grad, der Willibald, alles rundum wie ausgeblendet. Der näher kommende Scheinwerfer, das rote Lichtlein, die Menschen dahinter. Dann legt er los.

7

Adler: Herr im Himmel. Spinnt der jetzt komplett!

Habicht: Ist jedenfalls ein ziemlich verärgerter Dachs, würd ich sagen, ein Grimmbart.

Taube: Und das ist jetzt genau der richtige Moment für blöde Scherze, bravo!

Habicht: Ich weiß schon, Tauberl, du magst mich nicht, aber vielleicht wird ja doch noch was aus uns.

Adler: Da hättest du ein Adler werden müssen. Und jetzt Disziplin.

Falke: Was machen wir? Der Dachs haut uns grad alles z'samm.

Taube: Muss nicht sein. Er sorgt für Unruhe, das ist kein Nachteil.

Adler: Also aufpassen, wer aller nervös wird. Nicht, dass Dachs noch etwas passiert.

Falke: Solang die Kameras auf ihn gerichtet sind, ist er in Sicherheit.

Habicht: Taube, am besten wäre, du kümmerst dich drum. Wir müssen Chaos auslösen. Schüsse aus den Weinbergen zum Beispiel.

Adler: Gute Idee. Ich bleib bei dir.

Wladiwostok

Petar Wollnar weiß nicht recht.

Verhält er sich richtig?

Soll er wirklich brav hierbleiben, während sich der einzige Mensch, dem er das Gefühl zu verdanken hat, nicht völlig unbedeutend zu sein, möglicherweise einer Gefahr aussetzt? Laut dröhnt es von Dornhauers Salettl herunter. Musik, Gerede, Gelächter. Klingt nach Party.

Was hat der Metzger dort oben vor?

Warum bezeichnet er ihn als: „Fluchtfahrer"?

Und wie bitte verhält sich so ein Fluchtfahrer während des Wartens? Muss er da den uralten Dieselmotor laufen lassen? Die Weinstöcke hinter seinem Pritschenwagen werden eine Freud haben! Oder soll er den Motor abstellen? Nur was, wenn es dann tatsächlich brenzlig wird, der Metzger den Schotterweg heruntergelaufen kommt, brüllend, „Schnell weg!", und dann springt ihm zu allem bereits stattgefundenen Übel laut Murphys Gesetz auch noch sein Kübel nicht an. Denn:

> „Wenn es mehrere Möglichkeiten gibt, eine Aufgabe zu erledigen, und eine davon in einer Katastrophe endet oder sonst wie unerwünschte Konsequenzen nach sich zieht, dann wird es jemand genau so machen."
> (Edward A. Murphy, 1949)

Kurzum: Alles, was schiefgehen kann, wird auch schiefgehen.

Folglich beschließt Petar Wollnar, mit laufendem Motor zu warten – die Weißgipfler-Traube hinter seinem Auspuff, sprich: der Grüne Veltliner, möge es ihm verzeihen. Sein Blick dabei den Schotterweg hinaufgerichtet. Und das kann er. Trotz mulmigen Gefühls.

Warten.

In eine Art schwermütige Schockstarre verfallen.

„Scheintot“, so hat seine Exfrau diesen Zustand einst bezeichnet.

Oft weiß er nicht einmal, worauf er beim Warten eigentlich wartet, sitzt nur in der Küche vor seinem Häferl gezuckerten Schwarztee mit Zitrone, verrührt den Wodka und starrt auf den alten Deckenventilator.

„Kaputt“, wurde ihm einst von seinem Vorgänger bei Wohnungsübergabe erklärt. „Aber lassen S’ die Finger davon. Ich wollt ihn richten und hab mich elektrisiert, obwohl ich vorher die Sicherungen alle rausgschraubt hab. Keine Ahnung, wo der dranhängt! Am Ende war es mir egal.“

Das passt.

Auch Petar Wollnar wirkt äußerlich ziemlich kaputt, steht aber innerlich immer noch unter Strom. Ökostrom in seinem Fall, Ressourcenschonung das oberste Gebot.

Auch Petar Wollnar weiß nicht, wo er dranhängt, dazugehört. Zu keiner Frau, nicht mehr zu Polen und nicht hierher.

Und auch Petar Wollnar ist das alles mittlerweile egal. Sogar die Themen: Heimat. Ausländer. Fremdenfeindlichkeit.

Die Menschen sind doch überall die gleichen. Inländer, die sogar Inländer als Ausländer betrachten, nur weil sie einen Großstadt-Slang oder Bergdorfdialekt sprechen, gibt es da wie dort. Oder alteingesessene Ausländer, die neu zugewanderte Ausländer als Ausländer beschimpfen. Völlig absurd, das alles. Da ist doch jeder Versuch der Integration wie ein Tiroler Nussöl ohne Sonnenschutzfaktor auf Mallorca. Für die Fisch. Petar Wollnar jedenfalls könnte sich gewiss überall problemlos integrieren, wäre es ihm nicht das Liebste, grundsätzlich ganz allein unter sich zu bleiben. Er hat ja alles, was er braucht. Seinen einzig wahren Freund Willibald Adrian Metzger und den einzig wahren Freund seines Pritschenwagens, Automechaniker Miłosz Grabowsky. Ansonsten ist sein Dasein eines in wohltuender Einsamkeit. Und das schon so lange, jede Erinnerung an sein Vorleben ist längst verblasst, fühlt sich fremd an.

Familie? War da nicht was?

Ewig her.

Ähnlich wie seinem Freund Willibald Adrian ist es damals auch ihm ergangen. Nur schlimmer. Dreimal so schlimm sogar. Frau, Tochter, Sohn. Alle weg. Und Spaß war das keiner, zum Zahnarzt Dr. Iljin zu gehen, weil akute Schmerzen, und dort der Angetrauten in die Hände zu laufen. War sie also jahrelang gar nicht wie behauptet putzen, sondern hat sich von Dr. Iljin schön aufputzen und anbohren lassen. Elende russische Dentisten!

Worauf aus seiner Ex eine Ordinationshilfe und aus seinen Kindern Schüler einer Privatschule wurden. Und auch wenn Petar Wollnar sich kaum an etwas erinnern kann, den Wortlaut dieses Gespräches wird er nie vergessen.

„Papa, wir müssen dir etwas sagen!"

„Ihr zieht zu mir zurück, stimmt's?"

„Nein. Aber Wladislaw ...!"

„Wer ist Wladislaw?"

„Doktor Iljin ist das. Wladislaw Iljin. Er eröffnet jetzt eine Klinik und wir übersiedeln mit Mama zu ihm. Es gibt sogar ein Meer dort."

„Wieso ein Meer? Wo soll das sein!"

„In seiner Heimat. Wladislaw kommt aus Wladiwostok!"

„Wie bitte!"

„Russlands wichtigste Hafenstadt am Pazifischen Ozean, weißt du!"

„Und die Endstation der Transsibirischen Eisenbahn! Ich weiß, wo das liegt. Hinter China, dort wo Russland aufhört, direkt neben Nordkorea und gegenüber von Japan. Noch weiter weg wäre dann am Mond!"

„Aber am Mond kannst du uns nie besuchen! Ach Papa, mach dir keine Sorgen!"

Sorgen? Wie? Ohne Sorgerecht, dafür mit Zahlungspflicht.

Mittlerweile sind auch die Alimente ausgelaufen, seine Kinder längst berufstätig, in Russland wahrscheinlich, oder Japan, oder wer weiß, vielleicht gleich ums Eck, und wie es scheint, geht es dem Nachwuchs so wie Petar Wollnar, fühlt sich bei seinen Kindern die Erinnerung an ihr Vorleben fremd an. War da nicht was? Irgendwo? Ein leiblicher Vater vielleicht? Lebt der überhaupt noch?

Ewig her.

Ja, Petar Wollnar ist allein.

Und es ist in Ordnung, mittlerweile. Ab und zu träumt er zwar von einer Frau, ein bisserl Liebe, Hürrem würd ihm schon gefallen.

Aber was solls.

Folglich gibt es, im Gegensatz zu seinem Pritschenwagen, wahrscheinlich kein saubereres Stiegenhaus in der ganzen Stadt als das seine, denn die beste Strategie gegen den Verfall, auch den eigenen, ist die Instandhaltung, sprich: Putzen, Putzen, Putzen. Dann Wischen.

Ob es grad auf- oder abwärts geht, egal. Auf- und Abwischen bleibt keinem erspart, ja, und zum Finish dann Hinauswischen. Den Dreck, oft eines ganzen Lebens. Wenn so ein Aufenthalt vorbei ist, es ans Entwischen geht, kommt dann eben die Endreinigung.

„Ende!", flüstert er, spitzt seine Ohren und blickt in die Nacht hinaus. Irgendetwas scheint plötzlich anders da draußen.

Leiser ist es geworden.

Wie automatisiert stellt Petar Wollnar den Motor ab.

Keine Stimmen mehr, kein Lachen.
Nur noch die Musik.

Was nun geschieht, hätte sich der Metzger selbst nie zugetraut. Eine Reaktion, die ihm fremder gar nicht sein könnte, so wie auch der Istzustand seines Lebens. Eine Initiative, die wohl aus seinem tiefsten Innersten kommt. Dort, wo der Mensch das Tier in sich wegsperrt, es verleugnet, die Käfigtüre verriegelt, bis es dann doch wieder entwischt und seine Freiheit sucht.

Unweigerlich.

Kurzum: Willibald Adrian verliert seine Beherrschung. Übel kann das ausgehen. Beides: Dies zu verteufeln und dies zu unterdrücken. Sich um seiner selbst willen dem Beherrschtwerden zu entledigen, der Knechtschaft zu widersetzen. Nur mit brav kuschen oder nett *BitteBitte* sagen wird das nichts. Genau darin lag stets die Ursache der größten Schicksalsschläge im Dasein des Restaurators.

Damit ist es nun vorbei. Zeit des Handelns.

Und dabei eilen seinem Hirn genau diesen Bruchteil einer Sekunde die Hände voraus. Ein Wimpernschlag, der ruckzuck aus jedem noch so friedliebenden Menschen im schlimmsten Fall den Mörder hervorzukehren imstande ist. Zielsicher greift Willibald Adrian Metzger nach Dornhauers rotem Slimfit-Sakko, zieht ihn zu sich.

„Also: Was haben Sie gewusst?“

„Geht's noch, was soll das!“, wehrt sich Dornhauer.

Laut ist sein Gebrüll, energisch sein Gefuchtel, „Hilfe!“ jedoch lachhaft gegenüber einem Handwerker, dem die jahrzehntelange Arbeit mit Holz in den Fingern steckt.

Eisern der Griff des Restaurators. Und obendrein wunderbar in Szene gesetzt, denn keine schöneren Momente gibt es für Society-Reporter und Kameramänner, als wenn da ein Hausherr um Hilfe schreit und sich die gute Gesellschaft von ihrer schlechtesten Seite zeigt. Menschen laufen zusammen, Handys werden in die Luft gestreckt, Film ab. Und so pumperlgesund der Metzger auch sein mag, er wird trotzdem gleich viral gehen, quer durch Netzwerke und Kanäle, die er nicht einmal beim Namen kennt.

„Reden Sie, Dornhauer, Sie Dreckskerl! Meine Frau ist genau hier in Ihrem Pavillon mit einem Fremden verschwunden, den mittlerweile jeder kennt, weil er grad in den Nachrichten war! Als Toter. Dejan. Sie wissen, wen ich mein, oder!“

So in Aufregung ist der Metzger, weder nimmt er den verkleideten Pfarrer wahr, in dessen Gesicht sich eine beängstigende Willenskraft abzeichnet, noch Hürrem, die im Hintergrund davonläuft – so viel zum Thema beschützen –, noch die erhebliche Anzahl der Zuschauer, darunter weitere Herren, denen rein optisch wirklich wunderbar der Verbrecher angedichtet werden könnte; Kategorie südländischer Edelganove.

„Loslassen, verdammt!“, tippt einer davon auf Willibalds Schulter, worauf der Metzger noch lauter wird: „Dejan, Mitglied des albanischen Sulemanjiu-Kartells. Was haben Sie damit zu tun, Dornhauer? Oder mit dem Dushku-Clan? Sind die Verbrecher alle Ihre Freunde? Was, wenn Danjela auch etwas passiert ist!“

Und wie das eben so ist, wenn dann endlich der Erste die Initiative ergreift, entdecken auch gleich ein paar weitere Herren den versteckten Helden in sich. „Es reicht!“, wird aus dem Tippen ein Zupacken, links und rechts. „Sonst ist die Polizei hier, so schnell können S’ gar nicht schauen!“

„Is scho do!“, bahnt sich Michi Friedmann in Zivil den Weg durch die Menge. „San S’ derrisch, verdammt, Metzger. Pfoten weg!“

Und jetzt reicht es auch dem Restaurator.

„Hier, Friedmann!“, brüllt er und stößt Thaddeus Dornhauer von sich. „Da können S’ ihn dann gleich verhaften, diesen Mörder hier!“ Kurze Schrecklaute sind aus der Menge zu hören. Ein Mörder? Wieso? Warum? Und immer noch laufen die Kameras, die Handys, Videos in HD, und im Hintergrund auch die ersten Menschen davon, während der Hausherr zwischen seinen Weinstöcken aus dem Tritt und ins Taumeln gerät, in die klumpige Erde fällt, sofort wieder aufspringt und umgehend den Dreck von seinem Sakko wischt, als wär nichts gewesen. An Edgar muss er denken, der Metzger, seinen Promenaden-Mischling, wenn er etwas angestellt hat, geschimpft wurde oder er einfach Unangenehmes loswerden wollte. Da hieß es auch durchbeuteln, sich quasi abputzen, die Schuld loswerden.

Für Thaddeus Dornhauer wird das wohl nicht reichen.

„Wieso ein Mörder?“, tritt der Reporter näher, die Scheinwerfer in das Gesicht des Restaurators gerichtet. Grad der Metzger, ein Mensch, dem es für gewöhnlich nie und nimmer in den Sinn käme, sich coram publico zu einer freien Rede aufzuschwingen. Wenn schon Ansprache, dann maximal in jenen Nächten, die ihn vor lauter Ärger über das Ungesagte schweißgebadet wachhalten, ihm im Nachhinein endlich durch den Kopf schießen lassen, was er diversen Affen schlagfertig hätte entgegenhalten müssen, anstatt der Sprachlosigkeit zu verfallen. Zuhause aber wird Willibald Adrian zum Meister des Streitgesprächs, hält Schlussplädoyers, derart epochal, Geschichtsbücher müssten im Nachhinein umgeschrieben werden.

Nun aber steht er tatsächlich im Rampenlicht, und woran immer es auch liegen mag, sei es an dem grellen Scheinwerfer, der zur Erleuchtung führt, sei es der mediale Schock oder nur der simple Überlebenstrieb, Willibald Adrian Metzger beginnt zu sprechen.

Sein Blick wie hypnotisiert in dieses runde Nichts der Kamera gerichtet, und somit direkt in das Auge des Betrachters: „Warum Dornhauer ein Mörder ist? Wir sehen es ja gerade!“ Viel gelungener lässt sich kaum für Aufmerksamkeit sorgen. Und wirklich alle Augen sind nun auf den Restaurator gerichtet. Neugierig. Sensationslüstern.

Zum Youtube-Star könnte er werden, würde er nun sagen, was ihm alles durch den Kopf schießt.

„Unzählige Beispiele gibt es, wie jeder hier ein Mörder werden kann. Jeder. Sich eine Topfpflanze besorgen, auf das Fensterbrett stellen – und von da an kein Gießen, Düngen, einfach nichts! Oder gleich einen Wellensittich samt Käfig anschaffen – und von da an kein Futter, kein Wasser, irgendwann kein Zwitschern mehr. Selbiges funktioniert auch prächtig mit Katzen, Hunden, sogar dem Elefanten Charlie hier, der innerlich längst hingerichtet als traurige Zirkusnummer zur Schau gestellt wird. Armes Vieh. Los, Charlie, lauf! Und Menschen umbringen geht genauso. Ganze Länder sogar. Einfach nichts tun. Nur weiter jeden Dreck fressen und jeden Schund einkaufen, am besten im Internet, dort, wo es eben am günstigsten ist. Aber dabei unbedingt mit einstimmen in das Geleier der Aufregungsgesellschaft, jammern über die leeren Geschäftslokale auf den Straßen, die miesen Arbeitsbedingungen in den Dritte-Welt-Ländern anprangern, Massentierhaltung, schlimm, schlimm, mit Antibiotika vollgepumptes Schlachtvieh, Legebatterien, uiuiui, Menschenhandel, Organhandel ganz grauslich, und Klima natürlich, Sorge, Sorge, Waldbrände, Waldrodung, Waldsterben, Gletscherschmelze, Hochwasser, Stürme, Orkane, Jahrhundertwinter, Jahrhundertsommer, Plastikmüllinseln im Ozean, 20-mal so groß wie dieses Land, mehrere Millionen Tote jährlich nur durch Luftverschmutzung, tragisch, tragisch. Sich austauschen darüber, weil durchs Reden kommen die Leut z’samm – aber mehr nicht. Nur reden drüber, und wie man sich grad wieder gut was ersparen kann. Billig ist die neue Form des Hinrichtens. Und es billigen. Nichts zu tun. So wie Dornhauer. Er weiß alles, aber schaut trotzdem nur zu und lässt sich einen Elefanten kommen. Morden geht ganz von alleine. Dumm stellen und warten. Mehr nicht. So einfach ist das! Fertig."

Und was er sich alles nur gedacht und was davon tatsächlich auch gesagt hat, weiß er nicht, der Metzger.

Still ist es geworden, nur das gleichmäßige Pulsieren der Loungemusik, auf Entspannung ausgelegte Klänge, 80 Beats pro Minute, bumm, bumm, bumm ... für gewöhnlich sollten sich die Nerven da schon ein bisserl entkrampfen.

Nur leider schummelt sich ein weiterer Beat dazu.

80 plus eins. Irgendwo zwischen den Weinstöcken fällt ein Schuss.

Elefant Charlie im Hintergrund hebt den Rüssel, trara! Die Operettenoma Britta Satratra gibt wie in alten Zeiten ein hohes Irgendwas von sich. Der Ex-Pfarrer öffnet seine schwarze Lederjacke, unter der ein um die Brust geschnallter Pistolenhalfter herausblitzt.

Beruhigend ist das alles nicht.

„Es sind eben immer die Kleinigkeiten, die den Unterschied ausmachen, Willi!", hat ihm seine Mutter beim Backen stets wissen lassen, später sein Mathematiklehrer Zwirnhofer beim Gleichungenlösen, ja und schließlich sein Lehrmeister Rössler beim Tischlern. „Also pass gut auf und arbeite genau!"

Beides wär auch jetzt wichtig, denn es geht Schlag auf Schlag.

Also gleich der nächste. 80 plus zwei.

Definitiv kein Bumm aus der Musikanlage.

Und wenn schon alle guten Dinge drei sein sollen, warum dann bitte nicht auch die schlechten.

Das Versprechen

Pflanzen brauchen gute Erde.

Sie ist die Basis, um gutes Wurzelwerk aufbauen zu können. Sie trägt. Alles.

Es sind die gut vernetzten Familien, die als Zellen jenen Nährboden legen, aus dem heraus Macht und Reichtum emporwachsen. Die ausführenden unteren Ebenen. Darüber liegen erst die Clans und sorgen dafür, die Breite zu gewährleisten. Wie in Königshäusern ist Ehe dazu ein ebenso probates Mittel wie Mord. Und geht es um Feindschaften, ist nie das Ziel vorrangig, den anderen auszulöschen, sondern für die eigene Sache zu gewinnen. Denn Ungeziefer kommt immer wieder und von allen Seiten. Raumgewinn im gemeinsamen Sinne, das gilt auf staatlichen Ebenen wie auf kriminellen, und nicht selten ist der Unterschied kein großer.

Es war ein sonniger Morgen, als ihr Vater starb, über Nacht, tot in seinem Bett lag. Alle wussten, es würde passieren, fast jedes der Führungsmitglieder wollte zuvor Abschied von ihm nehmen, doch er hatte nur noch eine Person im Sinn. Seine Tochter. Anjeza.

„Versprich mir, ihn zu heiraten. Schwöre es! Sonst verfluche ich dich und deine Mutter über meinen Tod hinaus!“

Kein Wort mehr hatte er seit Monaten mit ihr gesprochen. Und nun war es ihm, kurz vor seinem Sterben, das einzige Anliegen, ihr dieses Versprechen abzuringen. Einem Kind. Was hätte sie sagen sollen, nur auf Versöhnung bedacht, auf die Liebe ihrer Eltern. „Ich kümmere mich drum, Papa!“, so ihre Worte. Versprochen hat sie nichts.

Und gehandelt.

Doch kurz nach seinem Tod wurde sie in letzter Sekunde aus jenem Fluss gefischt, der direkt an ihrem Haus vorbeifloss. Was sollte das auch für ein Leben sein, nicht selbst bestimmen zu können. Sich das Glück vorzulügen, so wie ihre

Mutter, und trotzdem eine Leibeigene zu bleiben. Und wenn das einzige selbst Gewählte in diesem Dasein der Tod war, dann wollte sie ihn gerne auf sich nehmen.

Es war ausgerechnet Dejan, der sie aus dem Wasser zog, der ihr das kurze Stück, während dem sie in seinen Armen lag, verdeutlichte, wie sehr er selbst unter Zwang stand. Denn wenn es eines Tages einen Mann in der Familie gäbe, der das Kartell weiterführen könnte und wollte, dann sein älterer Bruder Mehmet. Die Ausgeburt der Skrupellosigkeit. Er selbst, Dejan, wurde als zu schwach angesehen, und genau deshalb würde ihn sein Vater nun nötigen, das Sulemanjiu-Kartell und den Dushku-Clan durch eine Ehe zu vereinen und somit seiner Pflicht nachzukommen. So seine Annahme.

„Wir können sie vielleicht lernen, Anjeza, die Liebe, und wenn nicht, dann wenigstens das Leben!"

Hoffnung. Irgendwie.

Dejan war gut zu ihr, trug sie nicht gleich in ihr Elternhaus zurück, sondern legte sie versteckt inmitten eines kleinen Marihuanafeldes ab.

Sie sprachen nicht viel.

„Komm, lass uns rauchen!", griff er in seine Tasche.

„Was?"

„Das hier, es wächst bei uns wie von selbst und ist getrocknet ein Wunder. Eines Tages wird es unser Überleben sichern!"

Sie lachte nur.

An Eigenständigkeit war nicht zu denken. Die kriminellen Strukturen des Dorfes, zu denen auch ihre beiden Familien zählten, waren noch Dienstleister der Cosa Nostra.

„Ich hab noch nie, Dejan!"

„Dann wird es Zeit, Anjeza. Es hilft!"

Und es half.

Es half ihr, den Schmerz zu überstehen. Die Trauer. Nicht über den verstorbenen Vater, denn das Gute an Leben und

Tod ist, beides bleibt jedem bestimmt. Und über beides soll der Mensch sich freuen dürfen. Ja, freuen.

So also ging langsam das Licht auf über Anjeza und Dejan, bekam ihr Entschluss ein Fundament, wurden die Vorbereitungen für die bevorstehende Hochzeit ein Fest des ganzen Dorfes. Das Besiegeln des Friedens zwischen zwei zu lange verfeindeten Familien. All das, während bei Anjezas Mutter die Freude wie weggeblasen schien.

„Warum wirst du immer trauriger, Mama! Es geschieht doch genau das, was ihr wolltet!“

Und dann kam er.

Mehmet.

Der Thronfolger des Kartells.

Spät war es geworden. Die Nacht vor ihrer Hochzeit und jener Nacht, in der sie ein fremder Mann erstmals mit offenem Haar sehen würde. Anjeza lag in ihrem Bett, aufgeregt. Und ja, da war nicht nur ein Gefühl der Angst, sondern auch Zuversicht in ihr. Der Gedanke, das gezogene Los könnte nicht das schlechteste sein.

Mehmet trat ein. Der Mörder ihres Bruders Tariq und ihr zukünftiger Schwager.

Ohne anzuklopfen, ohne Entschuldigung, ohne Halt kam er auf sie zu. Kein Zögern, keine Worte.

Presste noch vor ihrem ersten Laut seine Pranke in ihr Gesicht, ließ alles Gewicht seines Körpers auf sie fallen, riss ihr das Nachthemd vom Leib.

Erst dann sprach er.

„Lass sehen, ob du es überhaupt wert bist, eine Sulemanjiu zu werden. Eine von uns! Also bemüh dich, du Schlampe!“

Und er nahm sich ganz selbstverständlich, wovon er dachte, es stünde ihm zu.

Anjeza.

Sie ließ ihn gewähren, willenlos, alles verschwommen, das Tierische über sich, das Besinnungslose, bis sich ein Moment der Klarheit durch all die schneidenden Schmerzen schlich, sie auf das Nachtkästchen griff und dieses alte, messerscharfe Erbstück zur Hand nahm. Den Haarstab.

Keine Zöpfe mehr, keine Knoten, nie wieder.

Nur um alles zu lösen, dazu war er noch gut.

Tief drang die dünne, lange Spitze unter Mehmets Schulterblatt in seinen Rücken, fand ihren Weg durch seine Lunge weiter bis ins Herz. Da war ein Schnaufen zu hören, ein letztes, dann nur noch Stille. Regungslos lag Anjeza unter seinem Körper, fühlte, wie sich nicht er, sondern sein Blut über sie ergoss. Ein warmer Fluss. Und Anjeza blieb liegen, als wollte sie es auskosten, spüren, wie der Leib immer leichter wurde, Tropfen um Tropfen.

Es war nicht sie, die Mehmets Körper von sich rollte und zu Boden fallen ließ.

Sondern ihre Mutter. Nur noch Verzweiflung. Hilflosigkeit.

„Wir müssen Dejan holen!“, beschloss Anjeza über sie hinweg. Und es war richtig.

Kein Vorwurf in seinen Augen ob des Brudermordes.

Nur Mitgefühl, nur Sorgen, und dann Willensstärke. Vielleicht sogar Erleichterung.

„Er muss weg!“

Lange fuhren sie durch die Nacht.

Bis in den nächstgelegenen Ort. Dorthin, wo Mehmet sich aufzuhalten pflegte, wenn er sein Leben spüren und es auch andere spüren lassen wollte.

„Und wir?“, wollte Anjeza wissen.

„Wir? Wir müssen nicht mehr heiraten, um uns zu verbünden. Ich werde den Platz meines Vaters einnehmen, eines Tages, und du einen Schwur ablegen!“

Anjeza verstand sofort.

Das Vogelnest

Petar Wollnar ist ausgestiegen.

Hat zuvor sein Handschuhfach geöffnet, für seine Verhältnisse hektisch nach irgendeinem zur Selbstverteidigung geeigneten Gegenstand gesucht und mehr als das Plastik-Essbesteck eines Fastfood-Restaurants nicht gefunden. Ein Messer. Nicht einmal ein frischer Kornspitz lässt sich mit diesem Dreck halbieren.

Und wer ist schuld? Danjela.

Nur der Hochzeit wegen hat er seinen Kübel innengereinigt, und ohne diese Innenreinigung hätte er wahrscheinlich sogar einen Kornspitz gefunden, so alt und hart, jedem Verbrecher gnade Gott.

So aber steht er nun mit leeren Händen vor seinem Pritschenwagen und blickt entsetzt den Schotterweg hinauf.

Da waren Schüsse zu hören.

Zuerst einer. Und wenn ihn nicht alles täuscht, das Trompeten eines Elefanten. Dann der zweite. Panische Schreie, die Gästeschar in Aufruhr. Ein Krach, als würde Glas zerbersten.

Und nun die Nummer drei. Lauter noch als die ersten beiden. Er meint sogar, Mündungsfeuer aufblitzen zu sehen. Ganz in seiner Nähe. Inmitten der Weinstöcke.

Wer auch immer da kommt, er kommt also näher, lässt den Hausmeister langsam in Hockstellung gehen, den nächstbesten Stein aufheben, sich zwischen die Weinstöcke verkriechen, auf den Bauch legen. Ausgeliefert. Bereit.

Die Angst kehrt aus dem größten Pazifisten den Krieger hervor und aus dem größten Krieger die Sehnsucht nach Frieden.

Im Dornhauer-Salettl oben dürfte jedenfalls so etwas wie eine Schlacht ausgebrochen sein. Denn das Geschrei der Menschen klingt grauenerregend. Scharenweise laufen sie den Schotterweg herab und die Straße entlang.

Und was Petar Wollnar nun sieht, lässt ihn einmal mehr in den für sein Dasein offenbar einzig bestimmenden Zustand versinken:

Ich weiß nicht recht.

Ich weiß nicht recht.

Sollte er eines Tages in Anbetracht des eigenen Sterbens auch nicht recht wissen, steht ihm ein langes Leben bevor.

Anders womöglich der nun zwischen den Weinstöcken herablaufenden Gestalt. Die Silhouette klein, zierlich. Sieht nach Entwischen aus. Hinterdrein die Endreinigung: zwei Männer, einer in hellem Leinensakko, einer in schwarzer Lederjacke.

Und zumindest weiß Petar Wollnar auf Anhieb, wer hier um sein Leben läuft. Er kennt jede ihrer Bewegungen, träumt davon, wie sie geht, läuft, wie sie den Kopf stets hoch trägt, die Schulter in den Rücken streckt, und vor allem, wie sie gegenüber seinem straßenseitigen Fenster in ihrem Plastiksessel vor dem kleinen Laden sitzt und wartet.

Ja, wartet.

So wie er.

Und vielleicht – Petar Wollnar wagt es kaum zu denken –, vielleicht wartet sie sogar auf ihn.

Nun aber flieht sie durch die Dunkelheit.

Hürrem.

Ein Bild für Götter. Wie aus Tausendundeiner Nacht! Und gewiss hätte er auch ebenso viele Fragen an sie. Ein wahres Feuerwerk spielt sich da ab in seinem Kopf: Warum ist sie hier? Warum läuft sie davon? Warum, warum, warum ... Und natürlich: Soll er ihr helfen? Seinen Posten ver- und den Metzger im Stich lassen? Was tun?

Das ist eben das Übel dieses Lebens, es gibt im Vorhinein kein Richtig und kein Falsch. Nie. Nur im Nachhinein die oft bessere Alternative. Heilfroh kann Petar

Wollnar nun sein, nicht wie ein Superheld hinter den Weinstöcken herauszuspringen, sondern von seiner Unschlüssigkeit im Zangengriff gehalten am Boden liegen zu bleiben. Ansonsten nämlich würden ihm Geschehnisse entgehen, wie er sie für gewöhnlich nur zuhause sieht, in seinem Patschenkino. Hier Hürrem, hinter ihr die beiden Männer. Wenn er sich nicht täuscht, ist der Herr in Leder eindeutig jener Priester, der Willibald und Danjela hätte trauen sollen. Und Petar Wollnar scheint es, vor ihm liefe nun genau so ein Film ab. Bevorzugt FSK 16. Action, Action, Action.

AUSSEN / SALETTL DORNHAUER - Nacht

Sternenklar steht der Abendhimmel über den Weinstöcken. Das Trompeten eines Elefanten mischt sich in das Geschrei in Panik geratener Menschen.

Petar Wollnar liegt zu Boden gepresst in der Erde, lugt zwischen den Pflanzen auf den Schotterweg hinaus. Stellenweise erlischt das mattwarme Licht der Solarfackeln.

Schritte sind zu hören, den Schotterweg herab. Hürrem kommt gelaufen, eine Handtasche geschultert. In ihrer rechten Hand eine Faustfeuerwaffe. Sie bleibt stehen, scheint unschlüssig. Dann läuft sie weiter, direkt in die Reihen des Weingartens auf Petar Wollnar zu.

Petar hält den Atem an. Auch Hürrem bleibt stehen. Keuchend.

HÜRREM

Verflucht!

Sie hebt abwechselnd ihre Beine und streift die Stöckelschuhe ab. Wunderschöne, schlanke, drahtige Beine. Alles beobachtet von Petar Wollnar aus der Bodenperspektive.

Hürrem (ächzt)

Folter.

Sie lässt die hohen Sandalen in die Erde fallen, überlegt, hängt ihre Handtasche an das Gerüst des Weinstockes neben sich, legt die Waffe hinein, nimmt eine Tablettendose heraus, öffnet und wirft sich eine in den Mund.

Zwei stämmige Männer kommen den Schotterweg herabgelaufen. Einer in hellem Leinensakko. Einer in schwarzer Lederjacke.

Hürrem wartet, bis die beiden auf ihrer Höhe sind.

Hürrem

Gst! Adler!

Der Mann im hellen Leinensakko bleibt stehen. Angespannt. Ergreift den Oberarm des Mannes in Lederjacke.

Adler

Habicht, hast du gehört?

Habicht

Nenn mich nicht Habicht, wenn wir nicht funken.

Er zieht unter seiner Lederjacke eine Pistole heraus.

ADLER

Was bist du so ehrgeizig, Franz? Wir sind nicht auf Großwildjagd.

HABICHT

Das glaubst aber nur du?

HÜRREM

Gst! Ihr Deppen, seids schasaugert.

HABICHT

Dein Täubchen verlangt nach dir.

Zügig treten die beiden zu Hürrem in Deckung.

Petar Wollnar liegt nach wie vor angespannt zwischen den Weinstöcken und beobachtet, wie die drei nun aufeinander zugehen, sich zusammenstellen.

HÜRREM

So ein Trottel, der Dornhauer.

HABICHT

Wer nichts wird, wird Wirt!

HÜRREM

Und du glaubst, nur weil du bei der Polizei bist, ist aus dir was Besseres geworden.

HABICHT

Pichlmayr, sag deinem Tauberl, sie sollte aufpassen! Gut aufpassen!

Wie für Petar Wollnar ersichtlich, tritt Habicht nun noch näher an Hürrem heran. Besagter Pichlmayr stellt sich dazwischen.

ADLER

Runter vom Gas. Ich weiß, es ist grad echt hart, alles läuft aus dem Ruder. Wir müssen uns dringend absprechen.

HÜRREM

Ich habe dir gesagt, die Hochzeit zu Dornhauer zu verlegen, war ein Fehler. Das haben wir jetzt von der Abgelegenheit.

Es wird still zwischen den dreien. Unnatürlich still. Nur noch die Panik dröhnt vom Salettl herunter.

Petar Wollnar steht die Anspannung ins Gesicht geschrieben. Eine, die sich überträgt, ihn den Stein in seiner Hand fest umklammern lässt.

ADLER

Der Metzger haut uns jedenfalls alles zusammen.

HÜRREM

Ja, leider.

Adler

Was schlagt ihr vor?

Hürrem

Ihn ausschalten.

Adler

Um Himmels willen, Tote haben wir schon genug!

Hürrem

Spinnst du jetzt komplett. Nur behindern. Damit er endlich wie geplant zu Hause bleibt.

Habicht

Behindert wäre er schon, wenn du dich nicht eingemischt hättest.

Immer schärfer wird der Ton zwischen den dreien.

Hürrem

Eingemischt! Wer auch immer ihm das Kartell auf den Hals gehetzt hat, ohne mein Einschreiten wäre der Metzger jetzt tot.

Habicht (aggressiv)

Das ist manchmal auch nicht die schlechteste Lösung.

Hürrem

Gst.

Hürrem duckt sich und deutet auf den Schotterweg hinaus.

Ein weiterer Mann ist im Anmarsch. All das sieht der Hausmeister aus seiner Bodenperspektive. Und wie es scheint, ist dieser vierte einer, der nicht zu diesem Trio gehört.

Adler

Verdammt, ist das Friedmann, dieser Trottel? Der hat uns noch gefehlt.

Habicht

Was hast du gedacht, Pichlmayr? Dass dir dein Kollege nur zuschaut?

Nun ziehen auch Hürrem und Pichlmayr die Pistole. Wodurch alle drei bewaffnet sind.

Hürrem

Lass es, Franz. Bitte. Wir machen es so wie zuvor, weil eigentlich ändert sich nichts. Ich lauf davon und ihr hinter mir her. Friedmann ist ja ahnungslos. Seid ihr nun eben zu dritt.

Habicht

Besser zu zweit.

Es geht blitzschnell. Unmittelbar neben Petar Wollnar fällt ein Schuss. Abgegeben von Franz. Direkt in Pichlmayrs Kopf. Wie eine Marionette sackt der Körper zusammen.

Die Absicht von Franz ist eindeutig. Der Lauf seiner Waffe wandert weiter in Hürrems Richtung, die kein Wort herausbringt.

HABICHT

Leider, Tauberl, jetzt wird doch nichts mehr aus uns.

Hürrem reagiert wie automatisiert. Duckt sich erneut, entreißt Franz die Waffe und schießt ihm mehrmals in den Oberkörper.

FRIEDMANN

Was is los, Franz? Hast du sie? Franz?

Wieder Schüsse. Sausen über Petar Wollnar hinweg. Richtung Hürrem. Die nun davonläuft.

FRIEDMANN

Kaplan! Du bist tot!

Unweit von Petar Wollnar läuft besagter Polizeibeamte Friedmann vorbei.

FRIEDMANN

Tot!

HÜRREM

Die Geier sollen dich holen!

FRIEDMANN

Geier gefällt mir, mein Täubchen.

Petar Wollnar bleibt allein zurück, nun auf Augenhöhe mit zwei Toten. Franz und Pichlmayr.

Es dauert, bis er den Mut findet, aufzustehen und davonzulaufen. Im Hintergrund fallen weitere Schüsse.

Dann wird es still.

8

Falke: Hier Falke. Wo seid ihr alle?

–

Falke: Taube?

–

Falke: Adler?

–

Falke: Habicht?

–

Falke (schreit): Taube! Adl–

–

Taube: Fa– Fa–lke.

–

Falke: Hallo, wer ist dran! –

–

Taube: Hol Hil–fe!

Charlie's Angel

Alles vorbei.

In sich zusammengefallen.

Beginnend bei dem großen, roten, aufblasbaren Bogen zwischen den Weinstöcken bis möglicherweise hin zu diversen Straffungen und Silikon-Implantaten. Willibald Adrian Metzger hat Derartiges noch nie erlebt. Eine Massenpanik, ausgelöst durch ein Ereignis, bei dem es auch wirklich verdammt schwer ist, Ruhe zu bewahren.

Begonnen hat es mit Charlie.

So viele Elefanten wird es nicht geben, die über lange Zeit Partylärm ertragen müssen, das Gequatsche, das Dröhnen aus den Boxen, und dann auch noch entspannt auf ein paar Schüsse reagieren. Denn selbst wenn so ein Viecherl jungfräulich wäre im akustischen Sinn, noch nie das Hämmern eines Schlagbolzens, den Knall, das Pfeifen, den Pulverschmauch erleben musste, weiß es trotzdem auf Anhieb: *Nicht lustig!*

Charlie jedenfalls hatte vor seiner Zirkuskarriere ein Vorleben, dem eine gewisse Empfindlichkeit gegen derartige Geräuschentwicklungen zu verdanken ist. Ergo darf er im Programm des Zirkus *Juwel* seine Ich-mach-mich-zum-Deppen-Nummer erst dann vorführen, wenn die vier Araberpferde Black, Beauty, Spirit und Pilgrim, die drei Kamele Omar, El und Sharif und der Königstiger Rufus längst wieder in ihre als artgerecht titulierten Zellen gesperrt wurden, er also nichts mehr hört von dem Peitschen-Geschnalze in der Manege.

Zeitgleich mit Verklingen der Schüsse irgendwo zwischen den Dornhauer-Weinreben war es bei Charlie also vorbei mit der Geduld. Spielerisch leicht hat er den Eisenhaken aus der Erde gezogen, sich damit in Bewegung gesetzt, und wer dabei an Zeitlupe denkt, irrt gewaltig. Irgendwann ist auch bei einem Elefanten Schluss mit der Gemächlichkeit. Gut, ein Radarfoto in einer 30er-Zone wird so ein Dickhäuter keines zusammenbringen, trotzdem hat beispielsweise der Bulle namens *Big*, ein 2800-Kilo-Brocken, immerhin 25 Stundenkilometer hingelegt. Bestzeit unter Elefanten. Da geht also schon etwas weiter.

Jetzt ist der gute Charlie natürlich kein Topathlet mehr, ein wenig eingerostet vor lauter Patschenheberei, Linksdrehung und Rechtsdrehung, aber so um die 18 Stundenkilometer dürften es schon gewesen sein. Klingt kommod, sind aber fünf Meter pro Sekunde. Vom Fernsehsofa zum Stutzflügel vielleicht, wer einen hat, oder vom Schlafzimmer aufs Klo. In einer Sekunde! Hieße: einen Marathon, sprich 42,2 Kilometer, in zwei Stunden, 20 Minuten und 29 Sekunden herunterzuspulen. Obendrein mit einer schweren Kette inklusive monströsem Eisenhaken an den Beinen.

Viel Spaß.

Spaß in diesem Fall auch für die anderen. Denn so ein Ding schwingt, eine wahre Freud ist das. Nur eine Abrissbirne kann da mithalten! Und wenn Thaddeus Dornhauer eines Tages noch sein eigenes Hirn entdeckt, baut er das nächste Salettl entweder a) als Dichtbetonkeller, oder b) lädt einfach keinen Elefanten mehr ein. Wie ein Kartenhaus ist es nämlich in sich zusammengefallen.

Willibald Adrian Metzger jedenfalls kann von Glück sprechen, nahe genug bei Charlie gestanden zu haben. Sozusagen in dessen Startphasen-Zone. Was weder von dem Maserati des Maserati-Mannes noch von der Trockenhaubenfrisur der Britta Satratra oder der dank Botox sich wieder goldig fühlenden Baumeister-Ex behauptet werden kann. Obwohl ein Baumeister in Anbetracht des Trümmerhaufens jetzt Gold wert wäre. Auch der Ex-Nationaltorhüter hat sich hoffentlich schon einmal besser geschmissen, aber zum Glück nicht gar so schlecht wie einst auf den Färöer-Inseln. Verloren sind diesmal also nur seine Kontaktlinsen und sein Funken Restwürde. So wie bei allen anderen. Denn was sich da im Netz in Windeseile verbreitet, wünscht sich keiner.

Haufenweise Elefantenvideos. Charlie in der Manege des Zirkus *Juwel*. Charlie in seinem Freigehege. Charlie beim Männchenmachen während der Dornhauer-Party, der Applaus der Leut. Dann diverse Filmchen namens *Charlies Rache*, Charlie-Chaplin-artig nachbearbeitet, die das einstürzende Salettl zeigen, all die panisch vor Charlie und seiner schwingenden Kette davonlaufenden Gäste und Adabeis, wie sie in Deckung gehen, betrunken davonstolpern, kreuz und quer. Schwerverletzte gibt es zum Glück keine, ein paar Schürfwunden und Kratzer aber schon. Letztere vor allem in Kombination mit haufenweis Dellen und zerborstenen Windschutz-, Heck- und Seitenscheiben. Da bleibt kaum ein Fahrzeug über, an dem kein Andenken dieses in Zukunft gewiss legendären Abends hinterlassen wurde. Denn logisch sucht sich so ein Dickhäuter nicht unbedingt die engsten Stellen und unwegsamsten Passagen für seine Flucht. Die Straße ist Charlie hinuntergelaufen, und gepfiffen hat er auf jede einzelne der dort geparkten Karossen, ob Tesla, Porsche oder Hummer. Sein Hunger auf Freiheit war zu groß. Die diversen Fachwerkstätten werden alle eine Freude haben, im Gegensatz zu den Versicherungen und natürlich zum Zirkus *Juwel*.

Abermillionen Klicks weltweit. Eine Online-Petition namens *Freiheit für Charlie* schon am nächsten Tag. Johnny Depp wird sich melden, Katy Perry, der Clooney Georg für einen kurzen Spot die Dreharbeiten zur nächsten Nespresso-Werbung unterbrechen, Melania Trump wird sich verlieben, endlich ein Dickhäuter mit Hirn, die österreichische Bundesregierung wird sich das Stichwort „Elefant“

notieren, sollten eines Tages aus welchen Gründen auch immer Abstandsregeln verordnet werden … Ja, und die Show des Zirkus *Juwel* wird wohl ein Trauerspiel werden. Der Kartenverkauf wie Charlies Kette sehr schleppend.

Bitter für die Artisten, Akrobaten, den einen Clown.

Doppelt bitter für die vier Araber: Black, Beauty, Spirit und Pilgrim,

die drei Kamele: Omar, El und Sharif,

den Tiger Rufus.

Denn geht es dem Zirkus schlecht, geht es den dort inhaftierten Tieren am schlechtesten.

Charlies Rache jedenfalls geht in die Geschichte ein. Als You-Tube-Hit.

Und nicht nur die.

So auch ein Video, das Willibald Adrian Metzger zukünftig stets an jenen Dornhauer-Angel wird denken lassen, dem er sein Heimkommen zu verdanken hat, denn von Petar Wollnar samt Pritschenwagen fehlte jede Spur.

Völlig verdutzt stand der Restaurator neben den Weinstöcken, rundum das Chaos. Alle waren da, die Polizei, Rettung, Feuerwehr, Letztere nicht, um ein Katzerl aus einer Baumkrone zu fischen, sondern einen Elefanten aus einem Baggerteich. Und als dann auch noch ein Leichenwagen eintraf, weil da zwei Tote inmitten der Weinberge gefunden wurden, wollte der Metzger nur noch heim. Da kann er dem wilden Treiben rundum nur dankbar sein, ansonsten nämlich wäre er von jenen Männern geschnappt worden, deren Auftrag lautet, ihn zu finden.

Erwischt wird er trotzdem.

„Sie schauen aber sehr verloren aus?", kam nämlich eine adrette junge Frau mit Kurzhaarfrisur, in Jeans und Sportschuhen an ihm vorbei, eine Sporttasche in der Hand.

„Meine Mitfahrgelegenheit hat sich in Luft aufgelöst!"

„Dann steigen Sie bei mir ein, ist zwar nur ein Elektro-Mini, aber dafür muss sich da nix in Luft auflösen, so abgasfrei ist der unterwegs!"

„Das ist nett von Ihnen. Aber Sie kennen mich doch gar nicht?"

„Natürlich kenn ich Sie. Sind Sie nicht der Skispringer Herr Irschenberger, der nach Herrn Illicz auf der Gästeliste steht? Oder doch die Frau Janitschek?" Angelächelt hat sie ihn, ihre Sporttasche geöffnet, ihm den roten Overall, die blonde Perücke, die Stöckelschuhe und die Plastikbrust-Einsätze gezeigt.

„Ich bin Texas, eine der Fischersfrauen vom Dornhauer, heiß im echten Leben Natalie und studiere Automotive Engineering. Fahrzeugtechnik!"

Wenn die Maske fällt, kann das Darunter gelegentlich Labsal sein. Gut tat ihm das, dem Metzger, während der flüsterleisen Fahrt nach Hause ein kleines Einführungsseminar in Strömungsmechanik zu erhalten und somit trotz seiner großen Sorgen um Danjela und nun auch um Petar Wollnar ein wenig auf andere Gedanken zu kommen – sprich keine mehr.

„Hallo?"

„–!"

„Ich schlag Sie jetzt äußerst ungern, aber es muss sein."

„–!"

„Dann fester."

„Sind wir schon da!"

„Seit 30 Minuten. Und ich könnt mir das hier noch stundenlang ansehen, aber mir fallen die Augen zu. Zeit, ins Bett zu kommen."

„Ma. Verzeihung. Bin ich eingeschlafen?"

„Kein Problem. Ich versteh das als absolutes Kompliment hinsichtlich meiner Fahrkünste!"

„Sie sind ein Engel."

„Nur eine Angel. Im Gegensatz zu Ihnen!"

„Versteh ich nicht?"

„Dann bitte! Meine Stöpsel sind sauber, denk ich!", wandert ein Kopfhörer in Willibalds Ohr und ein Handydisplay in seine Hand. Und los geht's. Die Stimme hört sich fremd an, könnte ihm aber bekannter kaum sein:

„... Dejan, Mitglied des albanischen Sulemanjiu-Kartells. Was haben Sie damit zu tun, Dornhauer? Oder mit dem Dushku-Clan? Sind die Verbrecher alle Ihre Freunde? Was, wenn Danjela etwas passiert ist!"

„Um Himmels willen, das bin ja ich!" Und Dornhauer, und rundum die schweigende Menge.

„Da können S' ihn dann gleich verhaften, diesen Mörder hier ..."

Alles drauf.

„Wieso ein Mörder?"

Der Metzger kann kaum hinhören und hinsehen schon gar nicht.

„Unzählige Beispiele gibt es, wie jeder hier ein Mörder werden kann. Jeder. Sich eine Topfpflanze besorgen, auf das Fensterbrett stellen – und von da an kein Gießen, Düngen, einfach nichts! ..."

„Löschen S' das, Natalie!", gibt er ihr das Smartphone samt Kopfhörer retour, „Ich bitt Sie!"

„Kann ich nicht, ist nicht von mir und hat bald hunderttausend Klicks! Tendenz stark steigend!"

„Klicks?"

„Leute, die es gesehen haben!"

„Hunderttausend!", verliert der Metzger an Gesichtsfarbe. Was, wenn da der eine oder andere Zuseher aus dem Sulemanjiu-Kartell oder Dushku-Clan oder weiß der Teufel dabei ist?

„Sie sind ein Star, Metzger! Der Elefantenretter. Sehen Sie sich den Titel des Videos an: *Charlie's Angel*. Gratuliere!"

Mehr als ein „Danke fürs Heimführen!" bringt der Metzger nicht mehr zustande und steigt aus, auch wenn Natalie nun wieder putzmunter scheint.

„Sie Superheld!", ruft sie ihm hinterher. „Soll ich Ihnen meinen Latex-Overall borgen?" Und auch, wenn Natalie nun herzhaft lachen kann, ihm während des Davonfahrens mit einem „Elefanto-man!" noch fröhlich winkt, ist das für den Metzger alles nicht zum Spaßen.

„Petar?", flüstert er und sieht sich auf der Straße um.

Still ist es. Links und rechts die Fassaden der Häuser, größtenteils Bauten aus der Gründerzeit, kastenartig, dreibis sechsstöckig, manche mit recht opulentem Stuck und oberhalb der Fenster, wie Augenbrauen, herausragenden Dekorleisten. Manchmal scheint es dem Metzger, die schmale Gasse zwinkert ihm zu, schelmisch, auffordernd, versöhnlich, je nachdem. Im Moment vielleicht ein wenig wie: Aufpassen, Willi!

Die Gehsteige noch aus alten Pflastersteinen, der Fahrstreifen mittlerweile asphaltiert. Eine Einbahn. Entsprechend zeigen die Schnauzen der stets lückenlos geparkten Autos alle in dieselbe Richtung.

Wer hier wohnt und trotz des ebenso lückenlosen öffentlichen Verkehrsnetzes glaubt, einen Wagen besitzen zu müssen, wird Tag für Tag abgestraft. Endlose Parkplatzsuche, oft elendsweit weg fündig werden, dann erst recht ein erhebliches Stück bis nach Hause hatschen dürfen, mit schwerem Einkauf sogar sehr erheblich, und tags darauf dann mühselig den durch sich selbst besetzten Parkplatz wiederfinden müssen, weil vergisst man ja, wo die Kiste steht.

Der Metzger wird sein Lebtag überzeugter Straßenbahn-, Bus-, gelegentlich Taxifahrer bleiben. Irgendwann vielleicht mal Rettungs- und ganz sicher Leichenwagen. U-Bahn und Fahrrad nur im Notfall. Tretroller nie. Ja, und manchmal: Petar Wollnar.

Doch kein Pritschenwagen weit und breit.

Auch nicht in der Hofeinfahrt. Denn dort parkt schon wer – und wäre Petar zuhause, stünde dieser alte Mercedes hier nicht lange.

Müde betritt der Restaurator das Stiegenhaus, steigt die Treppe zur Wollnar-Wohnung empor, würde es gern bei seinem Freund probieren, klopfen, klingeln.

Doch besetzt. Und dem Metzger stockt der Atem.

Direkt vor der Tür des Hausmeisters sitzt jemand.

Wie ein Chirurg sieht er aus. Weite, hellgrüne Hose, hellgrünes Kurzarmshirt, grünes Haarnetz. Offenbar direkt aus dem OP, nach einem schwerwiegenden Eingriff, denn da haftet Blut an seiner Kleidung. Reichlich sogar. Seitlich an den Türstock gelehnt, hockt er wie ein U-Hakerl mit hängendem Kopf auf einem Schemel, und wirklich lebendig sieht er nicht mehr aus.

Da ist der einsetzende Atem dann direkt eine kurze Beruhigung.

Mehr aber auch nicht. Denn logisch muss der Metzger jetzt an das Video denken, die bald hunderttausend Klicks! Tendenz stark steigend.

Wer also ist dieser Kerl?

Dushku-Clan? Sulemanjiu-Kartell?

Auch wenn seine Arbeitskleidung jetzt nicht unbedingt den Auftragskiller vermuten lässt, nur was heißt das schon. Auch Auftragskiller müssen sich vor lauter Reizüberflutung à la Bumm-Tschak-Videospiele und Actionkracher, James Bond über Hitman bis John Wick, immer wieder etwas Neues einfallen lassen, um nicht gleich automatisch als Auftragskiller enttarnt zu werden.

Besser verkleidet geht also kaum.

Waffe hat der Kerl allerdings keine in der Hand.

Mit einem dezenten Räuspern versucht sich der Metzger in einer ersten Kontaktaufnahme. Doch vergeblich. Also weiter.

„Hallo!"

Tiefe Atemzüge die Antwort. Mehr nicht.

Als Killer seinen Auftrag so dermaßen zu verschlafen, spricht dann doch gegen eine derartige Profession. Vielleicht ist er ja tatsächlich so ein Operateur, ein Aufschneider, wenn auch weniger Kategorie Skalpell-Akrobat als Fleischermeister.

Der Metzger und der Metzger sozusagen.

Vorsichtig berührt der Restaurator mit seiner Fußsohle den Unterschenkel des Chirurgen, lauter nun seine Stimme.

„Hallo! Sie!"

Ruckartig, als wäre eine Münze eingeworfen worden, schnellt der Kerl hoch, sieht den Metzger vor sich: „Ja, Fleischhauer! Auch schon hier!" Und Willibald Adrian versteht die Welt nicht mehr.

„Das glaub ich jetzt nicht!"

„Geht mir genauso!", wird der Restaurator nun skeptisch gemustert. „Wie kann ein Mann nur so außer Haus gehen, in diesem Fetzen-Sakko, außer er will Spenden sammeln für den Eigenbedarf!" Er steht auf, klappt seinen Hocker zusammen und geht voran, dezent humpelnd. „Ach Fleischerl! Und da wunderst du dich, wenn dir die Weiber davonlaufen, hehehe!"

„Senekowitsch, was bitte machst du hier? Als Chirurg verkleidet? Wolltest mich erschrecken? Oder auf ein Faschingsfest und hast dich verirrt? In Jahreszeit und Ort."

Ohne sich umzudrehen, steigt Heribert Senekowitsch behäbig die Stiegen abwärts: „Wie kann das sein, Metzger, dass es im Jahr 2020 noch Leut wie dich gibt, die kein Mobiltelefon einstecken haben und die man, falls sie bis dahin überleben, persönlich abholen muss. Ich weiß, was so eine Erfindung wert ist. Glaub mir."

Nein, das sieht nicht gut aus, wie sich Heribert Senekowitsch da die Stiegen hinuntermüht. Sein rechtes Bein ist ihm eindeutig nicht mehr ausreichend geläufig, um noch einen geschmeidigen Schritt zu ergeben. Und ohne Geländer müsste er sich wahrscheinlich beim Metzger festhalten.

Trotzdem lässt er ihn mit nun strengem Ton wissen: „Jetzt komm schon, du sturer Bock, wenn ich schon extra wegen dir herkomm. Fahren wir!"

„Fahren? In deinem Zustand? Maximal mit der Rettung!"

„Die wirst du, wenn du Glück hast, selber brauchen, weil wie mir zu Ohren gekommen ist, sieht es in deinem Fall eher nach Leichenwagen aus! Wenn du die Nacht überleben willst, musst du mit mir vorliebnehmen. Ich an deiner Stelle würd mich also beeilen!", öffnet er nun die Vorhaustür hinaus auf die Straße. „Außerdem geht es ihr nicht gut!"

Mausi

Es nimmt kein Ende.

Das nächste Auto. Die Reise geht also weiter.

Was soll er auch anderes, der Metzger, als sich darauf einlassen. Diesmal in einem alten Mercedes mit Automatikgetriebe und einem Lenker mit schmerzverzerrtem Gesicht.

„Was fährst du so hatschert und was schaust so angespannt, Senekowitsch, als wärst du selber unter dem Skalpell gelegen?"

„Bin ich!", zieht er sein rechtes Hosenbein hoch, und ein Verband kommt zum Vorschein. „Ein Streifschuss!"

„Offenbar von keinem U-Hakerl!"

„Gab ja doch recht einen Zirkus da oben beim Dornhauer. Also reden wir Tacheles. Wir waren beide dort!"

„Und warum du?"

„Alles zu seiner Zeit."

„Und operiert hast du dich schnell selber, wie Rambo?"

„Nein, das war Mausi."

„Wie, hast du dem Baumeister die Exfrau ausgespannt?"

„Hehehe! Nein, eigentlich heißt sie Bianca. Logisch, oder? Von Bernhard und Bianca. Zwei Mäuse. Deshalb Mausi."

„Ich versteh. Deine Traumfrau. Die Tierärztin!"

Schallend das Lachen des Heribert Senekowitsch.

„Das hast du dir gemerkt. Nicht schlecht, Fleischerl! Wirklich nicht schlecht."

„Und warum operiert dich eine Tierärztin? Bist du so eine Schwein-Mensch-Hybrid-Züchtung aus einem chinesischen Labor und nicht krankenversichert, oder ist das deine Aufreißermasche? Schmerzhaft, wenn du mich fragst. Da kann man dann nur hoffen, sie erbarmt sich deiner baldigst."

„Freu mich, dass du noch Humor hast, Willi! Aber ich bin so unsicher ihr gegenüber. Keine Ahnung, ob sie mich mag."

„Wer mag dich schon!"

Und ja, es tut gut zu lachen. Gemeinsam. Auch wenn der Grund dieser gemeinsamen Fahrt alles andere als lustig ist, der Metzger den kommenden Ereignissen also mit einem durchaus mulmigen Gefühl entgegenblickt.

Heribert Senekowitsch nämlich war in seinem Chirurgenkostüm definitiv auf keinem Faschingsfest. Nicht einmal auf einem Fest.

Fest anpacken musste er allerdings schon, wie er den Metzger wissen ließ. Auch, weil ihm Frau Doktor Mausi einfach vertraut. Er ihr in dringenden Fällen zur Hand geht. Elefanten hat er zwar noch keine operiert, aber zumindest einer Giraffe den Hals gehalten, das ist ja auch schon was.

„Die schlimmsten Fälle kommen immer nachts, so wie vorhin dank Petar Wollnar! Er hat sie gebracht, ich wäre zu spät gekommen!"

Bald geht es auf einen kleinen, am Stadtrand gelegenen Parkplatz und schließlich zu Fuß hinein in ein containerartiges, ebenerdiges Gebäude, wie es ansonsten Blumen- oder Billigkleidermärkte beheimatet. Ein langer Gang, mehrere Türen, und hinein.

Es ist ein karges Zimmer, ein wenig wie eine Klosterzelle anmutend, Bett, Nachtkästchen, Tisch, Sessel, Waschbecken, sogar ein Kreuz hängt an der Wand. Mehr nicht. Für Notfälle gedacht, Hundebesitzer zum Beispiel, die aus welchen Gründen auch immer seit Jahren allein und ohne große sonstige Sozialkontakte mit ihrem kleinen Waldi oder großen Branko in einem gemeinsamen Haushalt leben. Ja, und wenn dann erstmals eine Zeit ohne den vierbeinigen Lebensgefährten ansteht, weil dieser frisch operiert auf der Station in seinem Käfig liegt, samt Plastiktrichter um den Hals, dann darf hier für die Dauer des Aufenthalts das Nebenzimmer bezogen werden, um sich nicht so verdammt einsam zu fühlen. Beides eigentlich. Einsam und verdammt. Eh niemanden haben, und dann erwischt es auch noch den Hund!

Bitter.

Wer hier nächtigen muss, ist also in vielerlei Hinsicht arm dran.

Insofern hat es der aktuelle Gast deutlich leichter.

Hürrem Yildirim.

Schließlich ist sie selbst die Operierte, stark sediert und in Tiefschlaf versetzt, da machen sich dann naturgemäß andere die Sorgen. Ja, und diese anderen gibt es sogar. Menschen also, denen Hürrem am Herzen liegt: Petar Wollnar, der schweigsam in einer Ecke sitzt, die Tierärztin Bianca Karl, dazu Heribert Senekowitsch und der Metzger natürlich.

„Rückgrat und Organe wurden zum Glück keine getroffen. Das Projektil zu entfernen, war aber eine ganz schön komplizierte Angelegenheit!“ Leise die Stimme der Frau Veterinär. „Sie wird Zeit brauchen, um wieder auf die Beine zu kommen.“ Ein tiefes Durchatmen. „Herr Wollnar und Herr Metzger, Sie sind wie vereinbart so nett und spielen die Nachtschwestern!“

„Wieso vereinbart!“

„Selbstverständlich!“, bestätigt Petar Wollnar.

„Wenn etwas sein sollte, einfach läuten! Und wenn ihr Hunger habt, draußen steht ein Kühlschrank!“, deutet sie hinaus auf den Gang. „Ich muss mich verabschieden. Viel Arbeit morgen“, und tritt auf selbigen hinaus. „Und was machst du, Berti?“

„Ich, Mausi! Ich, ich ...“

„Gute Nacht, ihr Lieben!“ Dann ist sie fort.

„Da kannst du dir beide Beine amputieren lassen, so wird das nichts. Viel eindeutiger kann eine Frau ihre Signale doch nicht aussenden, du Depp?"

„Meinst du, Fleischerl!"

„Und jetzt erklär mir, Senek–!"

„Gar nichts kann ich dir erklären, Willi. Außer, dass du schon genug Blödheiten angestellt hast und ich dich hergebracht habe, um hierzubleiben, bis ich euch wieder hole! Und wenn du mir nicht vertraust, bist du ein toter Mann."

„Und Danjela?"

„Vergiss endlich Danjela Djurkovic!"

„Vergessen?"

Dann ist er weg, und in Willibald Adrian Metzger breitet sich ein seltsames Gefühl der Nähe aus. Zu seiner Danjela. Was, wenn hinter alldem viel mehr steckt? Was, wenn hier etwas Großes im Gange ist, das weit über seine Vorstellungskraft hinausreicht?

Petar Wollnar, ansonsten schon kein Aushängeschild an Fröhlichkeit, sitzt etwas abseits, betrachtet die an einer Infusion hängende, tief schlafende, sedierte Hürrem, und so mitgenommen scheint er, so in Sorge, wie ihn der Metzger noch nie gesehen hat. Da ist Liebe im Spiel, das steht außer Frage.

„Bravo, Petar!"

Kaum zu hören die Stimme Petar Wollnars: „Wieso?"

„Du hast ihr das Leben gerettet!"

Und dann erzählt er, in sich gekehrt, leise, vorsichtig fast und trotzdem unaufhörlich:

von den Begebenheiten zwischen den Weinstöcken und einer Angst, wie er sie noch nie zuvor in seinem Leben verspürt hatte. Nicht einmal, als im Dezember 1981 der polnische General Jaruzelski in einer Fernsehansprache die Verhängung des Kriegsrechts verkündete und Panzer durch die Straßen fuhren, weil die Sorge umging, die Rote Armee könnte einmarschieren. Und wenn Petar da zwischen den Weinstöcken liegend noch daran geglaubt hätte, ein Gebet könnte helfen, vielleicht wäre ihm eines über die Lippen gekommen.

Er erzählt von Hürrem, einem gewissen Franz, der als Priester verkleidet die Trauung hätte abhalten sollen, und von Major Pichlmayr. Wie ein eingeschweißtes Trio schienen sie.

Erzählt vom Auftauchen des Polizisten Friedmann, wodurch sich alles änderte. Denn aus dem Trio wurden zwei verfeindete Paare:

Hürrem und Major Pichlmayr, die offenbar auch privat liiert waren.

Franz und Friedmann.

„Eine Hinrichtung war das!", schildert Petar Wollnar. Franz, der Pichlmayr aus unmittelbarer Nähe in den Kopf schoss, auf Hürrem zielte und dabei mit dem herbeilaufenden Friedmann kommunizierte.

Hürrem, die sich wehren konnte, Franz erschoss und davonlief.

Friedmann hinterher, mit den Worten: „Kaplan! Du bist tot!"

Kaplan? Was soll das für ein Fluch sein?

Gestattet sich da ein streng gläubiger Katholik vor lauter Gehtnichtmehr einen patscherten Versuch, nur weil er sich vor dem Fegefeuer fürchtet, würde er Gott oder einen Pfaffen zum Teufel schicken?

Petar Wollnar jedenfalls wollte, kaum war die Luft rein, nur noch davon, saß bereits in seinem Pritschenwagen, um hinauf zum Salettl zu fahren, den Metzger abholen, als er neuerlich Schüsse und dann Friedmann telefonieren hörte: „Die Oide is erledigt. Pichlmayr detto. Franz hat's leider a erwischt!"

„Also bin ich los", erklärt Petar, „und lang hab ich sie nicht suchen müssen!"

Blutüberströmt lag Hürrem zwischen den Weinstöcken.

„Ich hol die Rettung, Hürrem!"

„Nicht die Rettung. Dann findet mich die Polizei, und wir sind erledigt, Petar!" Kaum noch sprechen konnte sie.

„Aber wieso?"

„Weil von Schusswundern auch die Polizei erfährt. Und wer die Rettung verständigt hat, wissen sie auch! Ich sag dir, wohin."

Worauf Petar Wollnar dieses Leichtgewicht in seine Arme nahm, zum Pritschenwagen trug und dabei die Adresse der Tierärztin geflüstert bekam, sein Inneres währenddessen in Aufruhr wie lange nicht.

„Mach dir keine Sorgen, Hürrem, ich pass auf dich auf!"

Ruhig geht Hürrems Atem. Friedlich sieht sie aus.

„Ich weiß nicht, was sie verbrochen hat, Willibald, und was da los ist!", erklärt Hausmeister Wollnar. „Aber es muss auch mit dir zu tun haben!"

„Mit mir!", kennt sich der Metzger nicht aus.

„Ja, weil es wurde davon gesprochen, dich auszuschalten!"

„Mich?" Willibald Adrian Metzger hat noch selten etwas gehört, das sich auf Anhieb so falsch anfühlt. Und vielleicht hätte er es vor einigen Tagen folglich auch einfach nicht geglaubt, sondern sich auf seine Menschenkenntnis verlassen. Nur damit ist es mittlerweile vorbei. Menschenkenntnis ist der reinste Selbstbetrug, ähnlich einem Dompteur, der behauptet, seine Tiere zu verstehen. Maximal für prächtige Schlagzeilen sorgt so ein Irrsinn:

Zirkus-Horror! Nur noch Schreie zu hören. Vier Tiger reißen ihren Dompteur während der Show in Stücke und spielen mit den Teilen – die Retter müssen eine halbe Stunde lang hilflos zusehen.

Alles passiert.

„Und warum?“

„Weil du offenbar im Weg stehst. Willibald. Wir wissen gar nichts. Nicht einmal, wer sie ist. Nur, dass sie den Laden gegenüber mietet!“

„*Hürrem Yildirim*!“, tritt Willibald Adrian Metzger an die mit einem Schlag Unbekannte heran. „Nicht einmal im wachen Zustand bring ich meine eigene Frau dazu, mir zu erzählen, wer sie ist! Wie soll uns das bei ihr gelingen?“

Als hätte er gerade Amerika entdeckt, ohne natürlich zu wissen, es könnte sich im Nachhinein als Fehler herausstellen, hebt Petar Wollnar den Arm: „Obwohl oft alle Antworten, die du von einer Frau bekommen kannst, auf dem Tisch liegen!“ Er deutet zum Nachtkästchen. Darauf die aus Hürrems Ohren genommenen Stöpsel und all ihr Hab und Gut. Denn logisch hat der Hausmeister nicht nur die schwer blutende Verletzte zu seinem Pritschenwagen getragen.

Ohne eine Sekunde zu überlegen, ergreift er den für die Damenwelt wohl alles überragenden weiblichen Wertgegenstand – und wer nun behaupten will, dies wäre ein Klischee, darf sich daran erfreuen, wie sehr Klischees nichts anderes sind als die unverblümte Abbildung der Wirklichkeit –, in diesem Fall sogar eine Goldgrube.

Der Schwur

Die Zwölf wurden einberufen.

Männer. Die angesehensten.

Laut Kanun, dem Gesetz der albanischen Berge.

Altes Gewohnheitsrecht. Mündlich überliefert, in teils unüberwindbare Gebirgsketten. Und darin verborgen Bergdörfer, von ihrer Umgebung wie abgeriegelt. Hier zählt das, was die Alten an die Jungen weitergeben und wiederum die alt gewordenen Jungen an die nächste Generation, hier richtet sich das Gesetzbuch nach den gelebten Vereinbarungen und nicht das Leben nach dem Gesetz.

Was hat der Mensch auch sonst als seine Ehre. Darum geht es.

Erhobenen Hauptes allem begegnen.

Und natürlich wusste Anjeza, welch offenes Tor zur Blindwütigkeit, zur Tyrannei diese Haltung in sich barg. Wenn aus dem Bestreben nach Rückgrat das Verlangen erwächst, das der anderen zu brechen. Die Ehre schützen, um sie kämpfen, sie unbefleckt wahren. Blutrache, die Sprache des Wahnsinns. Egal, in welchem Land.

Das ihre aber hatte zusätzlich noch das Gesetz der Besa.

Zwar Blutrache verüben müssen, aber sich gleichzeitig für gewisse Zeiten, Orte, Ereignisse wie Familienfeiern, Hochzeiten, Feldarbeit, Feiertage, wichtige Wege davor schützen dürfen. Und auch der zur Blutrache Verpflichtete wurde für die genannte Dauer von seiner Bürde entbunden. Anjeza wusste das sehr genau. Die Besa stand für Begriffe wie Frieden, Allianz, Waffenstillstand, Gastfreundschaft, Loyalität, Treue. Sie wusste um die Milde, die zwischen all dem Gräuel verborgen lag. Besa. „Ehre dein Wort". Halte deine Versprechen. Ihre Mutter hatte ihr erzählt, wie nicht nur ihr Dorf, sondern das ganze Land, als einst im Zweiten Weltkrieg der Teufel erwachte, den Juden ihr Wort, ihre Besa gaben, ver-

sprachen, sie unter Schutz zu nehmen, egal, wie schwierig es werden würde. In Albanien lebten, als einziges von den Nazideutschen besetztes Land Europas, nach dem Holocaust mehr Juden als zuvor.

Und dieser Ehrenkodex gab auch der zur Ehe gezwungenen Frau ein Schlupfloch und wurde somit für Anjeza der Schlüssel zu einer seltsamen Art der Freiheit. Natürlich wäre es unendlich klüger gewesen, keine einzige all der Töchter einem Fremden zu versprechen. Natürlich ist dieser Handel eine Schande für jede Kultur, die Menschlichkeit.

Nur in Albanien aber gab es diesen Ausweg.

Ein Schwur, der bei Bruch mit dem Leben zu bezahlen sei.

Und nun stand sie hier, Anjeza, die Zwölf vor sich, und legte den Eid ab, für den Rest ihres Lebens auf jegliche sexuelle Beziehung zu verzichten, auf Kinder, auf Partnerschaft, auf Familie. Diesen Preis zu bezahlen, um fortan als Mann angesehen und behandelt zu werden, sich dieser Rolle als würdig erweisen zu können, in der Gesellschaft, in ihrer Familie, bei Fehlen eines männlichen Nachkommen sogar als Oberhaupt.

Von diesem Tag an war Anjeza eine Burrnesha, eine Schwur-Jungfrau, trug Männerkleidung, Waffen, nahm an allen gesellschaftlichen Ereignissen teil, die nur den Männern vorbehalten waren, trank Alkohol, genoss den Tabak, das Marihuana, fuhr Lastwägen, ging auf Jagd, zog sogar gegen verfeindete Clans in den Kampf, zielte auf Gegner und erschoss sie.

Den größten Krieg hatte sie aber noch vor sich.

Denn nichts an der Hinterlassenschaft ihres Vaters war nach ihrem Geschmack. Ebenso wenig der weitere Werdegang Dejans, der nur noch danach trachtete, sich seines Vaters Ibrahim als würdig zu erweisen. Wodurch aus ihm zusehends ein anderer wurde. Einer, der seinem ermordeten Bruder Mehmet an Rohheit und Schonungslosigkeit zu gleichen versuchte.

Immer größer wurde die Kluft zu Anjeza. Bald stand sie nur noch im Weg, und es geschah, was geschehen musste. Was wäre das Ansinnen, Wort zu halten, schon wert, wenn es nicht auch gebrochen werden kann.

Es war ein Dorffest, als Dejans vom Alkohol gelöste Zunge gar nicht mehr aufhören wollte zu erzählen, dieses eine Geheimnis preiszugeben, auf dem ein Haus aus Lug und Trug gebaut war.

Denn nur ein Mensch hatte den Tod Mehmets zu verantworten.

Anjeza.

Ibrahim, einst Vater einer Tochter und zweier Söhne, Merita, Mehmet und Dejan, selbst gesuchter Schwerverbrecher, setzte in einer ersten Reaktion ein Kopfgeld auf Anjeza aus, die Mörderin seines Erstgeborenen Mehmet – ahnungslos, dadurch selbst den Kopf in die Schlinge zu legen.

Denn für Anjeza war die Zeit gekommen, ihr Dorf von der Macht des Kartells zu befreien, dem ein Ende zu setzen, koste es, was es wolle. Durch den unwürdigsten, ehrenlosesten Schritt. Verrat. Kurz darauf wurde das Dorf gestürmt.

Ibrahim, von dem keiner außerhalb der Familie wusste, wie er überhaupt aussah, kein einziges Foto gab es, war längst untergetaucht und ließ seinen Sohn Dejan zurück. Als Strafe dafür, all dies losgetreten zu haben, durch seine Illoyalität. Zuerst Mehmet und seinem Vater gegenüber, dann Anjeza und somit dem Dorf gegenüber.

Lebenslänglich lautete das Urteil, so endlos die Liste von Dejans Taten, und seine Worte hat Anjeza nie vergessen: „Wir werden dich suchen bis ans Ende unserer Tage!“

Auch Anjezas Urteil also war dasselbe. Lebenslänglich verfolgt. Hier würde sie nie sicher sein. Noch während der Tumulte mit der Polizei kehrte sie ihrer Heimat allein mit einem kleinen Rucksack ausgestattet für immer den Rücken, ließ dort die eingeschworene Jungfrau Anjeza zurück, um anderswo eine andere zu werden.

Bis Kroatien schlug sie sich durch, um völlig ermattet vor der Strandbar Danjela ihren Rucksack und sich selbst in den Sand zu werfen und auf ein gutes Herz zu stoßen.

„Sie schauen aber müde aus!“

„What?“

Wenn, dann Englisch, Deutsch konnte sie noch nicht.

„You are looking tired? What's your name?“

Ein Blick auf das Schild der Strandbar, manche Dinge fallen einem einfach zu.

„Danjela! And you!“

„Hans Djurkovic.“

Nichts von alldem, was neben Hürrems Füßen ins Freie purzelt, hätte eine Chance, im Tascheninneren übersichtlich aufbewahrt zu werden. Es hält sich ja tapfer die Mär, ein Genie offenbare sich weniger durch einen gewissen Ordnungswahn, sondern eher im Durchschauen seiner eigenen Unordnung. Dort Systeme zu finden, wo andere nur Chaos erkennen. Wäre dies wirklich so, hätte sich die Handtasche schon längst als Nachweis der Hochbegabung durchgesetzt.

Dem Metzger allerdings ist es ein Rätsel, wozu in Stanniolpapier eingewickelte, bereits leergekaute Kaugummiknödel noch aufbewahrt werden sollten, außer vielleicht zur Genanalyse. Weiters ist es ihm nicht nachvollziehbar, wie sich einzelne unbenutzte Papier-Taschentücher wahrscheinlich über Jahre hinweg aus ihren Plastikhüllen befreien und derart gut verstecken können, um sich eines schönen Tages, so wie jetzt, als buntes Potpourri verschiedenster Modelle in Gemeinschaft wiederzufinden. Selbstverständlich mit diversen schon angeschnupften Exemplaren. Alles durchmischt mit Kugelschreiber, Feuerzeug, Schlüsselanhänger, kleinem Schmink-Spiegel, Schmink-Utensilien, Binden, Tampons, und ab nun wird es interessant: leeren Patronenhülsen, vollen Patronen, einem leeren Magazin, einem vollem, der zugehörigen Waffe, einem Paar Handschellen, und:

„Bingo!", greift interessanterweise Petar Wollnar als Erstes zu, und direkt ein Hauch Euphorie ist ihm dabei anzusehen. „Ihr Handy!"

Eines ohne Taste unter dem Display natürlich, mit der sich der Fingerabdruck der daneben liegenden Eigentümerin zum Entsperren nutzen ließe.

Und dann wischt er und tippt er, der gute Petar, und flucht natürlich. Wenn's nur so leicht wäre. „Elender Pincode!"

Technisch unbewandert, wie der Metzger ist, wagt er trotzdem eine Frage: „Vielleicht hast du ihre Nummer?"

„Ja, hab ich!"

„Dann ruf sie doch einfach an? Vielleicht kommst du dann rein, durch Abheben!"

„Sicher nicht!" Petar Wollnar probiert es trotzdem. Hürrems auf dem Nachtkästchen liegende Uhr meldet sich zuerst, vibriert, dann schlägt ihr Handy zu, im wahrsten Sinn des Wortes. Musik ertönt, pure Willenskraft in Gitarrenriffs verpackt, erschienen im Mai 1982 als Titelsong von *Rocky III – Eye Of The Tiger*.

Der Sehnsucht halber lässt Petar Wollnar Hürrems Smartphone zuerst läuten, um dann voll Hoffnung auf seinem Hausmeister-Handy ihre Stimme zu hören, sprich die Mailbox, und wird dann doch nur mit dem unpersönlichen 0-8-15-Ansagetext des Mobilfunkanbieters *Jellow* abgespeist. Den zweiten Anruf von seinem Telefon aus aber nimmt Petar Wollnar dann auf Hürrems Handy per Fingerwischer entgegen. Doch weder Hürrem öffnet ein Auge noch das Smartphone.

„Da erfährt man also auch nicht, wer hinter ihrem Gesicht steckt!" Frustriert ist er, der Metzger.

„Hundig ist es alles, richtig hundig!"

Ja, das sind schon eigenartige Zeiten. Einerseits weiß man mittlerweile alles von uns, wer und wie viele diese *mans* alle sind, wollen hingegen wir gar nicht wissen. Andererseits dürfen sich sogar Handys, deren Daten wahrscheinlich zigmal am Tag fremdkopiert und um den Erdball geschickt werden, extra für den Benutzer mit haufenweise Sicherheitsnetzen ausstatten lassen, die zwar so eng gar nicht gesponnen werden können, um dann doch noch ein paar schlüpfrige Insekten durchrutschen zu lassen, aber wehe, wir vergessen den eigenen Pincode und finden den Puk nicht mehr.

Wie Danjela ihren Willibald schon wissen lassen hat: „Gibt nix Sicherheit. Nur Unsicherheit und Sicherheitsbedürfnis. In Kombination folgenschwerste Paarung von Weltgeschichte, Busenfreund von Scharlatane, Spekulanten, Tyrannen ...!"

Sicherheitsglas, Sicherheitscode, Sicherheitsbeamte ... alles recht nette Ideen, jede einzelne kann helfen – muss aber nicht. Und selbst der stärkste Sicherheitsgurt wird bei Steinschlag nur noch zum simplen Modeaccessoire, im Cabrio reicht sogar ein Philodendron.

„Was hast du gerade gesagt, Willibald!", geht Petar Wollnar mit dem Telefon auf die sedierte Hürrem zu.

„Hundig ist es alles, richtig hundig!"

„Nein, davor!"

„Dass man nicht herausfindet, wer hinter ihrem Gesicht steckt!"

„Ganz genau!"

Was immer das nun werden soll, der Metzger jedenfalls kennt sich nicht aus. Ein Zaubertrick vielleicht, ein Hypnoseversuch. In einem Abstand von etwa dreißig Zentimetern hält Petar Wollnar das Display des Handys vor Hürrems Gesicht. Mit hochkonzentriertem Blick wartet er, bewegt es ein wenig, wartet wieder.

„Das hat doch sicher eine Face-ID!"

Aber vergeblich.

„Schütteln hilft manchmal", kann sich der Metzger nicht verkneifen, ahnungslos wie er ist. Es folgt eine kleine Einweisung in den technischen Stand der Gegenwart, nur um daraus schlusszufolgern: „Also wenn sich da ein paar Deppen ein System einfallen lassen haben, dank dem einem schlafenden Menschen sein Handy vors Gesicht gehalten wird, und du bekommst Zugriff auf seine Daten, dann hurra."

„Vielleicht mit offenen Augen!"

Und der Metzger glaubt, er sieht nicht recht, denn Petar Wollnar ist auf dem besten Wege, mit Daumen und Zeigefinger Hürrems Augenlider hochziehen zu wollen.

„Das machst du jetzt aber nicht wirklich!"

„Sie ist stark sediert und in Tiefschlaf versetzt!", lässt sich Petar Wollnar nicht bremsen. Der Metzger kann nicht hinsehen und starrt auf den ausgeleerten Inhalt der Handtasche.

Augen auf bei Hürrem. Wie vermutet: Da wie dort kein Aufwachen.

Und auch Augen auf bei Willibald. Mit weitreichender Wirkung:

„Dann finde ich es eben altmodisch heraus!" Zielstrebig greift er in den aus Hürrems Tasche befreiten Haufen. Es nützt eben die beste Technik nichts, wenn sie den Menschen nur noch dümmer werden lässt, unaufmerksamer für sein Umfeld, blinder.

„Und wie?"

„Damit, Petar!", hält er dem Hausmeister ein Feuerzeug unter die Nase, ein Werbe-Utensil, darauf das Venussymbol, die Darstellung des Handspiegels der Göttin Venus, und inmitten des Kreises die Aufschrift: *Kampfsportzentrum Kassandra*. Und er kennt den Namen.

„Zitat Danjela: Ist so inspirierende Frau. Kassandra. Ist Kampfsportzentrum nur für Frauen. Und wollt ich immer schon lernen Kämpfen!"

„Wie?", kennt sich jetzt Petar nicht aus.

„Kampfsportzentrum Kassandra. Danjela war dort. Das ist kein Zufall!" Der Metzger steht auf. Und Petar versteht auf Anhieb. „Du hast gehört, was Senekowitsch gesagt hat. Wir sollen hierbleiben."

„Ach, Petar!“

„Geh nicht wieder allein, Willibald!“

„Alleine sind wir immer. Du musst aber hierbleiben, Petar, auf sie aufpassen!“

„Nimm ihr Handy mit, so kann ich dich wenigstens erreichen!“, wird dem Metzger nun Hürrems Smartphone übergeben.

Dann geht er.

Bald zu müde, um noch einen nächsten Schritt zu setzen. Er muss handlungsfähig werden. Steigt in ein Taxi.

„Wohin, mein Herr!“

Und seine innere Stimme flüstert ihm: Fahr doch den Schlenker bei dir zuhause vorbei. Vielleicht ist sie zurück. Danjela!

Dann schläft er ein.

„Wir sind da!“

„Stimmt so!“

„Aber mein Herr, es macht nur neun Euro, das sind 20!“

„Dann sind es elf Euro Trinkgeld!“

Und jetzt läuft er, denn dort oben, hinter den Fenstern seiner Mansarden-Wohnung, erhellt ein Licht die Nacht.

Asche zu Asche

„Danjela!“

Wie wahrscheinlich zuletzt als Schüler nimmt der Metzger nun zwei Stiegen auf einmal. Und logisch muss er dann spätestens im zweiten Stock pausieren, Luft holen, ehe es weitergeht.

„Danjela! Danjela!“

Wer soll es sonst sein? Niemand anderer hat einen Schlüssel.

Nur sie.

Bereits unterwegs hinauf in den letzten Stock kann er es sehen: Seine Eingangstür steht offen. Und selbstverständlich wird er da ein wenig skeptisch. Eine offene Tür bedeutet nie etwas Gutes.

Entweder jemand ist gekommen, um auch gleich wieder zu gehen. Kurzbesuch.

Oder jemand ist gekommen und bedient genug, um sich beim zweiten Gedanken den ersten nicht mehr merken zu können. Alles Zurückliegende vergessen.

Oder aber jemand will bewusst verdeutlichen: Du hast Besuch. Und er wartet schon auf dich!

„Danjela, bist du das?“

Die Antwort bleibt aus. Und bereits beim Eintreten könnte die Erklärung gar nicht deutlicher sein. Wobei von Eintreten keine Rede sein kann, ausgenommen natürlich die Türe selbst betreffend. Mit roher Gewalt wurde sie geöffnet. Im Inneren der Wohnung aber ist kaum ein Schritt möglich, die reinste Verwüstung, die hinterlassene Botschaft eindeutig:

Hier wurde nichts gesucht. Hier ging es nur um Zerstörung.

All seine Schuhkartons, die der Metzger seit Jahrzehnten fein säuberlich in einem langen Vorzimmerregal einordnet, darin sein ganzes Leben archiviert, Fotos, Briefe, Dokumente, wurden herausgerissen, alles verstreut.

All die Alben, die seine Arbeit als Restaurator dokumentieren, seine Werkstücke, die vielen Vorher-Nachher-Fotos. Alles zerstört und auf dem Boden verteilt. Überhaupt wurde in der kompletten Wohnung aus jedem Kasten, jeder Lade, jedem Regal das Innenleben nach außen gekehrt. In der Küche nur noch Scherben. In seinem Wohnzimmer die Möbel mutwillig zerkratzt, manche umgeschmissen, der alte Kronleuchter von der Decke gerissen, der Glaskasten zertrümmert, samt Innenleben. Das Karlsbader Service seiner Mutter, die Figuren der Porzellanmanufaktur Augarten, die Ausgrabungen aus Zypern, Schmuggelware seines Vaters, als er im UNO-Auslandseinsatz diente. Hinsetzen will er sich, der Metzger, nur noch weinen, aber sogar das bleibt ihm verwehrt, denn dort, wo immer noch Danjelas Blut-Tapete auf dem Boden liegt, haben sich Lederteile dazugemischt. Und woher sie stammen, wird sofort ersichtlich.

Sein Chesterfield-Sofa.

Zerschnitten. Mit einem scharfen Messer.

Tiefe Wunden. Nichts mehr zu retten.

Nur noch weg!

Und jetzt läuft er, der Metzger, die Stiegen hinab, auf die Straße hinaus. Das Ziel klar. Die Angst groß, die Vorahnung erdrückend. Das erstbeste Taxi winkt er an den Straßenrand, los geht die Fahrt. Dorthin, wo er die letzten Wochen zu Hause war, in seine zweite Heimat. Und bereits nach Setzen des Blinkers und noch bevor es in die Gasse geht, bleibt der Wagen stehen. Kein Durchkommen. Wie in seiner Wohnung. Ein Weiterfahren nicht möglich.

Alles gesperrt.

Rauch steigt empor, ein Lodern, Züngeln. Zwei Einsatzfahrzeuge der Polizei blockieren die Straße. Dazu Löschfahrzeuge der Feuerwehr im Einsatz.

Und der Metzger weiß es, sieht den Flammenherd.

Sogar der letzte Ort seiner Zuflucht verloren. Die Werkstatt.

Nichts mehr übrig. Nur mehr sein Leben.

„Da geht es nicht weiter. Was machen wir jetzt, mein Herr?", zeigt sich der Taxifahrer ahnungslos.

„Zu Kassandra", flüstert der Restaurator.

„Gern. Welche Adresse hat das Bordell?"

„Haben Sie ein Handy? Dann geben Sie ein: Kampfsportzentrum Kassandra."

Der Rest ist Schweigen. Nur noch die Fahrt durch die nächtliche Stadt. Vorbei an all den vielen Häusern, hinter deren Fenstern bereits die Nacht eingekehrt ist. Nur noch vereinzelte Lichter brennen, als wollten sie dem Metzger seine Bedeutungslosigkeit zeigen. Denn hinter jedem dieser Fenster, ob hell oder dunkel, besteht ein Universum für sich. Menschen, die sich ihre eigene Welt errichtet haben, prall gefüllt mit:

Wünschen, Träumen, Hoffnung.

Freude, Verbitterung, Hoffnung.

Reichtum, Armut, Hoffnung.

Und immer wieder Hoffnung.

Sie ist allgegenwärtig.

Selbst der Hoffnungslose trägt sie in sich, als Marker dessen, von dem er glaubt, es längst verloren zu haben. Nein, die Hoffnung lässt sich nicht austricksen, stellt uns vor ein scheinbar ewig sprudelndes Füllhorn, verpasst uns den Irrglauben, es wäre alles auszuschütten imstande, mit einem Quicktipp sogar, und wir hätten ewig Zeit. Leben wie im freien Schwung der Hängematte, die beiden fixen Eckpfeiler vergessen.

Geburt und Tod.

Das Kommen und das Gehen.

„Wir sind da, mein Herr!"

„Stimmt so!"

„Aber das sind 20 Euro ...!"

Geld: unwesentlich. Macht nicht reicher, steigert nur den Verlust.

Und weg ist Taxifahrer Nummer zwei.

Zurück bleibt diese Dumpfheit. Leere. Und ein Trieb, als hätte sein Inneres einen Vorwärtsgang einlegt, der ihm jetzt aus reinstem Selbstschutz keine Pause vergönnt. Nichts mehr zu verlieren.

Seltsame Kräfte werden da wach.

Wie eine Einladung scheinen dem ansonsten so friedfertigen Willibald all die Gegebenheiten: die so menschenleere Straße, die Dunkelheit in dem betreffenden Gebäude, dazu die Glasscheibe des im Erdgeschoss gelegenen Kampfsportzentrums Kassandra, das große Venussymbol darauf wie eine Zielscheibe, die Glastüre, die verschwommen zu sehende Fotogalerie an den Wänden, die Türklingel, offenbar eine Attrappe, denn da regt sich nichts, die auf der anderen Straßenseite stehenden Mülltonnen.

Einmal Buntglas, einmal Weißglas, zweimal Plastik und Metall, zweimal Papier. Letztere scheinen ihm am handlichsten, weil offenbar frisch entleert. Also los.

Völlig problemlos lässt sich eine der Tonnen aus der Verankerung lösen und in Bewegung setzen, schnell genug, um wie ein Rammbock mit einem berstenden lauten Knall die Glasscheibe des Kampfsportzentrums zu durchstoßen.

Und es ist dem Metzger völlig gleichgültig.

Alles. Das Einbruchsdelikt, die vielen Splitter auf dem komplett mit Kampfmatten ausgelegten Boden, das einen Stock darüber angehende Licht.

„Welcher Fetznschädl bricht so leise in ein Kampfsportzentrum ein, dass sogar jemand aufwacht, der so ein hiniges Trommelfell hat wia i!“

Unübersehbar strahlt es einen Stiegen-Abgang herunter, der direkt auf den Mattenboden führt, erleuchtet links der Treppe die Wand, die vielen eingerahmten Fotografien.

„Kruzitürken – hast an Klescher? Wie warat's mit Klingeln! I hob a Glockn, die vierazwanzig Stunden läut.“

„Maximal im Radio! Die hier ist kaputt!“

Völlig unbeeindruckt von der herabdröhnenden Stimme „Du meinst, so wie jetzt die Scheibn!“ geht der Metzger auf die Bilder zu. Kämpfer in weißen Anzügen und schwarzen Gürteln, im Einsatz, als Gruppe.

„Was willst du hier, außer a Einweisung auf die Intensivstation?“

Auf Siegertreppen, mit Medaillen und Pokalen.

Und Kämpferinnen.

„Reden soist!“

Zwei, um genau zu sein.

„Oda homs da ins Hirn g'schissen!“

Beide drahtig, mit langem, schwarzem Haar, strahlendem Lächeln, auf den weißen Kampfanzügen je eine schwunghafte Unterschrift:

Sara & Kassandra

9

Falke: Wollnar!

–

Falke: Wollnar! Verdammt, geh ran.

Wollnar: Hallo, wer spricht? Und vor allem wo?

Falke: Nimm endlich Hürrems Stöpsel vom Nachtkästchen.

Wollnar: Hallo?

Falke: Zerstör den Stöpsel, Petar, sofort!

Wollnar: Wer spricht hier bitte?

Falke: Ich bin's, der Senekowitsch!

Wollnar: Willibald ist nicht da, er ...

Falke: Ich weiß das alles. Alle wissen es. Friedmann hat Pichlmayrs Funk mitgenommen und wir Idioten haben Hürrems Stöpsel nicht vernichtet. Ihr müsst schleunigst weg.

Friedmann: Hier Geier. Bravo zur Selbsterkenntnis, Habicht. Und danke. Supa Mitarbeit!

Yellow brick road

Hell steht der Mond über dem schmierigen Glasdach der Garage.

Wo sonst hätte Petar Wollnar auch hinsollen, wenn es darum geht, unterzutauchen.

„Der Zustand ist sehr kritisch!“, zeigt sich Tierärztin Bianca Karl besorgt, während sie auf einem alten Klappsofa Hürrems Wunde neu verbindet. „Also bitte rauchen Sie nicht, Herr Grabowsky!“ Wahrscheinlich kann sich Miłosz Grabowsky gar nicht daran erinnern, wann zuletzt im Wachzustand keine Selbstgedrehte zwischen seinen Lippen hing, in diesem Fall aber macht er gern eine Ausnahme. Auch um des wunden Herzens seines Freundes willen.

Nur ein kurzer Anruf war nötig: „Miłosz, ich brauch dich!“

„Ein Abschleppung?“

„So ungefähr. Aber ich komm zu dir.“ Freunde eben.

Kurz darauf wurde Hürrem in den Pritschenwagen gelegt und ging es in die Grabowsky-Garage, denn die Tierarztpraxis war kein sicherer Ort mehr.

„Immer eine Zitterpartie, wie dein Pritschenwagen!“, lautete der erste Kommentar des Automechanikers, als ihm Hürrem auf sein Sofa gelegt wurde. Diesmal aber schaut es mit der §57a-Begutachtungsplakette schlecht aus.

„Sie fiebert. Und aufwachen sollte sie eigentlich auch schön langsam!“

„Und wenn nicht!“, marschiert Petar Wollnar angespannt im Raum umher.

„Wenn sich ihr Zustand nicht verbessert, müssen wir sie wohl oder übel ins Spital bringen.“ Und genau das lässt Petar Wollnar noch unruhiger werden, als er ohnedies schon ist. Zu deutlich klingen die Worte des gestrigen Abends nach.

Zuerst aus dem Mund des Polizisten Friedmann: „Du bist tot, Kaplan, tot!“

Dann Hürrems Hauchen: „Nicht die Rettung. Dann findet mich die Polizei, und wir sind erledigt, Petar!“

Schließlich der kurze Funkverkehr zwischen Falke und Geier. Sprich Senekowitsch und Friedmann.

Seine größte Sorge aber ist aktuell die Tatsache, den Metzger nicht mehr erreichen zu können. Immer wieder hat er es probiert, erfolglos. Nichts kann er ausrichten, überlegt hin und her. Ja, und dann hat er doch eine Idee: mit Kaplan. Wenn sich schon Hürrems Mobilfunkanbieter mit einer 24-Stunden-Servicehotline brüstet, warum diese nicht nützen und ein bisschen was herausfinden.

Wie sich Petar Wollnar in der Grabowsky-Garage mit einer ordentlichen Portion Wut und Bauernschläue als höchst nützlich erweist, TEIL 1

Willkommen beim Jellow-Serviceteam, wir freuen uns über Ihren Anruf. Halten Sie bitte Ihr persönliches vierstelliges Kundenkennwort bereit. Dieses finden Sie auf Ihrem Serviceantrag. Haben S...

Was heißt Kundenkennwort, verdammt?

Kurze Zeit später

Ha!

Willkommen beim Jellow-Serviceteam, wir freuen uns über Ihren Anruf. Halten Sie bitte Ihr persönliches vierstelliges Kundenkennwort bereit. Dieses finden Sie auf Ihrem Serviceantrag.
Haben Sie Fragen zur Rechnung, drücken Sie die 1.
Haben Sie Fragen zu unseren Angeboten, drücken Sie die 2.
Haben Sie technische Fragen, drücken Sie die 3.

Gibt's das!

Bitte treffen Sie eine Auswahl: Drücken Sie die 1 bei Fragen zur Rechnung, die 2 bei Fragen zu unserem Angebot, die 3 bei technischen Fragen.

–

Diese Taste ist nicht vergeben. Bitte drücken Sie die 1 bei Fragen zur Rechnung, die 2 bei Fragen zu unserem Angebot, die 3 ...

Dupek!

Sie wollen Informationen zu unseren Angeboten? Drücken Sie die 1, falls Sie schon Jellow-Kunde sind. Drücken Sie die 2, falls Sie Jellow-Kunde werden möchten.

–

Danke, dass Sie sich bereits für Jellow entschieden haben. In Kürze verbinden wir Sie mit einem unserer Mitarbeiter.

Musik setzt ein
Dreißig Sekunden später

Da uns Ihre Anliegen sehr am Herzen liegen, sind im Augenblick alle Leitungen besetzt. Bitte haben Sie noch etwas Geduld. Der nächste freie Mitarbeiter wird sich in Kürze melden.

Musik setzt ein

Kurwa!

Weit mehr als Sekunden später

Da uns Ihre Anliegen sehr am Herzen liegen, sind im Augenblick alle Leitungen besetzt. Bitte haben Sie noch etwas Geduld. Der nächste freie Mitarbeiter wird sich in Kürze melden.

Musik setzt ein

Kurwa, Kurwa, Kurwa!

Weit mehr als Sekunden später

Da uns Ihre Anliegen sehr am Herzen liegen, sind im Augenblick alle Leitungen besetzt. Bitte haben Sie noch etwas Geduld ...

Kurwa, Kurwa, Kurwa, Dziwka!

... Der nächste Mitarbeiter wird sich ...
Jellow-Serviceteam, Sie sprechen mit Mary-Joy Meier, wie kann ich Ihnen helfen?

MitarbeiTERIN!

Wie bitte?

Mir wird seit einer halben Stunde ein MitarbeiTER angekündigt! Mary-Joy klingt allerdings eindeutig nach -TERIN!

Ich werde den Fehler gerne weitergeben. Wollen Sie mit einem Mann sprechen?

Einer, der sich dann so blechern anhört wie der Schmalzbruder in Ihrer Warteschleife? Nein danke!

Das war nicht Blech und Schmalz, sondern Silber und Eisen. Und es sind genau sechs Minuten.

Wie bitte?

Mein System zeigt mir, dass Sie nicht vor 30 Minuten, sondern vor exakt vor sechs Minuten und nun neun Sekunden bei uns angerufen haben. Zehn Sekunden. Elf Sekunden.

Na bravo. Ein kluges System. Das trifft sich gut, weil ich brauch Ihre Hilfe.

Dann bräuchte ich bitte zuerst Ihren Namen und das persönliche Kundenkennwort.

Name: Petar Wollnar. Kundenkennwort: 0807, der Geburtstag meiner Tochter. Was natürlich kein Kennwort, sondern eine Kennzahl ist – also gleich die nächste Irreführung.

Auch diesen Fehler werde ich gerne weitergeben. Bitte schön, Herr Wollnar. Was kann ich für Sie tun?

Ich steh mitten in der Nacht auf der Intensivstation. Meine Tochter ist verunfallt und liegt im Koma. Ich muss ihren Mann informieren, hab aber seine Nummer nicht und das Handy meiner Tochter wurde bei dem Unfall zerstört.

Oh, das tut mir leid, Herr Wollnar. Nur kann ich Ihnen da leider auch nicht helfen, weil auf das Handy Ihrer Tochter hab ich keinen Zugriff. Fragen Sie Ihre Frau, Geschwister, Freunde und Bekannte ...

Meine Frau ist tot, Geschwister hat sie keine, und wie bitte soll ich die Freunde und Bekannten meiner Tochter fragen, wenn ich nicht in ihr Handy komm? Unfall! Zerstört! Notsituation! Haben Sie nicht zugehört?

Ich versteh Ihr Problem, Herr Wollnar, wirklich. Vielleicht hat sie zuhause einen Kalender. Wie gesagt, leider: Auf die Handydaten Ihrer Tochter hab ich keinen Zugriff.

Aber auf ihre persönlichen Daten haben Sie Zugriff. Meine Tochter und ihr Mann sind frisch umgezogen, und ich gebe zu, ihr Mann ist ein Trottel. Ich hab also auch ihre gemeinsame Adresse nicht, muss aber jetzt über meinen Schatten springen und ihn informieren. Das gehört sich so. Verstehen Sie das denn nicht. Und ich kann sonst niemanden fragen außer –

Ein klassischer Fall, um zur Polizei zu gehen, würde ich sagen!

Und wichtige Zeit zu verlieren, Frau, Frau ...

Mary-Joy Meier?

Joy kann ich jetzt gut gebrauchen. Also: Meine Tochter heißt mit Nachnamen Kaplan, wie der Kaplan. Sie ist wie ich Jellow-Kundin, und ihre Nummer nach der Jellow-Vorwahl wäre die Eins, die Eins, die Eins, die Sieben, die Sieben, die Sieben. Die Acht und die Neun.

11177789. Und Sie wollen ihre Anschrift?

Ganz genau.

Das ist mir leider strengstens untersagt, fremden Menschen über private Daten anderer Auskunft zu erteilen.

Was ist an einem Vater ein fremder Mensch? Vor allem in so einer tragischen Situation.

fünf Sekunden später

Spreche ich hier immer noch mit der Warteschleife, nur diesmal ohne Silbereisen?

Sie sprechen mit Mary-Joy Meier, und ich kann Ihren Unmut sehr gut verstehen, Herr Wollnar, bitte Sie aber wirklich, in dieser Angelegenheit einen Brief oder ein Email zu schicken, die Kontaktdaten finden Sie auf unserer Homepage. Vielen Dank für Ihren Anruf.

Legen Sie jetzt auf?

Haben Sie noch Fragen zu unseren Angeboten?

Verdammt, sind Sie gut.

Vielen Dank für Ihren Anruf.

Ja, darf das wahr sein? Bekommen Sie bei Jellow eine eigene Einschulung? Ich rate Ihnen, gehen Sie in die Politik, da ist sowas gefragt.

zehn Sekunden später

Super, Manuela! Danke, dass du die größten Vollidioten immer zu mir durchstellst. So ein elender Klugscheißer! Ein Notfallanruf und sich zuerst einmal beschweren mitten in der Nacht, bevor es ums eigene Kind geht. Na bravo. Wenn der nicht lügt wie gedruckt und wirklich eine verunglückte Tochter hat, die im Koma liegt, kann man ihr nur wünschen, in einer Welt ohne so einen Vater wieder aufzuwachen. Einen scheiß Job haben wir …

Ich bin noch dran! Hallo? Frau Meier?

Nur Gutes

Da braucht sich dieses zierliche Wesen, das nun mit geballten Fäusten drei Stufen abwärts auf einmal überwindet, gar nicht extra vorzustellen, um von Willibald Adrian Metzger als Hürrems Schwester erkannt zu werden und ihm ein „Und Sie sind jetzt Kassandra?“ abzuringen. Was natürlich keine sonderlich herausragende Geistesleistung ist, wenn man grad dank Altpapiertonne erstens eine Fensterscheibe mit der Aufschrift *Kampfsportzentrum Kassandra* demoliert hat und zweitens vor einem mit *Kassandra* unterschriebenen Foto steht.

Entsprechend gering der Ausbruch an Begeisterung: „Muss i mi jetzt geehrt fühlen, dass Sie ka Analphabet san, oder unterstreicht das nur Ihre Dämlichkeit!“ Und schwups, hebt sich die Dame federleicht von der drittletzten Stufe ab und schwebt dem Restaurator mit gestrecktem rechtem Bein und gespannter Fußsohle dergestalt entgegen, wie es ansonsten nur in diesen japanischen oder chinesischen Zeitlupenkampfsportfilmen zu beobachten ist. Petar Wollnar hätte die reinste Freude. Der Metzger hingegen freut sich einzig über jedes Gramm Fett zu viel an seinem Körper, denn das dämpft. Sowohl den Einschlag in seiner Brust als auch den Abflug rückwärts. Und selbstverständlich auch die Landung, allerdings besagter Kassandra auf seinen Schultern. Er selbst kracht neben dem Mattenboden auf das Feinsteinzeug. Nicht so fein.

Ebenso wenig die Verhörmethode der nun auf ihm knienden Chefin des Kampfsportzentrums.

Gewaltige Watschen rechte Backe.

„Wer sind Sie?“

„Ich –“

Gewaltige Watschen linke Backe.

„Was wollen Sie!“

„Ich –"

Gewaltige Watschen rechte Backe und linke Backe.

„Schauen Sie sich den Schaden hier an. Wissen Sie, was das für mich heißt, wissen Sie das!"

„Ich –"

Gewaltige Watschen rechte Backe, linke Backe, rechte Backe, linke Backe, zärtlicher zwar, aber trotzdem weiter, rechte Backe, linke Backe.

„Schluss, verdammt, bevor ich einschlaf aus Langeweile!", brüllt der Restaurator wutentbrannt, derart real an seine Schulzeit und die Dresche auf der Hundstrümmerlwiese erinnert. Wäre er jetzt nicht Willibald Adrian Metzger, sondern Doktor David Banner, er würde sich grün färben wie der Mattenboden neben sich und als Hulk für Ordnung sorgen. So aber bleibt ihm nur die Kraft seiner Worte: „Mir kann heut nichts mehr wehtun, also sparen Sie sich das Theater. Ich bin wegen Ihrer Schwester hier!"

Und schlagartig wird die Dame über ihm ruhig, ihre Augen hellwach, die Backen des Metzgers wie Glutnester. Skeptisch ihre Stimme.

„Und Sie sind garantiert keiner ihrer Kollegen, außer der Nerd hinter dem Bildschirm!"

„Eher hinter dem Hobel. Willibald Adrian Metzger! Restaurator."

Mit einem zackigen Sprung ist sie auf den Beinen und streckt ihrem beinah K.-o.-Sieg inmitten des Scherbenhaufens die Hand entgegen.

„Kassandra Kaplan!"

Kaplan also. Hürrem Yildirim heißt somit im realen Leben Sara Kaplan.

„Und was ist mit ihr!"

Beinah fängt sich der Metzger gleich die nächste Abreibung ein, denn seine Hand verschwindet in seiner Sakkotasche.

„Halt, halt, halt!“, hebt er beide Arme. „Ich hab wirklich keine Lust auf eine Direkt-Einweisung Richtung Intensivstation. Wie Ihre Schwester! Sara liegt mit einer schweren Schussverletzung und ohne Bewusstsein in einem Krankenbett.“

Es ist eine seltsame, abgeklärte Reaktion, die Kassandra Kaplan nun an den Tag legt: „Also ein Arbeitsunfall!“ Zielstrebig peilt sie einen kleinen gläsernen Getränkekühlschrank an, entnimmt diesem zwei Flaschen Bier. „Musst ja passieren, eines Tages.“ Reicht dem Metzger eine davon. „Und Sie? Sind ihr in die Quere gekommen?“

„Nicht ich, sondern die Polizei!“

Worauf Kassandra stutzig wird.

„Wie? Die Sara is die Polizei! Abteilung für Bandenkriminalität. Die hat schon als Gartenzwerg Räuber und Gendarm gespielt und mit vierzehn den ersten Verbrecher in die Waagrechte befördert, bei einem Ladendiebstahl!“

Und logisch erzählt der Metzger jetzt gleich in einem Aufwaschen seine ganze Geschichte, pfeif drauf, beginnend mit der missglückten Hochzeit und seiner Danjela, die ja hier trainiert. Ist eben unwiderstehlich, so ein warmherziges, derart offenes Frauenzimmer vor sich zu haben, das einem schon allein mit den Augen und dem strahlenden Lächeln die Tür in ihre Gesprächstherapie-Praxis, ihren Beichtstuhl so derart sperrangelweit öffnet, da traut sich dann sogar der größte Dickhäuter noch durch.

Worauf auch Kassandra umgekehrt gesprächig wird:

„Sie gehören zu Danjela. Das ist ja nett!“

„Wieso nett!“

„Weil sie viel von Ihnen erzählt hat. Nur Gutes!“

„Das glaub ich jetzt nicht?“

„Gut, dass der starke, schlagkräftige Mann im Haus sie ist und es nötig wird, sich kämpferisch zu wappnen, bei dem, was da möglicherweise noch alles passieren wird in dieser Welt, hat sie auch erklärt!"

Und dann berichtet sie. Wie glücklich Danjela hier war.

Wie „unsere Merita“ ihr bei einem Handtaschenraub geholfen und die Adresse gegeben hat. Ja, und eines Tages tauchte sie dann auf.

Wie aus den Trainingseinheiten bald Begegnungen mit Freundinnen wurden, was nur möglich war, weil keine Männer erlaubt sind, sich Frauen also auch ihre Schicksale anvertrauen. Und als es eines Abends immer später wurde und Danjela nur noch mit Sara, Merita und ihr, Kassandra, beisammensaß, begann Merita, von ihrer Heimat Albanien zu schwärmen, Danjela schließlich zu weinen und davon zu erzählen, ein Leben vor ihrem Leben gehabt zu haben, in dem sie „Anjeza“ gerufen wurde und aus dem sie fliehen musste. Ein Leben in Albanien eben, mit Familie und einem Bruder namens Tariq, der eine Merita liebte und für diese Liebe den Tod fand.

„Albanien!“, traut der Metzger seinen Ohren nicht. Darum also verstand er kein Wort, wenn Danjela neben ihm ihre Alpträume hatte und im Schlaf vor sich hinmurmelte.

„Sara ging es ähnlich, Herr Metzger. Ich weiß noch genau, wie es da auch ihr die Sprache verschlagen hat!“

„Und warum?“

„Genau das hab ich sie dann unter vier Augen auch gefragt, und mehr als ein ‚Darüber kann ich nicht reden. Ist dienstlich!‘ war aus ihr nicht herauszubekommen. In beruflichen Angelegenheiten ist bei Sara eisernes Schweigen angesagt! Jedenfalls waren Sara und Danjela von da an ständig in Verbindung.“

Ja, und weil das im Leben einfach ein ehernes Gesetz ist wie die Schwerkraft auf dieser Welt und die Schwerelosigkeit im dazugehörigen Raum, endet der Spaß genau in diesem Moment, wo es eben am interessantesten wird.

Ruckzuck dreht Kassandra das Licht ab, packt den Metzger, „Runter!“, und reißt ihn zu Boden.

Eingebrochen muss im Kampfsportzentrum Kassandra nicht mehr werden, denn Willibald Adrian hat ja bereits ganze Arbeit geleistet. Keine Scheibe mehr. Ein Drauflosgeprügel soll es aber trotzdem geben. Mit Baseballschlägern. Sichtlich verdutzt steigen reihenweise Männer mit ihren Keulen in der Hand von der Straße durch das bereits zerborstene Fenster, allen voran Goldzähnchen, der Feuerspucker.

Da überlegt der Metzger noch, ob es überhaupt Sinn macht, mit diesen Herrn vielleicht doch zuerst das Gespräch zu suchen, springt schon neben ihm ein Schatten hoch und dieser Truppe entgegen.

Nummer eins, ein Zniachtl, wird dank Kassandras Sprungkraft und der Treffsicherheit ihrer Beine zu Fall gebracht wie ein morscher Baum.

Bei Nummer zwei sind, wie der Metzger mit Erstaunen hinter der Ecke beobachtet, zusätzlich auch Kassandras Hände im Einsatz.

Nummer drei aber dürfte einer jener Artisten des Zirkus *Juwel* sein, der auf dem Boden liegend irgendwelche Kolleginnen in die Luft stemmt, auf dass diese dann auf seinen Händen bestaunenswerte Figuren turnen, oder kopfüber mit den Knien eingehakt in einer Schaukel schwingt und aus dem Flug diverse Kollegen vom Himmel fängt wie Kinder die Maikäfer.

Kurzum: Die Nummer drei ist ein Kraftlackel sondergleichen, die Nummer vier war einst wahrscheinlich ein Tanzbären-Bändiger oder russischer Hammerwerfer, ja, und die Nummer fünf, das feuerspuckende Drachengesicht, dürfte ein Meister darin sein, Messer zwischen den Extremitäten wahrscheinlich willenloser oder erpressbarer oder einfach nur hirnamputierter Blondinen in Holzwände zu versenken.

Der perfekte Zeitpunkt also, die bittere Wirklichkeit der tapfer um sich schlagenden Kassandra in einen Bruce-Lee-Film hinübergleiten zu lassen, oder in Bud Spencer und Terence Hill. Irgendein alter Schinken, wo eben immer nur die anderen ordentlich einkassieren.

Nur leider ...

Und weil Selbstverteidigung auch heißt, klug genug zu sein, die eigenen Vorteile und den richtigen Zeitpunkt zu erkennen, um rechtzeitig das Heil in der Flucht zu suchen, nimmt Kassandra nun Reißaus. „Laufen Sie, Metzger!"

Logisch ergibt sich da eine massive Diskrepanz zwischen Wollen und Können, wird der Abstand zwischen den beiden immer größer – „Schneller, Metzger!" – und jener zu den Hintermännern immer geringer.

Wie gern würde Willibald Adrian noch ein „Ich ergebe mich!" von sich geben, ein „Was immer ihr wollt, ich ...!" Nur so weit kommt es nicht mehr. Das sich gründlich in das Fleisch seines Oberschenkels vertiefende Messer bekommt er noch mit, das war es dann aber auch schon.

Finsternis.

Zuhause

Die Vergangenheit schlich sich langsam in ihre Gegenwart. Kam wie ein Dieb.

Anfangs nur in ihren Träumen. Ibrahim, Mehmet und Dejan. Alle waren sie wieder da. Tariq. Und die Angst.

Schlaflose Nächte. Schweiß.

„Was ist denn los, Danjela!"

„Ach, sind nur Hormone, Willibald."

Bei ihm hatte sie nach dem Tod des Schulwarts Hans Djurkovic endlich Heimat gefunden. Wie durch ein Wunder stand er plötzlich in der Direktion. 25 Jahre nach seiner Matura. Einladungen zu einem Klassentreffen wollte er verteilen. Ihr Metzger. Ihr Lebensmensch.

Einer erfüllt von Liebe und Vertrauensseligkeit.

„Aber du murmelst im Schlaf, Danjela. Oder schreist. Ich mach mir Sorgen!"

„Ist alles gut. Nur Fantasie!"

Eine mit wahrem Hintergrund.

So in Sorge war sie plötzlich, auch um ihren Willibald, so erfüllt von der Idee, zur Stärke finden, sich wappnen zu müssen. Denn was, wenn Dejan wieder auf freien Fuß käme? Wenn er entlassen wird? Nichts davon konnte sie belegen. Alles Gefühl. Instinkt. Nur was hat der Mensch auch sonst an tiefstem Wissen als genau dieses Gefühl, diesen Instinkt, den nur der Verstand linkisch auszuspielen vermag.

Es war ein einsamer Vormittag, der Metzger wie so oft in seine Arbeit versunken, als sie vor dem Kampfsportzentrum namens Kassandra stand, nur für Frauen. An Merita musste sie denken, zuerst an jene, die ihr geholfen und genau diese Adresse gegeben hatte, und schließlich an ihren Bruder Tariq und die verstorbene Merita Sulemanjiu. So groß plötzlich ihr Drang hineinzugehen, als zögen sie unsichtbare Fäden. Bald wurden aus den Trainingseinheiten Begegnungen mit

Freundinnen, erzählten sich Frauen ihre Schicksale, und als Danjela eines Abends neben Merita, Sara und Kassandra saß, gab sie erstmals überhaupt nur einen Bruchteil ihrer Vergangenheit preis. Nicht viel. Und doch mehr als genug. Denn Sara verschlug es die Sprache. Was los sei, wollte Danjela später unter vier Augen von ihr wissen.

„Glaubst du an Wunder?“, war die Antwort.

Nein, aber an das Schicksal. Es führt uns, wenn wir bereit sind, darauf hören zu wollen, wie hart die Botschaft auch sein mag.

Und das haben sie. Sara und Danjela.

„Vertrau mir, Danjela. So hart es ist. Aber eine andere Chance, um das alles hinter dir zu lassen, hast du nicht“

Absolut richtig fühlte es sich an.

So gut war es durchdacht.

Bis die Hochzeit von Seiten der Polizei zu Dornhauer verlegt wurde. Gegen Danjelas Willen.

Bis schließlich einer der Agenten in der Wohnung von Josip enthauptet wurde.

Und schließlich jener Moment im Wagen.

Dejan, Josip und sie.

Josip, der ein Messer zückte. Zuerst auf Dejan einstach. Ihr danach das Bewusstsein raubte. Nur ein Schlag. Aufgewacht ist sie in einem fensterlosen Raum.

Und wieder Josip, der plötzlich in der Türe stand. „Hoch mit dir! Ibrahim will dich sehen.“

- Ibrahim!
- Willkommen zurück.
- Warum sitzt du auf Chesterfield-Ohrensessel aus Werkstatt? Hast du getötet Willibald?
- Was denkst du von mir? Ach Anjeza.
- Danjela. Heiß ich Danjela.
- Du heißt Anjeza, aber ich nenn dich gerne Danjela! Eine, die nicht aus Albanien stammen will, wie mir zu Ohren kam. Warum gibst du dich als Kroatin aus und sprichst obendrein ein so schreckliches Deutsch? Nach all den Jahren hier? Dummheit kann es doch nicht sein?
- Sondern Gegenteil.
- Klugheit? Lustig.
- Eigentlich ist traurig. Weil fällt leichter hier leben mit Akzent und sagen können: „Komm ich aus Kroatien!", als leben hier ohne Akzent und sagen müssen: „Ich bin in Albanien geboren, lebe aber schon viele Jahre in Österreich!"
- Na, geht doch.
- Gibt nur eine Grund, warum steht Kroatien für Mittelmeer und Urlaub und Sommergefühle und gegrillte Fische und steht Albanien für Mafia und Verbrecher, obwohl gibt in Albanien so viel gute Menschen. Grund bist du.
- Komm mir jetzt bitte nicht mit Mutter Teresa.
- War sie Engel für Arme.
- Sie hat Notleidende gefüttert, wir aber helfen ihnen, sich selbst zu ernähren. Wir sichern mit Jobs ihr Überleben. Sind wir dann keine Engel der Armen?
- Hat sogar Albaner James Belushi mit nur einzige Film Blues Brothers mehr beigetragen für Welt als du in deine ganze Leben!

– Ach Anjeza! Du verstehst so wenig und redest so viel. Immer noch.
– Heiß ich Danjela!
– Was ist schön an diesem Namen? Danjela! Anjeza kommt von Agnes, Lamm Gottes. Aus dem Griechischen, *hagnos*, heilig, rein, geweiht. Und die Griechen sind uns nahe.
– In deine Hirn ist Gott aber andere Wort für Mann und Frau ist andere Wort für Sklave, Leibeigene, wie Vieh.
– Dann hast du mit Danjela eine wunderbare Wahl getroffen. Wenn ich mich nicht irre, kommt der Name von Daniel. Heißt: Gott ist dein Richter. Also ich.
– Heißt: Gott sei mein Richter, verstehst du. Also nix du oder Josip oder andere Teufel. Danjela ist Ausdruck für Selbstbestimmung. Bedeutet Name für mich Freiheit!
– Darauf legst du Wert, ich weiß. Sogar ins Wasser gehen wolltest du dafür. Und trotzdem bist du sogar heute noch nicht so weit, Freiheit zu verstehen!
– Na bitte, dann erklärst du mir!
– Freiheit, Anjeza, ist kein Land, kein Staat, kein Lebensraum, kein Ort, niemals. Freiheit ist eine Idee. Mehr nicht. Ein Hirngespinst der Verführung, eine Ausrede der Unzufriedenen. Menschen, die davonlaufen wollen, suchen sie, und die Lügner unter ihnen behaupten sogar, sie gefunden zu haben. Menschen, die von dort wegwollen, wo sie eigentlich hingehören. Und am Ende landen sie wieder in einem Gefängnis. Nur wer seine Unfreiheit akzeptiert, kann glücklich werden.
– Und du? Bist du?
– Jetzt, wo du vor mir stehst, bin ich es.
– Ist aber nix Glück, sondern nur Befriedigung von Rachsucht und Gier. Alles andere ist Blabla. Versteckst du dich hinter weise Worte, wie alle Großkapitalisten und Verbrecher, und hast du trotzdem nix Funken von Moral.

- Hier geht es doch nicht um Rache und Gier. Hier geht es um Liebe.
- Sprichst du nicht von Liebe. Sogar eigene Sohn hast du getötet!
- Dejan war immer schon zu schwach. Ein Risiko, ein Mensch ohne Prinzipien, der alles mit in den Abgrund reißt. Er hätte damals, als Mehmet sich an dir vergangen hat, zu mir kommen und von Mehmets Tod erzählen sollen. Alles wäre gut gewesen. Ich hätte dich verstanden und vielleicht damals schon den Fehler vermieden, dich mit Dejan verheiraten zu wollen. Er aber hat den Weg des Betruges gewählt. An mir, später an dir. Hat sein Versprechen dir gegenüber gebrochen. Seine zweite Chance war es nun, dich nach seiner Entlassung zu finden und zu mir zu bringen. Und was macht er? Er begeht Verrat. An seiner Familie. An allem, was ich aufgebaut habe. Er war eine Schande! Hast du wirklich gedacht, ich falle auf diese Inszenierung herein?
- Na, dann erzählst du!
- Dejan wusste, der einzige Weg für ihn, mich jemals wiederzusehen, ist es, dich zu finden und mir auszuliefern. Genau das wussten auch all jene, die mich suchen. Also habt ihr kooperiert und wurdest du Dejan nach seiner Entlassung auf dem Silbertablett geliefert, damit er dich zu mir bringt. Sogar deine Hochzeit hast du aus Rücksicht so angelegt, um allen Hass deines Umfeldes auf dich zu laden und niemanden zu gefährden. Der Verrat an mir sollte ohne Störung gelingen, keiner dich jemals wiedersehen oder dir nachspionieren wollen, bevor es zu Ende ist, schon gar nicht dein Willibald. Er ist ein guter Mann. Ein guter Mensch. Leider auch ein ungehorsamer. Nicht sehr klug von ihm, der Auftritt bei Dornhauer. Wir suchen ihn bereits, damit ihm nichts passiert.
- Wieso passiert?

– Es geschehen seltsame Dinge. Unkontrollierbare. Er muss aus der Schusslinie.
– Aber wieso? Weiß er nix von meine Vorleben.
– So tragisch das ist, aber ich glaub es dir nicht nur. Ich weiß es sogar.
– Wieso?
– Vergiss nie, wer ich bin. Und wer du bist. Wie lange also willst du noch davonlaufen vor dir und vor deinem Leben?
– Meinst du vor meine Tod. Sagst du Josip also hinter mir, soll er endlich zur Sache kommen. Hab ich nix mehr Lust auf letzte Aussprache.
– Zu welcher Sache?
– Mord. Bringst du zu Ende, was kannst du nix lassen.
– Hast du gehört, Josip?
– Hab ich noch gute Leben gehabt, letzte Jahre. Kann ich gehen in Frieden.
– Verzeih, wenn ich lachen muss. Was bitte macht denn das für einen Sinn, dich jetzt umzubringen? Mein Wunsch war es doch, dich lebend zu mir zu bringen. Warum glaubst du wohl?
– Hab ich keine Ahnung, was geht vor in kranke Hirn.
– Du hattest wie ich ja auch keine Ahnung, warum deine Mutter so unglücklich war mit der bevorstehenden Eheschließung zwischen Dejan und dir.
– Wollte sie mir nix Böses. Kannte sie dich eben.
– Das kann man so sagen. Ich habe sie geliebt. Verstehst du denn nicht, Anjeza? Ich bin dein Vater.

Erbfolge

Der Schädel brummt, der Oberschenkel schmerzt und Charlie schläft.

Willibald Adrian Metzger hatte bisher keinen Schimmer, wie sich so ein Elefant zur Ruhe bettet. Und selbstverständlich ist Elefant und Elefant nicht dasselbe. Selbst unter Afrikanern, Asiaten oder den irgendwo versteckt gehaltenen, genetisch garantiert längst wiederhergestellten Mammuts. Denn was den Schlaf betrifft, gibt es drei Kategorien.

Gruppe eins sind die in freier Wildbahn. So wurden beispielsweise Elefantenkühe mittels GPS-Halsbändern und Sensoren auf dem Rüssel untersucht, und wenn sich dieser Rüssel länger als fünf Minuten nicht bewegt, war klar, die Damen schlafen. Mehr als zwei traurige Stunden pro Tag kamen dabei im Durchschnitt nicht zustande. Stehend. Und nicht durchgehend. Rüsselspitze auf den Boden, Augen zu. Das war's. Jedes Dänische Bettenlager oder Concord-Matratzen-Geschäft ginge da jämmerlich in Konkurs. Und am dritten Tag wird nicht auferstanden, sondern hingelegt. Wobei es Tage gibt, an denen an Schlaf kein Gedanke verschwendet werden kann, weil die Herde vor Raubtieren beschützt werden muss.

Gruppe zwei sind die gegen Eintritt zu begaffenden Dickhäuter. Da heißt es sich extra dafür einen aufgekarrten, weichen Haufen Sand suchen, hineinkuscheln, zur Seite legen und Rüssel einrollen. Tiefschlaf. Stundenlang. Wozu auch die Mühe, wenn alles serviert wird, das Futter und die Gefahrlosigkeit. Und weil der Mensch glaubt, er könne die Gedanken der Tiere lesen und seine Auffassung von Glück und Bequemlichkeit anderen aufzwingen, verharrt er in dem Glauben, es ginge einer verwöhnten Königin besser als einer räudigen Buschprinzessin.

Und schließlich die Gruppe drei, sprich Charlie.

Er nämlich ist ein gegen Eintritt zu begaffender Dickhäuter – wobei es nach den Vorfällen rund um den Zirkus *Juwel* die nächste Zeit mit den Zuschauern sehr schlecht ausschauen wird – und schläft trotzdem wie in freier Wildbahn, also kaum und im Stehen.

Was seinerseits auf kein großes Vertrauen in seine Quartiergeber schließen lässt.

Und Willibald Adrian Metzger kann es voll und ganz nachvollziehen. Denn so wie er behandelt wurde, das wünscht man niemandem, und schon gar keinem Elefanten. Ein Elefant kann nämlich unmöglich für sich sprechen, so wie gleich der Metzger.

Und jetzt steht er hier, in einem leeren Zirkuswaggon, gerade erst wieder zu sich gekommen. Offenbar dürfte er mit irgendwelchen Schmerzmitteln ruhiggestellt ein wenig geschlafen haben, denn vor seinen Augen schiebt sich bereits, wie Poeten so gerne behaupten, die Sonne hinter dem Horizont hervor, und das, obwohl sie ein Fixstern ist. Die traut sich also was, die Sonne. Der Metzger hingegen könnte sich gar nichts trauen, so ermattet ist er. Grad dass es ihm gelingt, durchs Fenster hinaus ins Freie zu blicken. Auf diese kleine Lichtung. Rundum Wald. Ja, und mittendrin der schlafende Elefantenbulle Charlie.

Vier Araberpferde grasen in seiner Koppel, man dürfte sich also verstehen, unweit davon ein weiterer Käfig. Darin ein weißer Tiger, trotz Eisenstangen angekettet.

Dahinter erhebt sich das Zirkuszelt. Groß, mächtig. Weiß mit roten Streifen. Wie ein Palast. Aus dem nun drei Kamele herausspazieren, begleitet von einem Mann mit Peitsche. Sie dürften also fertig sein mit ihrem Training, die Wüstentiere, umgeben nun von haufenweis gesunden Nadelbäumen. Wo auch immer er grad ist, der Metzger, eines steht fest: Der Zirkus *Juwel* dürfte sein Quartier in keiner

Stadt aufgeschlagen haben. Wahrscheinlich nicht einmal in einer dicht bewohnten Region. Nicht unbedingt der beste Platz jedenfalls, um allein durch die gewiss faszinierende Außenwirkung, „Mama, schau, können wir bitte!“, „Papa, Papa, da will ich hin!“, „Was meinst du, mein Schatz, einmal wieder Kind sein!“, die Reihen zu füllen.

Und jetzt wird er richtig munter, der Metzger, denn was da von dem Herrn mit Drachengesicht in das Zirkuszelt getragen wird, kennt er bis zur letzten Naht. Der prächtige antikrote Chesterfield Wing Chair aus seiner Werkstatt. Der Ohrensessel des Herrn Andrejew.

Und genau der gibt sich nun die Ehre.

„So sieht man sich wieder!“, öffnet er die Tür. Ruhig die einsetzende Stimme, aber rau. „Verzeihen Sie die Rohheit meiner Männer, aber harte Zeiten erfordern oft harte Maßnahmen!“ Langsam geht er auf den Metzger zu, stellt sich neben ihn und blickt mit ihm aus dem Fenster. „Spannend. Oder? Josip will an einer neuen Nummer arbeiten und den Sessel einbinden. Ich hoffe, er ist vorsichtig!“ Friedlich wirkt er, abgeklärt, während sich draußen auf der Lichtung Männer sputen, gangförmige Gitter vor den Käfig des Tigers zu stellen, bis hinein in das Zelt, um irgendwann die Türen zu öffnen und das Tier mit gesenktem Kopf aus seiner Unterkunft springen zu lassen.

„Mein Hobby ist das, dieser Zirkus. Ich finanziere ihn, ich halte ihn am Leben, ja, ich liebe ihn. Er gibt mir das Gefühl der Grenzenlosigkeit, lässt mich für Momente unbeschwert sein. Und jetzt haben wir unser Zelt hier aufgeschlagen.“ Mit einer ruhigen, weiten Armbewegung deutet er um sich. „Ein Bauer hat uns den Platz überlassen. Hals über Kopf mussten wir die Stadt verlassen, als jenes Feindbild, das wir dank Ihrer Ansprache und dem YouTube-Video geworden sind! Darüber müssen wir noch reden. Wie über so vieles. Der Vorteil daran ist: Hier sind wir ungestört.“

Sein Atem geht tief. Seine Ausstrahlung, sein ganzes Erscheinen drückt Größe aus, Erhabenheit. Er ist hier der Herr. Der Gott. Der Herrscher über Leben und Tod. So scheint es zumindest.

„Ich sollte mich vorstellen! Der Mädchenname meiner Mutter war Andrejew. Mein Name ist der Name meines Vaters. Sulemanjiu."

Langsam dreht er sich um, blickt dem Metzger in die Augen und reicht ihm die Hand zum Gruß.

„Ibrahim Sulemanjiu. Und hätten Sie Anjeza, sprich Ihre Danjela, tatsächlich bereits geheiratet, wäre ich nun Ihr Schwiegervater!"

Willibald Adrian Metzger weiß nicht recht und greift dann doch zu. Nimmt die ihm entgegengestreckte Hand: „Und wo ist sie?"

„In Sicherheit, ich –!", will er weiter ausführen, da verdunkelt sich zuerst der Eingang des Waggons, dann das Gesicht des alten Mannes, als stünde ihm ein Dämon gegenüber.

„Du!"

Kein weiteres Wort mehr. Nichts. Nur noch ein Schuss, der Ibrahim Sulemanjiu leblos zusammensacken und seine Hand aus der Hand des Restaurators gleiten lässt. Dann geht es schnell, betreten vier kräftige Männer den Waggon. Einer davon mit einem schwarzen Sack in der Hand.

Und wieder: Finsternis.

Wie sich Petar Wollnar in der Grabowsky-Garage mit einer ordentlichen Portion Wut und Bauernschläue als höchst nützlich erweist, TEIL 2

Willkommen beim Jellow-Serviceteam, wir freuen uns über Ihren Anruf. Halten Sie bitte Ihr persönliches vierstelliges Kundenkennwort bereit. Dieses finden Sie auf Ihrem Serviceantrag.
Haben Sie Fragen zur Rechnung? Drücken Sie d...
Sie wollen Informationen zu unseren Angeboten? Drü...
Danke, dass Sie sich bereits für Jellow entschieden haben.
In Kürze verbinden wir Sie mit einem unserer Mitarbeiter.

Musik setzt ein
Dreißig Sekunden später

Da uns Ihre Anliegen sehr am Herzen liegen, sind im Augenblick alle Leitungen besetzt. Bitte haben Sie noch etwas Geduld. Der nächste freie Mi...

Fünf Minuten, dreiundzwanzig Sekunden später

...tarbeiter wird sich in Kür...
Jellow-Serviceteam, Sie sprechen mit Moses Baumgartner, wie kann ich i...

Moses Baumgartner! So ein Schwachsinn.

Willkommen beim Jellow-Serviceteam, wir fr...
Haben Sie Fragen zur Rechnung? Dr...
Sie wollen Informationen zu unseren Angeboten? Drü...
Danke, dass Sie sich bereits für Jellow entschieden haben.
In Kürze verbinden wir Sie mit einem unserer Mitarbeiter.

Musik setzt ein
Dreißig Sekunden später

Da uns Ihre Anliegen sehr am Herzen liegen, sind im Au...
Jellow-Serviceteam, Sie sprechen mit Tamara Özdemir, wie ka...

Ja, darf denn das wahr sein!

Willkommen beim Jellow-S...
Haben Sie Fr...
Sie wollen Inf...
Danke, dass Sie sich bereits für Jellow entschieden haben.
In Kürze verbinden wir Sie mit einem unserer Mitarbeiter.

Musik setzt ein
Dreißig Sekunden später

Da uns Ihre Anliegen sehr am Herzen liegen ...

Zwölf Minuten, zwei Sekunden später

Jellow-Serviceteam, Sie sprechen mit Mary-Joy Meier, wie kann ich Ihnen helfen?

Sie haben also einen scheiß Job?

Wer spricht bitte?

Hier spricht der, ich zitiere: Super, Manuela! Danke, dass du die größten Vollidioten immer zu mir durchstellst. So ein elender Klugscheißer. Und zuerst von sich reden und seinen Problemen. Wenn der eine verunglückte Tochter hat, die im Koma liegt, kann man ihr nur wünschen, in einer Welt ohne so einen Vater wieder aufzuwachen. Einen scheiß Job haben wir ...

!

Luft anhalten kann zum Erstickungstod führen, Frau Meier.

Herr, Herr ...

Petar Wollnar war mein Name. Kundenkennwort, das eigentlich eine Zahl ist: 0807, der Geburtstag meiner Tochter.

Herr Wollnar, ich dachte, Sie hätten längst aufgelegt.

Na, das nenn ich eine ausgesprochen freundliche Entschuldigung. Dachten Sie das also. Und das System? Hat das nicht für Sie mitgedacht? Typisch System.

Bitte entschuldigen Sie vielmals, das ist mir jetzt natürlich äußerst unangenehm. Ich, ich ...

... werd mal sehen, was ich als Wiedergutmachung in Ihrer Angelegenheit für Sie tun kann, Herr Wollnar. Das wollten Sie doch sagen, Frau Meier. Und jetzt geben Sie mir die Adresse meiner Tochter, damit ich endlich ihren Ehemann verständigen kann. Er weiß nicht, dass seine Frau im Koma liegt.

Ich, ich ...

Sie haben also einen scheiß Job? Ja? Wollen Sie einen anderen?

Ist das eine Drohung, Erpressung? Heißt das, Sie beschweren sich über mich, wenn ich nicht ...

Beschweren muss man sich wahrscheinlich auch schriftlich, nehme ich an. Das wollen Sie nicht erleben, wenn ich eine Parte meiner verstorbenen Tochter an Ihr Service-Team schicke und auf Sie verweise.

Sara Kaplan war der Name, hab ich recht?

Ihre Nummer wäre die Jellow-Vorwahl und dann die 111...

...77789. Offenbach-Siedlung, Block 6B, Tür 27. Wissen Sie, wo die ist, die Offenbach-Siedlung?

–

Herr Wollnar? Herr Wollnar? Hallo? Hallo?

Orpheus aus der Unterwelt

Ohne zu zögern, steckt Petar Wollnar den aus der Handtasche gefallenen Schlüsselbund ein und schnappt seine Jacke. Er wird Bianca und Miłosz Grabowsky bitten, ihn abzulösen.

Und sie kann seine Aufbruchsstimmung spüren, jene Frau, die vor kurzem noch Hürrem war. Zaghaft öffnet sie zuerst die Augen, dann die Lippen: „Du gehst, Petar?"

Kein Mensch, der gerade im Begriff ist, aus dem Tiefschlaf zu erwachen, spricht auf Anhieb so klare Worte.

„Du bist wohl schon ein Weilchen munter. Und, wie geht es dir, Sara Kaplan?"

Keine Antwort. Kein Zeichen der Verwunderung. Nur Tränen.

Major Pichlmayr ist tot. Ihr Lebensgefährte. Erschossen vor ihren Augen.

„Es tut mir so leid!", legt Petar seine Hand auf die ihre.

„Und die anderen? Weißt du etwas?"

„Ich weiß nicht, wer aller die anderen sind. Wenn Heribert Senekowitsch zu dir gehört, dann hat er es denk ich mit Friedmann zu tun."

„Und Danjela und Willibald?"

Petar Wollnar schüttelt nur den Kopf. „Ich weiß es nicht."

Da ist keine Triangel über dem Bett, mit der sich Sara hochziehen könnte. Nur Petar Wollnars Oberarm, in den sich nun die Fingerspitzen ihrer Hand graben, tief ins Fleisch. So groß muss ihr Schmerz sein, und doch kämpft sie dagegen an, will auf, irgendwie.

„Bist du verrückt!", drückt sie Petar Wollnar zärtlich zurück und erntet einen Schrei der Verzweiflung.

„Ich muss los. Verstehst du denn nicht? Alles ist meine Schuld, alles ...!" Ein Schrei, der Bianca und Miłosz Grabowsky alarmiert, auftauchen lässt.

„Leg dich hin, sonst verblutest du!“, stürzt sich Bianca auf ihre Patientin, eine Spritze in der Hand. Und Petar Wollnar spürt es. Hier ist keine Zeit mehr zu verlieren.

„Wo willst du jetzt hin?“, ruft ihm Sara hinterher. „Petar, ich bitte dich.“

Petar Wollnar hat es eilig. Sogar sein Pritschenwagen bekommt diesen seltenen Umstand zu spüren. Und was der Hausmeister nun aus seinem treuen Gefährt alles herausholt, allerdings nicht an Dreck, sondern Tempo, wird ihm den alten Kübel entweder ordentlich durchputzen oder endgültig ruinieren.

In einen jener Außenbezirke der Stadt geht es, der geprägt ist von hohen Siedlungsbauten, an deren Fassaden seit Errichtung in den 60er-Jahren keine Hand mehr angelegt wurde.

Eine Stadt in der Stadt, die verfallener wirkt als der Rest. Ärmer, ungepflegter. Hier kommt kein Mensch her, außer er wohnt in diesem Viertel, arbeitet hier oder hat sich verirrt. Wobei viele Menschen, die hier leben, auch hier arbeiten, in den Fabriksbauten unweit der Siedlungen, und wenn sie da nicht arbeiten, arbeiten sie gar nicht. Für die Zahl der Arbeitslosen erntet die Offenbach-Siedlung kaum Lobeshymnen, und auch die Zahl der kriminellen Delikte ist kein Ruhmesblatt.

Nichts daran erstaunt. Höchstens den, der wegsieht.

Eine Gegend, die überall sein könnte auf dieser Welt und die trotzdem heut noch so gerne als Ostblock bezeichnet wird. Die einstige Gegenwelt zur westlichen. Westlich in der Vorstellung der Leute im Sinne von aufgeschlossen, liberal, die Guten womöglich. Und drüben eben das Leben hinter dem Eisernen Vorhang.

Sollte ja eigentlich vorbei sein, diese Zeit.

Petar Wollnar sieht das natürlich völlig anders.

Da knirscht es nämlich noch ordentlich in der Mechanik, die diesen monströsen Raumteiler längst abgetragen haben sollte, wenn sich von der Geschichte seit Jahrzehnten überholte Worte immer noch eisern in unserem Sprachgebrauch halten. Der Ostblock existiert in den Köpfen nach wie vor als eine Welt des Verruchten, Verfallenen, eine, auf die herabgesehen wird. Und wer hier im Westen in einem Block wohnt, bekommt ein Gefühl dafür, auch ohne Osten davor.

„Block 6B?", fragt er einen der vielen jungen Männer, die hier auf der Straße stehen oder in Käfigen Basketball spielen. Rundum zig verschiedene Sprachen, darunter Türkisch, zwischendrin vielleicht auch Russisch, und viele mehr, er kennt sie nicht alle, ist ja kein Sprachwissenschaftler.

Dazu alte Männer in Klappstühlen, die auf den Gehsteigen sitzen, Frauen mit Kopftüchern, die an den Fensterbrettern lehnen oder Wäsche aufhängen an jenen Leinen, die zwischen den Bauklötzen durch Grünzonen gespannt wurden. Hier leben Menschen, die ein sogenannter Inländer, der auch bitte unter seinen Inländer-Mitmenschen bleiben und vor allem wohnen möchte, trotzdem braucht wie einen Bissen Brot: für sein Sozialsystem, die Bauwirtschaft, Gastronomie, den Handel, im Grunde für alles, sogar als Erntehelfer für den besagten lebensnotwendigen Bissen Brot. Ausländer, die Verdauung und Immunabwehr der Inländer. Will man auch nicht ständig vor der Nase oder gar als Nachbarn haben, aber wehe, sie fehlen.

Implosion. Exitus. Amen.

6B. Der Haustor-Schlüssel sperrt. Der Liftschlüssel detto, und auch die Wohnungstür Nummer 27. Automatisch geht die Beleuchtung an. Bewegungsmelder. An der Decke beginnt ein rotes Licht zu blinken, werden wie von Zauberhand, hinter Petars Rücken natürlich, Nachrichten verschickt, geben der Wohnungseigentümerin über den unerwünschten Besuch Bescheid, auf all ihren Geräten, setzen Hausmeister Wollnar live ins Bild, während er Raum für Raum durchschreitet und wahrscheinlich noch nie eine so kahle Wohnung gesehen hat. Als würde hier jemand leben müssen, aber nicht wollen, so sieht es aus. Lieblos, schmucklos, wesenlos. Keine Bilder, keine Topfpflanzen, keine Dekorationsgegenstände, ein kleines Regal mit Büchern, der Kühlschrank erschreckend leer.

Nur eines ist hier voll: die Wände. Und dies alles, was hier aufgeklebt wurde, überhaupt gesehen zu haben, kann Petar Wollnar schon den Kopf kosten.

Ein Netzplan des gesamten Systems.

Ein strukturierter Bauplan des Sulemanjiu-Kartells. Die Toten der letzten Tage. Darunter Dejan. Dazu Verzweigungen, die von ihm hinein bis in die Kreise der Polizei führen. Über Friedmann hinweg ins Ministerium. Über manches Verbrechergesicht hinaus in Wirtschaftskonzerne, große Unternehmen, zu anerkannten Persönlichkeiten. Auch Thaddeus Dornhauer ist darunter.

Petar Wollnar kennt viele davon. Nur ganz oben dieses eine Feld, in dem alles zusammenläuft, ist leer. Der Kopf also fehlt noch, wird gesucht. Und von diesem Kopf geht ein Zweig weg Richtung des Kopfes einer viel kleineren Vereinigung namens Dushku-Clan. Ein Oberhaupt, dessen Gesicht Wollnar bestens kennt, auch wenn es mit dem Namen Anjeza beschriftet wurde.

„Du musst hier weg!“ Laut die einsetzende Stimme. Petar Wollnar zuckt zusammen, duckt sich, als wäre er Abraham und Gott würde ihm zubrüllen. In diesem Fall ein weiblicher. Aus einem freistehenden Lautsprecher.

„Sofort, sonst liegst du im besten Fall mit Durchschuss neben mir!“

Und Petar Wollnar kennt den Klang.

„Sara?“

„Du hast Willibald mein Handy gegeben, hab ich recht?“

„Ja!“

„Er hat es nicht mehr, dafür hat das Kartell ihn, verstehst du denn nicht? Nicht nur meine Uhr hat gerade Alarm geschlagen, auch mein Handy! Nichts mehr ist sicher. Pack alles ein, die Fotos, den Computer, all die jahrelange Arbeit, und dann weg!“

Rufus

„Josip. Nimm ihm die Kapuze ab!"

Es dauert, bis sich der Metzger an die Helligkeit gewöhnt – und dennoch nicht darüber hinaussieht. Zu sehr blenden die auf ihn gerichteten Scheinwerfer. Ein Geruch dringt in seine Nase, wie er ihn schon seit Jahrzehnten nicht mehr um sich hatte, seit damals, als es in diesem Land noch einen Nationalzirkus gab. Und es waren noch andere Zeiten, wurde unter dem Begriff Tierschutz vielleicht verstanden, einem kleinen Schoßhunderl das selbst gehäkelte Westerl überzustreifen oder in Safariparks während Durchquerung der Löwenzone vielleicht besser doch das Fenster hinaufzukurbeln.

Tierschutz, heute noch in vielen Belangen auch nur ein Wort.

Der Metzger jedenfalls hat damals als Kind schon verstanden, irgendwo in den Reihen sitzend, seine Eltern neben sich – ja Eltern, beide noch –, die aufmarschierenden Viecherln dort unten könnten möglicherweise nicht freiwillig ihre Faxen machen. Berberlöwen, die im Kreis auf kleinen Podesten sitzen und nach Heben der Peitsche ihres Bändigers allerlei Bewegungsabläufe zur Schau stellen, die ihnen in freier Wildbahn im Traum nicht einfielen. Werden wohl durch keinen Geistesblitz ausgelöst worden sein, im Sinne von: „Jö schau! Dann spring ich vielleicht schnell einmal durch ein paar brennende Reifen. Lustige Idee."

Und als dann Tierschützer und sogar Tiergartendirektoren – und Tiergärten selbst sind ja auch nicht unbedingt ein Aushängeschild der Freiheit – vor Jahrzehnten schon öffentlichkeitswirksam anprangerten, wie sehr die Haltung von Wildtieren in Zirkussen eklatant den Richtlinien zur Wildtierhaltung dieses Landes widerspräche, wusste man dann allerspätestens, wie ungeeignet Bären, Elefanten, Giraffen für Zirkusdarbietungen sind oder Tiger, Hyänen, Löwen, Leoparden in Zirkussen gar nicht artgerecht gehalten werden können, vom Artenschutz einmal völlig abgesehen. Dazu die ständige Reiserei, ein Leben lang von A nach B nach C nach D ... in winzige Käfige gesperrt, von Auslauf keine Spur, die vorgesehenen täglichen acht Stunden inklusive entsprechender Bewegungs- und Klettermöglichkeiten. Ja, und zwischendurch dann die lustigen Unterrichtsstunden, an deren Ende all die Kunststücke und die Gefügigkeit wohl nicht allein durch besonders nette Streicheleinheiten in Fleisch und Blut übergehen. Da darf man sich dann wirklich nicht wundern, wenn einem Tiger gelegentlich die Erinnerung daran einschießt, was er in solchen Fällen denn eigentlich rein bio- und logisch zu tun hätte.

Ergo brennt dann wenigstens nicht nur der Reifen, sondern ist Feuer am Dach.

Zirkus bitte nur, das hat der Metzger schon als Kind gespürt, wenn sich die Menschen selbst zu Affen machen. Wobei: Selbst das ist dem Willibald nicht in allerbester Erinnerung.

„Willst du mir ein bisschen helfen, mein Kleiner!"

„Nein, bitte nicht!"

„Na sicher will er. Los, geh schon, Willi!"

Nein, lustig war das nicht, als Neunjähriger aus dem Publikum herausgefischt worden zu sein, auf dass eine Spezies dort unten in der Manege mit ihm ihren Schabernack treiben kann, mit Tröte, Ziehharmonika und einer spritzenden Plastikblume, die ihm heut noch Angst bereitet. Er mochte sie eben als Kind schon nicht: Clowns. Für den Metzger völlig zu Recht Horrorgestalten. Allen voran der Oberlehrer seiner Art, der Weißclown mit spitzem kleinem, nach verkehrter Schultüte anmutendem Hut.

Da saß er dann also unten in der Manegen-Mitte, der kleine Willibald, geblendet, sah seine Eltern nicht, nur die weiße Fratze. Daneben eine kleine, stämmige Rotnase, die mit wüster Frisur, grob kariertem Schlabbersakko, schwarzem Hut und viel zu großen Schuhen den Trottel spielte. Aus lauter Angst hat der Metzger vor aller Augen zu weinen begonnen, stille Tränen – und es war blunzen. Egal. Wurscht. Ein aus der Hosentasche herausragender Schnäuzfetzen wurde ihm angeboten, während ihm der Weißclown mit seinem Zeigefinger und trauriger Mimik die Tränen wegtippte, und als der Metzger an diesem Schnäuzfetzen zog, wurde dieser länger und länger, spielte alle Stückeln und Farben, dazu Gelächter im Publikum. Zauberei.

Was für ein Spaß.

Der Mensch kann grausam sein.

Und genau diesen Umstand darf er gleich feststellen, wie einst als Kind inmitten der Manegenmitte sitzend. Links und rechts von ihm zwei Metallpodeste, genau über ihm ein Gestell mit einem Reifen. Rundum hohe Käfigwände.

Der Vorhang geht auf, zeigt dahinter den herrlichen Chesterfield-Armlehnstuhl und den darin thronenden neuen Herrn und Gott. Wiederauferstanden von den Toten. Dejan Sulemanjiu.

„Na, wie gefällt dir das? Die Hauptattraktion zu sein?“, hört der Metzger neben sich die krächzende Stimme des Drachengesichtes. Josip also. „Hast du wohl auch noch nie erlebt, so im Mittelpunkt zu stehen? Wird ein einmaliges Erlebnis. Sollen wir anfangen?“

Alles nur rhetorische Fragen, denn wie soll er antworten, der Metzger, nun mit meterweise Gaffer-Tape umwickelt. An den Händen, Beinen, um seinen Mund, Kopf. Abgesehen davon ist ihm alles irgendwie ziemlich blunzen. Egal. Wurscht.

Seltsam natürlich. Denn generell müsste er vor lauter Todesangst nur so schlottern. Doch da ist nichts, nur eine direkt angenehme Empfindungslosigkeit.

Und prompt liefert Dejan die Erklärung.

„Ich war gut zu dir und hab dir etwas spritzen lassen, damit es nicht allzu schmerzt und wir es genießen können."

Zweimal klatscht er in seine Hände, als würde er bei Tisch sitzen und das Auftragen des nächsten Ganges ordern.

Ein zweiter Fluter geht an, lässt inmitten der Reihen eine weiß gekleidete Gestalt aufleuchten, und der Metzger erkennt sie sofort.

So fern und doch so nahe. Ebenso mit Gaffer-Bändern wurde Danjela Djurkovic an eine der Bänke geklebt. Ihr Kopf hängt nach unten. Da ist keine Regung zu erkennen.

„Bin ich nicht großherzig? Seht ihr euch also einmal noch wieder und dürft im Guten auseinandergehen. Da ich vermute, du kennst dich nicht aus, finde ich, sie ist dir zumindest eine Erklärung schuldig."

Wieder sein Klatschen.

Ein Mann geht auf Danjela zu, einen Kübel in der Hand.

Wasser. Das über sie geschüttet wird. Sie hochschnellen, sich hektisch umsehen, auf Anhieb die Situation richtig einschätzen und loszappeln lässt.

„Ich grüße dich, Danjela. Du wunderst dich jetzt, oder? Dann lass dir sagen. Ich bin kein Geist. Dank Josip kann es wunderbar harmlos sein, mit einem Springermesser erstochen zu werden. Und mit genug einflussreichen Leuten verbrennen in Limousinen sogar Tote, die dann identifiziert werden als: ich!"

Nur Schreie sind es, die Danjela herausbringt, keine Worte. Laute, markerschütternde Schreie.

„Kein Problem, Danjela! Wir sind hier unter uns! Weißt du, was so ein Tiger frisst und in seiner Erhaltung kostet!"

Immer absurder wird die Situation. Nichts daran hat auch nur irgendwie mit dem zu tun, was der Metzger als Wirklichkeit bezeichnen könnte. Nicht einmal mit einem bösen Traum. „Du weißt es also nicht! Dafür weißt du aber sicher, wer daran schuld ist, dass hier alle Vorstellungen abgesagt werden mussten und die Tiere ohne Einkünfte nichts zum Fressen haben." Immer lauter Danjelas Gebrüll. „Gut so. Lass es raus, Anjeza! Und vor allem, lasst ihn raus!"

Das Geräusch aneinanderschlagenden Eisens ist außerhalb des Zeltes zu hören, ein Pfauchen, dann läuft der Tiger den mit Gittern eingefassten Gang entlang, bis zu der noch geschlossenen Schleuse hinein in den um die Manege errichteten Käfig.

„Nur eines solltest du wissen. Dein Schreien ändert nichts, außer dass Rufus noch aggressiver wird. Alles, was nun geschehen wird, hast du ganz allein zu verantworten! Warst du wirklich der Auffassung, ich lass mich von dir benutzen. Ich!", lacht er nun los: „Wie hast du mich genannt: *Größte Trottel zwischen Nord- und Südpol!* Sehr lustig. Soll er also nur machen, der dumme Dejan, mich und somit irgendwelche Ermittler zu meinem Vater bringen und alles hochgehen lassen! Oder noch schlimmer: Soll er nur zuschauen, der dumme Dejan, wie der Herr Papa weiter auf ihm herumtrampelt und seine Tochter womöglich schützt oder gar überzeugt, sein Erbe anzutreten. Und sag nicht, du hättest es niemals gemacht. Dir steckt es im Blut. Sein Blut. Blut, Blut, Blut. Darum geht es. Und jetzt hast du den Tod deines Mannes zu verantworten, so wie all die anderen. Weißt du, wie viele Leichen in unserem Dorf herumlagen, nachdem es erstmals durch deinen Verrat gestürmt wurde?"

Danjela schreit weiter, bis ihre Stimme langsam in ein Weinen übergeht, ein Weinen aus tiefster Verzweiflung.

„Wir haben Zeit!" Dejan Sulemanjiu schlägt das eine Bein über das andere und lehnt sich zurück. „So wie ich all die Jahre im Gefängnis. Du glaubst ja gar nicht, wer außer Josip mir da aller geholfen hat, den Machtwechsel vorzubereiten, damit es dann mit dem Kartell nicht nur so weitergeht wie bisher, sondern besser wird. Vater war zu selbstsüchtig abzutreten, lebende Geschichte, und somit längst Vergangenheit, auch für seine Männer.

Sogar Sara Kaplan und ihre Leute wurden manipuliert, um in unserem Sinn zu arbeiten, ohne es überhaupt mitzubekommen. Oder hast du tatsächlich gedacht, der Handtaschenraub und deine Begegnung mit justament einer Merita aus Albanien, die dich an Tariq erinnert, in Richtung Kampfsportzentrum *Kassandra* und somit Saras Arme befördert, wäre Zufall gewesen, eine Fügung des Schicksals. Wie dumm kann man sein! Obendrein auch noch die Hochzeit zu Dornhauer verlegen! Bravo. Der diente nur dazu, alle aufzudecken und auszuschalten, sein Sommerfest als Falle. Pichlmayr ist erledigt. Kaplan und Senekowitsch finden sich schon noch. Wie war dein Rat, Danjela: *Kümmerst du dich mehr um Hirn als um Äußeres.* So viele Leben ausgelöscht, nur deiner Dummheit wegen. Also, was sagst du nun? Vielleicht *Gratuliere ich zu Menschenkenntnis wie Säbelzahntiger. Hat auch nur gefressen Zweibeiner und nix verstanden!*"

Bald nur noch ein Schluchzen.

„Wenn du so weit bist, Danjela, dann finde doch noch irgendwelche schönen Worte für deinen Metzger, damit er in Frieden gehen kann!"

Als würde sie nach ihrer Würde, ihrer Kraft suchen, nimmt sich Danjela nun einen Moment, dann hebt sie den Kopf, richtet sich so weit auf, wie es ihr möglich ist.

„Liebe ich dich, Willibald, mehr als alles in meine Leben!"

„Wie rührend!"

„Hab ich alles getan nur für deine Schutz. Wollte ich dich so tief verletzen bei Hochzeit und alle vor Kopf stoßen, damit kommst du nix auf blöde Ideen und mir in Quere. War ich sicher, funktioniert, verkriechst du dich in Loch und findest wieder aus Sumpf eines Tages. Besser bist du traurig am Leben, als sind wir beide tot. Und wenn funktioniert Plan, vielleicht hätte ich dich nachgeholt eines Tages, in Zeugenschutzprogramm. Tut mir so leid. Hab ich versagt."

„Na das ist doch ein wunderbares Schlusswort!", brüllt Dejan Sulemanjiu nun und erhebt sich. „Worauf warten wir dann noch!"

Wieder ich

Sara Kaplan war alles schon. Als verdeckte Ermittlerin.

Sie war die Stewardess Jessica Hammerschmied, die im Zuge einer Überwachung zufällig über den Wolken die kleine Selma der Familie Breitschopf zur Welt bringen und dann haufenweise Handgepäck durchsuchen musste, um den Asthmaanfall der Zielperson Herr Konrad nicht tödlich ausgehen zu lassen. Welcher schwere Asthmatiker, der kein Selbstmörder ist, hat seinen Spray auch nicht ständig einstecken!

Sie war die Taxifahrerin Heike Brauneder, die mittels eines harten Bremsmanövers zwei englische Touristen sich derart den Schädel hat anschlagen lassen: Schneidezähne adieu. Vielleicht merken sich die Idioten jetzt, wie gefährlich es sein kann, einer Frau einfach so von hinten auf die Schulter und in die Locken zu greifen: „What beautiful hairahhhh!"

Sie war die Nonne Eugenia der Barmherzigen Schwestern vom Heiligen Vinzenz von Paul, die herausfand, warum bereits der dritte Geistliche nach nur einem Jahr Dienstzeit, und jeder zukünftige wahrscheinlich auch, egal, ob ein Pater Vinzenz oder Pater Paul, frühzeitig das Messgewand an den Nagel hängen musste, sprich den Tod fand. Vielleicht sollte man doch auch Frauen zur Priesterweihe zulassen, es gäbe keinen Mangel, und manche Schwestern wären tatsächlich barmherzig.

Sie war die gute Fee Fatima, die hinter der Kebabbudel stand und zur Freude der Kunden immer ein paar Happen Fleisch mehr in das Fladenbrot schaufelte, samt Extraportion Joghurtsauce.

Ja, so viel war sie schon, alles nur im Dienste der Aufklärung, des Guten.

Aber noch nie war sie so gern und so lange jemand anderer wie nun eben Hürrem Yildirim. Alles liebte sie daran.

Die Arbeit, die Gasse, die Menschen, das Gefühl, einfach dazuzugehören, Teil einer Gemeinschaft zu sein.

Und alles hat sie nun verloren, sogar ihren Lebenspartner. Es schmerzt. So sehr. Ohne Petar Wollnar, diesen treuen Gefährten, der alles riskiert für seinen Freund, den Metzger, und ja, auch für sie, wäre sie nicht mehr am Leben.

„Du bist ein guter Mensch und hast mich gerettet!", hat sie ihn direkt wissen lassen, als er aus ihrer Wohnung zurückkam und gerade noch neben ihr auf der Bettkante saß. „Und wenn wir Glück haben, vielleicht sogar Willibald und Danjela! Also hör mir zu, was war und nun passieren wird." Und dann erzählte sie.

Von diesem Wunder. Wie sie Danjela Djurkovic begegnete. Denn so lange schon war sie auf der Suche nach ihr und galt die größte Aufmerksamkeit ihrer Abteilung nur einer Person. Dem Kopf eines weitverzweigten Kartells. Einem Mann, dessen Ruf in aller Munde war, der aber dennoch niemals gesehen worden war. Keine Fotos, keine Videos, nichts. Nur sein Name.

Ibrahim Sulemanjiu.

Einst wichtigster Handlanger der Cosa Nostra, dann wurde aus seinem Kartell bald eine Organisation, die nicht nur ihre kriminellen Strukturen in Europa ausbaute, sondern auch selbst anbaute. Marihuana. Sukzessive wurde aus seinem Bergdorf, bald der ganzen Umgebung, ein Garten Eden, aus Albanien das Kolumbien Europas, perfekt das Klima, die Verborgenheit, die Willenskraft und der Zusammenhalt der Familien. Sein Dorf das Mekka, fast 1000 Tonnen Ernte pro Jahr, Marktwert rund fünf Milliarden Euro. Rund ein Drittel des albanischen Bruttoinlandsproduktes. Einst unbescholtene Bürger hatten durch diese Art der Landwirtschaft aus der Armut gefunden.

Der Preis dafür war die Angst, Unterdrückung, waren die vielen Morde, die sich ausbreitende Gier. Eine milliardenschwere illegale Industrie, Albanien mittlerweile eine der wichtigsten Quellen für Cannabis auf dem Weltmarkt. Und nur durch korrupte Polizisten, die gegen Zahlungen in Millionenhöhe bewusst wegsehen oder vor geplanten Razzien warnen, funktioniert dieser Markt. Außer, Beamten schießt die Moral ein und sie beschließen, dieses Gesetz außer Kraft setzen zu wollen. Eine ganze Woche lang wurde in Ibrahim Sulemanjius Dorf gekämpft. Ein regelrechter Krieg, da viele der Bewohner neuerlich für ihr Leben eintreten wollten, wie schon einmal. Ibrahim Sulemanjiu aber fand man auch diesmal nicht. So wie schon Jahre zuvor, als er noch unbedeutender war, das Dorf dank Anjeza Dushku überhaupt ins Visier geriet und Dejan Sulemanjiu ins Gefängnis brachte. Dieser Spur ging man nun nach. Anjeza Dushku. Wohlwissend, es bestand für die Sulemanjius die Pflicht, sie zu finden und Blutrache zu üben. Dejan Sulemanjiu, Ibrahims Sohn, war diese Aufgabe zugedacht. Sollte er nach seiner Entlassung je wieder vor die Augen seines Vaters treten wollen, musste er Anjeza finden und ausliefern, lebend, weil Ibrahim, so die Annahme, eigenhändig den Mord an seinem Sohn Mehmet und seiner ganzen Sippschaft rächen wollte.

Sara Kaplan war es selbst, die Dejan im Gefängnis besuchte und feststellen konnte: Da war jemand, der geläutert schien. Der alles wollte, nur eben nicht zu seinem Vater zurück. Gleichzeitig aber war ihm klar: Kaum setzt er als freier Mann einen Schritt auf die Straße, würde ihn das Kartell nicht aus dem Auge verlieren, zu groß das Misstrauen. Für ihn gäbe es nie wieder ein Leben in Freiheit, und für Danjela schon gar nicht.

„Wir mussten Anjeza finden. Ja, und dann kam Anjeza ganz von selbst. Stand plötzlich in dem Kampfsportzentrum meiner Schwester vor mir, als hätte sie der Himmel geschickt. Dejan selbst war es, der dann die Idee hatte, nach der Entlassung gemeinsam mit Danjela seinen Vater zu finden und uns somit zu Ibrahim zu führen, ihn zu verraten. Der Kreis eingeweihter Polizisten wurde möglichst klein gehalten. Major Pichlmayr als Kopf, Heribert Senekowitsch, Franz Stadler, Željko Kovačić, den wir schon lange verdeckt im Einsatz hatten. Ich hab als Hürrem gegenüber von Danjelas Wohnung ein Büro aufgemacht, um auf sie aufpassen zu können. Von hier aus wurden die Wohnung und die Werkstatt mit Kameras ausgestattet, alles vorbereitet. Bis dann plötzlich Dornhauer ins Spiel gebracht wurde. Ab dann ging alles schief. Heute wissen wir, warum. Weil es innerhalb unserer Reihen eine undichte Stelle gab. Aber wir haben noch eine kleine Chance, durch mein Handy, das dank dir, Petar, nun geortet wohl in Ibrahims Händen liegt. Senekowitsch führt den Einsatz durch, du bleibst bei mir!"

„Sicher nicht. Ich geh mit!"

„Unmöglich!"

„Wenn nicht, kann es sein, dass Menschen so wie du zum Beispiel sterben!"

Überzeugender kann ein Argument nicht sein.

Und hier sitzt er jetzt, Petar Wollnar. In seinem Pritschenwagen mit einem Tablet auf dem Schoß. Und bereits zum zweiten Mal innerhalb weniger Tage scheint es ihm, als liefe ein Film vor ihm ab.

X-Man

AUSSEN / PRITSCHENWAGEN - Nacht

Petar Wollnars Pritschenwagen steht zwischen Einsatzfahrzeugen der Polizei seitlich an einer Straße im Wald geparkt.

Die Einsatzfahrzeuge sind unbesetzt. Nur Petar Wollnar sitzt am Steuer und blickt auf ein Display, das auf seinem Schoß liegt.

Kamerafahrt auf diesen Bildschirm zu. Bilder wie aus einem Computerspiel.

AUSSEN / WALD - Nacht

Ein Rascheln. Schnell. Gestalten laufen gebückt durch das Dickicht, wie Schattenwesen. Schwarze Kampf-Uniformen. Schwarze Helme. Schutzbrillen. Nachtsichtgeräte. Schnellfeuerwaffen mit Schallschutz in den Händen. Nur Handzeichen, kein Laut.

An einer verfallenen Jagdhütte geht es vorbei. In der Glasscheibe spiegelt sich eine Person. Heribert Senekowitsch mit Helmkamera. Durch seine Augen also sieht Wollnar die ganze Szenerie. Weiter geht es.

Der Waldrand wird erreicht.

AUSSEN / WALDLICHTUNG / ZIRKUSWIESE - Nacht

Hell der Mond. Das Zirkuszelt wie ein Leuchten. Schreie einer Frau, die ins Freie dringen. Dazu eine Männerstimme, tief, laut.

Dejan (aus dem **Off**)

Gut so. Lass es raus, Anjeza! Und vor allem, lasst ihn raus!

Lautlos laufen die Einsatzkräfte über die Wiese, vorbei an den Käfigen, dem Freigehege, an den Pferden.

Schwarze Gestalten, weiße Araberrösser. Schnauben, Wiehern. Sich unter den Tieren ausbreitende Unruhe.

Männer des Kartells, die aus ihren Wohnwägen treten, sich umsehen, auf den Tigerkäfig zugehen, ihn öffnen. Eisen, das auf Eisen schlägt. Ein Tiger, der mit einer Elektrostange aus dem Käfig getrieben wird, mit gebücktem Kopf herausspringt, direkt in den anschließenden Gang. Der sich sträubt, darin weiterzulaufen. Wieder ein Elektroschock. Ein dumpfes Knallen. Ein lautloser Tod. Wie eine Puppe fällt der Mann mit seiner Elektrostange in sich zusammen und wird von einem der Männer, ohne gesehen zu werden, hinter einen Wagen gezogen. Der Tiger läuft davon, fauchend, in das Zelt hinein.

Dejan (aus dem **Off**)

Nur eines solltest du wissen. Dein Schreien ändert nichts, außer dass Rufus noch aggressiver wird. Alles, was nun geschehen wird, hast du ganz allein zu verantworten! Warst du wirklich der Auffassung, ich lass mich von dir benutzen. Ich!

Zwei weitere Männer des Kartells brechen lautlos zusammen.

INNEN / ZIRKUSZELT - Nacht

Einsatzkräfte, die unterhalb der Zuschauerbänke vorwärtsschleichen. Die Waffen im Anschlag.

Dejan Sulemanjiu, der unter dem offenen Vorhang in einem Chesterfield-Ohrensessel sitzt.

Willibald Adrian Metzger, der in der Mitte der Manege sitzt, mit Gaffer bewegungsunfähig gemacht. Links und rechts von ihm zwei Metallpodeste, genau über ihm ein Gestell mit einem Reifen. Rundum die hohen Käfigwände.

Danjela auf einer der Bänke. Auch sie ist mit Gaffer fixiert. Aus ihrem Schreien wird ein verzweifeltes Weinen.

DEJAN

Wir haben Zeit!

Er schlägt das eine Bein über das andere, lehnt sich zurück.

Von Danjela hört man nur noch Schluchzen.

Bis auf Danjela ist jeder der Protagonisten nun durch den Sucher eines Visiers zu sehen. Auch der Metzger. Ebenso drei weitere Männer des Kartells.

DEJAN

Wenn du so weit bist, Danjela, dann finde doch noch irgendwelche schönen Worte für deinen Metzger, damit er in Frieden gehen kann!

Danjelas Füße sind zu sehen, wie sie vergeblich versuchen, sich aus dem Gaffer-Tape zu befreien.

Danjela

Liebe ich dich, Willibald, mehr als alles in meine Leben!

Apathisch blickt der Metzger drein, als wäre er nicht anwesend.

Dejan (höhnisch)

Wie rührend!

Danjela

Hab ich alles getan nur für deine Schutz. Wollte ich dich so tief verletzen bei Hochzeit und alle vor Kopf stoßen, damit kommst du nix auf blöde Ideen und mir in Quere. War ich sicher, funktioniert, verkriechst du dich in Loch und findest wieder aus Sumpf eines Tages. Besser bist du traurig am Leben, als sind wir beide tot. Und wenn funktioniert Plan, vielleicht hätte ich dich nachgeholt eines Tages, in Zeugenschutzprogramm. Tut mir so leid. Hab ich versagt.

Dejan (brüllt)

Na das ist doch ein wunderbares Schlusswort!

Energisch steht er auf, hebt die Hand.

Schüsse. Dumpf. Von allen Seiten.

Totale des Ohrensessels. Kugeln, die ihn durchlöchern. Die Kamera zieht auf, zeigt in der Unschärfe den zusammensackenden Dejan.

Männer, die den Metzger losschneiden. Doch er ist zu schwach, um aufstehen zu können, bricht zusammen. Danjelas Schreie, als sie losgebunden wird, auf ihn zuläuft.

Maschinengewehrfeuer, laut. Von außen. Durchsiebt die Plane. Erste Einsatzkräfte brechen getroffen zusammen, Danjela legt sich schützend über den Metzger.

Wollnar sieht die beiden aus der Perspektive einer Helmkamera, hört ein Ächzen, sieht, wie sich die Kamera langsam senkt und hebt zugleich, nur hinauf in die Zirkuskuppel zeigt.

AUSSEN / PRITSCHENWAGEN - Nacht

Petar Wollnar hinter dem Steuer starrt auf das unbewegte Bild der Zirkuskuppel vor sich und startet den Wagen. Vollgas.

AUSSEN / WALDLICHTUNG / ZIRKUSWIESE - Nacht

Der Pritschenwagen rast auf einem Schotterweg aus dem Wald, touchiert eine Holzkiste, aus der Edgar springt, durchstößt die Gatter, den Eisernen Tunnel des Tigers.

Pferde, Kamele, der Elefant Charlie laufen davon. Und mittendrin Rufus.

Ein Pritschenwagen ohne Rücksicht auf Verluste. Kartellmitglieder sind kein Hindernis. Hinein ins Zelt. Manege frei!

Die Kamera schwebt über dem Zirkuszelt, entfernt sich langsam. Zu sehen das Blitzen, Funken, die davonlaufenden Tiere und der auf der anderen Zeltseite wieder herausschießende Pritschenwagen. Edgar läuft ihm hinterher.

Immer höher steigt die Kamera. In den Himmel, lässt ihn aufhellen. Bald ist nur noch strahlendes Blau zu sehen, ein Rauschen ist zu hören, das Kreischen der Möwen.

Aus Nichts wird Alles

Es war einmal vor gar nicht langer Zeit, da standen einander zwei schlagende Herzen gegenüber, wurden eins, lebten fortan glücklich und zufrieden – und wenn sie nicht gestorben sind, dann leben sie noch heut.

Ein Märchen, Zeile für Zeile von Willibald Adrian Metzger selbst verfasst, in jenem Schuljahr, als sein Vater davon ist.

Ein Nicht genügend hat sich der Metzger damals für diese 34 Worte eingefangen, er weiß es noch genau. Begründung: Textlänge & Themaverfehlung.

Und nichts daran stimmt. Alles war exakt wie verlangt, denn die Aufgabenstellung lautete: „Schreibe ein Märchen über die Liebe", wohlgemerkt ohne Längenangabe. Ergo: 34 Worte, ein Satz, vier Beistriche, ein Bindestrich, ein Punkt. Und Punkt. Alles gesagt.

Wo bitte ist da die Themaverfehlung?

Aber egal. Die Schulzeit liegt, seine Träume ausgenommen, lange zurück, seine Eltern sind beide beerdigt, und er selbst, so fühlt es sich für Willibald Adrian jedenfalls an, steht unmittelbar davor, seine eigene Theorie verwerfen zu müssen. Überhaupt steht er aktuell in einer Umgebung, die er niemals in Erwägung gezogen hätte. Schon allein der Gedanke daran hätte ihn Reißaus nehmen lassen, und seit sich im Fernsehen der Kapitän geändert hat, war ihm der ganze Wahnsinn ein Brechmittel zugleich.

Nun aber könnte er sich nichts Besseres auf dieser Welt vorstellen, und sosehr sich die Meeresluft auch abmüht, liegt ihm doch nur eines in der Nase.

Danjelas Vanille-Aroma.

Und im Arm liegt sie ihm auch gleich.

Denn schöner könnten die Worte eines Kapitäns, der selbst kein schiacher Waschl ist – nur arm vielleicht, weil wahrscheinlich muss er für seine clooneyeske Erscheinung in jeder Hafenstadt von der Nordsee bis zum Kap der guten Hoffnung ordentlich Alimente blechen –, ja gar nicht sein.

„Hiermit erkläre ich euch zu Mann und Frau!"

Trauzeuge Edgar bellt und jault vor Glück, der Applaus der Kreuzfahrtgäste ist inbrünstig, die Mitfreude wohl auch, denn wer sonst schon tingelt auf Kreuzfahrtschiffen herum außer innig verbundene Paare und alleinstehende Hoffnungsvolle, die zwecks Vereinen einen Zweiten hier suchen und sicher auch finden.

Dazu die Meeresluft, das leichte Schwanken, die Weite. Alles, was er da an Glücksgefühlen in seinem Inneren gebunkert hat, gibt der reichlich vorhandene Metzgerkörper nun an seinen Eigentümer frei, und eines ist gewiss: Danjela Djurkovic ergeht es grad nicht anders.

„Wenn gibt Gutschein für Wiedergeburt, dann haben wir gerade aufgebraucht! Beide."

„Und vor allem zusammen."

Ist schon ein Wunder, dieses Dasein samt jeder der kommenden Ecken und dem unsichtbaren nächsten Dahinter.

„Sie dürfen die Braut jetzt küssen!"

Der Applaus wird rhythmischer. Rot ist er ohnedies schon, der Metzger, und wenn jetzt nicht die Zeit gekommen ist, um sich bitte anstatt über die Reling einfach nur ordentlich ins nächste Abenteuer zu schmeißen, wann dann?

Wo es hingeht?

Keine Ahnung.

Irgendwo werden sie anlegen, von jemandem abgeholt werden, dessen Name und Aussehen ihnen bis jetzt unbekannt ist, an einen Ort gebracht, dessen Name und Aussehen ihnen bis jetzt unbekannt ist, Dokumente zugewiesen bekommen und Berufe ausüben, deren Name und Aussehen ihnen bis jetzt unbekannt sind.

Angst und bang hätte Willibald Adrian Metzger allein der Gedanke daran kürzlich noch werden lassen, nun aber weiß er:

Genauso war es, wie er erstmals das Licht dieser Welt erblicken durfte, genau das heißt es, geboren zu werden, genau das heißt es, zu sterben.

Und vielleicht, ja vielleicht, heißt auch genau das:

zu leben.

Die Reise endet nie.

10

Taube: Petar? Peeeetaaaar? Petar!

Wollnar: Hallo?

Taube: Ha. Hier Taube. Ich hab gewusst, du gibst meine Stöpsel nicht weg.

Wollnar: Gewusst? Oder gehofft?

Taube: Such es dir aus. Und einen Funknamen auch.

Wollnar: Welchen?

Taube: Aussuchen heißt selbst entscheiden.

Wollnar: Ihr hattet Greifvögel, oder? Dann nehm ich Waldkauz.

Taube: Wieso?

Waldkauz: Hier Waldkauz. Gibt viele davon in Polen. Und wenn sie ein Weibchen finden, bleiben sie treu auf Lebenszeit.

Taube: ...

Foto: © Simone Heher-Raab